文学巨匠丛书

莫里哀

舞台上的革命

袁子茵　著

河海大学出版社
HOHAI UNIVERSITY PRESS
·南京·

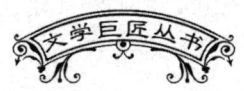

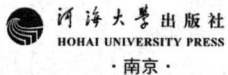

图书在版编目（CIP）数据

莫里哀：舞台上的革命 / 袁子茵著. -- 南京：河海大学出版社，2025.3. --（文学巨匠丛书）.
ISBN 978-7-5630-9440-0

Ⅰ.I565.073

中国国家版本馆CIP数据核字第20256RA421号

丛 书 名 / 文学巨匠丛书
书　　名 / 莫里哀：舞台上的革命
　　　　　 MOLIAI:WUTAI SHANG DE GEMING
书　　号 / ISBN 978-7-5630-9440-0
责任编辑 / 齐　岩
文字编辑 / 孙梦凡
特约校对 / 李　萍
装帧设计 / 未来趋势
出版发行 / 河海大学出版社
地　　址 / 南京市西康路1号（邮编：210098）
电　　话 /（025）83737852（总编室）
　　　　　（025）83722833（营销部）
经　　销 / 全国新华书店
印　　刷 / 三河市元兴印务有限公司
开　　本 / 660毫米×960毫米　1/16
印　　张 / 15.25
字　　数 / 220千字
版　　次 / 2025年3月第1版
印　　次 / 2025年3月第1次印刷
定　　价 / 79.80元

◆*世界文学之窗向我们打开……*

引言
INTRODUCTION

莫里哀(1622—1673)是17世纪法国古典主义喜剧作家、喜剧演员，是法国芭蕾舞喜剧的创始人，是法国古典主义文学最杰出的代表，是继阿里斯托芬之后最伟大的喜剧诗人。他一生致力于喜剧的创作和表演，把法国古典主义喜剧推向时代的巅峰，成为法国戏剧史上贡献卓越的喜剧大家，也是欧洲戏剧史上最杰出的剧作家之一。代表作品有《太太学堂》《伪君子》《悭吝人》《史嘉本的诡计》《无病呻吟》等。

法国喜剧由来已久，在13世纪时，就有了宗教剧和世俗喜剧的雏形。在15世纪时，出现了以滑稽夸张手法描写市民生活的闹剧，其中供国王和贵族取乐的小丑、弄臣算是最早的喜剧人。在16世纪初，国王弗朗索瓦一世多次入侵意大利，带回大批的意大利文艺复兴时期的书籍和艺术品，曾邀请达·芬奇、提香、塞里尼等大师们到法国为宫廷服务，还宣布自己是人文主义、科学和艺术的保护人。1530年，弗朗索瓦一世在人文主义者毕代的建议下，建立了王室学院，用于专门研究希腊语、拉丁语和希伯来语，鼓励人们研究古代的语言和文化，促进了自由开放的学术风气的形成。就这样，法国文艺复兴运动在王权的支持

莫里哀画像

下开始展开。随着骑士文学和人文主义文学的兴起,出现了弗朗索瓦·拉伯雷、若阿尚·杜·贝莱等擅长描写滑稽讽刺闹剧和讽刺诗句的专业创作者。由于宗教的极端盛行,当时的喜剧很受歧视,喜剧作者和喜剧剧目都很少,喜剧只能在集市上演。可见,莫里哀之前的喜剧在法国是难登大雅之堂的。

17世纪初的欧洲,旧的封建贵族开始没落,新的工商资产阶级实力不断增长,封建农奴制度逐渐瓦解,新的统治制度也逐渐形成。在文化领域,文艺复兴时期的反封建反教会、追求财富和幸福、提倡平等和理性的人文主义思想影响着文化艺术领域,主张运用民族规范语言创作,宣扬崇尚自然和理性、重视规则的思想,推崇古罗马作品所具有的和谐、匀称、明晰、严谨的美学理念。当时的法国文学是法国社会上层建筑的一部分,法兰西学术院就是一个规范文化和艺术的官方机构,是对文化领域实施控制的地方,是对人类精神创造力集成统一意志的文化策源地。法国古典主义文学就是在君主专制下产生的文学流派,是新兴资产阶级与封建贵族在政治上妥协的产物,古典主义戏剧家和理论家在政治上拥护王权,他们的创作都具有鲜明的政治倾向性,宣扬的是个人利益服从封建国家的整体利益,无论是戏剧还是诗歌,都以古典主义的形式呈现在世人面前。他们把古希腊、罗马戏剧奉为典范,作品中的人物和故事情节大多来自古代戏剧、史诗、神话和历史,是借助古代英雄人物表达理想社会的。

莫里哀生活在法国路易十四时期,那是一个"朕即国家"的专制主义时代。出身于商人家庭的他,10岁时被送到贵族中学接受教育,15岁时获得了御用室内装饰师职务的承袭权。1642年,20岁的莫里哀在奥尔良大学获得法学学士学位,因为痴迷于戏剧,他放弃了父亲为他安排的大好前程。21岁那年,他又放弃了御用室内装饰师职务的承袭权,与贝扎尔兄妹等人组成光耀剧团,在巴黎租场地演流行悲剧。后因剧团经营入不敷出,被债主诉讼进了债务监狱,剧团于1645年破产。

1645年秋,莫里哀与贝扎尔兄妹加入杜弗雷纳剧团,在法国外省巡回演出13年,几乎走遍了法国西南地区。这段饱受歧视的流浪演出经历加深了他对法国社会的了解,磨炼了他继续演艺事业的坚强意志,促进了他思想的成熟,延展了他艺术创作的空间。1652年,莫里哀成为剧团负责人。此时的他,既是领班又是演员,既是导演又是编剧,生存的压力和演艺的历练,让他这个热爱戏剧艺术的年轻人成了一个深谙人情世故的剧团老板,成了一个舞台经验丰富的喜剧演员,成了一个熟悉民众并为民众创作的剧作家。他的剧作越发受观众欢迎,他率领的剧团越发闻名。

1658年10月,莫里哀带领剧团回到巴黎。24日,莫里哀剧团应王室邀请在卢浮宫为路易十四演出。闹剧《多情的医生》一经演出,即大获成功,得到国王的赞赏。路易十四命令剧团留在巴黎,把王宫附近的小波旁宫大厅拨给莫里哀剧团作为演出场地。此后,他的剧团得到了王室的保护,后来还被命名为"国王剧团"。在这样的政治背景和文化氛围中,他开始了全新的喜剧创作与演出生涯。

在与王权贵族接触的14年里,莫里哀总共创作了33部戏剧作品(其中一部是与高乃依、菲利普·基诺合作)和8首诗。莫里哀的创作道路大致可以分为三个阶段:

第一阶段(1659—1663)是莫里哀古典主义喜剧开创时期。这个时期的莫里哀在政治上向王权靠拢,在艺术上接受古典主义戏剧创作的清规戒律,其创作在思想深度和典型塑造方面还不够成熟,但也创作了许多优秀的戏剧,取得初步的艺术成就。主要作品有《可笑的女才子》(1659)、《丈夫学堂》(1661)、《太太学堂》(1662)、《〈太太学堂〉的批评》(1663)、《凡尔赛宫即兴》(1663)等。

这一时期,莫里哀主要以社会风俗和社会问题为题材,创作了一系列的风俗喜剧和社会问题喜剧。独幕剧《可笑的女才子》是莫里哀回到巴黎后创作的第一个作品。该剧描写两个渴望进入上流社会的外省女子来到巴黎,盲目追求巴黎贵族的生活方式,将冒充贵族青年的仆人当作贵族,闹出的种种笑话。这部剧是他对社会风俗的第一次嘲讽和批判,嘲讽了贵族矫揉造作的沙龙文学以及小资产阶级盲目可笑的附庸风雅,批判了当时社会上盛行的一股装腔作势的贵族习气,此剧开创了风俗喜剧的先河。五幕诗体喜剧《太太学堂》是这一时期的代表作。该剧既成功地运用了古典主义文学创作规则,又继承了文艺复兴时期的人文主义对封建婚姻观念的批判思想,对夫权主义的封建道德和僵化的修道院教育进行抨击,颂扬了青年男女对美好爱情的追求,提出了妇女的地位、婚姻、教育等社会问题,表现出明显的现实主义精神,开创了社会问题剧之先河,标志着古典主义喜剧的诞生。此剧当年演出53场,是莫里哀当年演出最多的一出戏,国王赐给他"优秀喜剧诗人"称号和1000利弗尔年金。由于莫里哀的喜剧有力地动摇了悲剧体裁的独尊地位,引起了以布高尼府剧团为中心的保守派文人的不满,进而因《太太学堂》一剧引发了文化界的一场论战,在文学史上被称为"喜剧之战"。

第二阶段(1664—1668)是莫里哀戏剧创作的全盛阶段,也是他与教会和封建势力斗争最紧张最激烈的时期。主要作品有《逼婚》(1664)、《伪君子》(1664)、《唐璜》(1665)、《恨世者》(1666)、《悭吝人》(1668)和《乔治·唐丹》(1668)等。

这一时期,莫里哀作品的思想性、战斗性和艺术性都达到了他的最高水平。五幕诗体喜剧《伪君子》是这一时期的代表作，它是一部思想深刻、艺术成熟的"政治喜剧"。在这里，莫里哀塑造了一个具有典型意义的骗子答尔丢夫的形象，深刻揭露了教会僧侣的虚伪性和欺骗性。该剧以其强烈的战斗性和高度的艺术性被誉为欧洲古典喜剧的巅峰之作，剧中的主要人物答尔丢夫以其典型的伪君子形象流传后世，其名字成为"伪君子"的同义语。五幕散文剧《唐璜》通过对放荡不羁、玩世不恭的法国没落贵族唐璜的描述，揭露了贵族阶级的荒淫无耻，批判了封建统治阶级的伪善恶行，进而对17世纪法国贵族阶级的道德沦丧进行无情地批判。五幕诗体剧《恨世者》通过主人公阿尔赛斯特对封建社会上的横行霸道、虚伪奸诈等丑恶习俗的谴责，深刻剖析了形形色色的贵族生活，揭示出宫廷贵族和正在上升的资产阶级的腐朽与虚伪，同时也表现出阿尔赛斯特的慷慨激昂的理论不为贵族们所接受的尴尬境地，道出了真诚者在虚伪社会中的孤独。因为剧本没有惯用的插科打诨，被理论家们认为是"高雅喜剧"的典范。五幕散文喜剧《悭吝人》（《吝啬鬼》）通过对富商高利贷者阿巴贡的描述，揭露了资本主义原始积累时期资产者的极度贪婪和吝啬的性格特征，展现了资产阶级的拜金主义本性。剧中的阿巴贡因被塑造得精彩而成为世界文学史上四大吝啬鬼形象之一，"阿巴贡"的名字也成了"守财奴""吝啬鬼"的同义语。

　　第三阶段（1669—1673）是莫里哀创作的晚期。这时期他的戏剧创作倾向和创作手法更具人民的视角。在迎合路易十四的宫廷审美趣味的同时，他更注重对社会罪恶的抨击，注重对封建贵族的腐朽、资产者的恶习以及司法机构的丑陋的揭露，体现了民主主义倾向的创作立场。他更多地运用民间闹剧的手法，写出了一些优秀的风俗喜剧。主要作品有《德·浦尔叟雅克先生》（1669）、《醉心贵族的小市民》

（1670）、《史嘉本的诡计》（1671）、《无病呻吟》（1673）等。

这一时期，莫里哀的创作对当时的社会生活作了现实性的反映。《德·浦尔叟雅克先生》是一出芭蕾舞喜剧，讲的是一个外省地主浦尔叟雅克来到巴黎，以为有钱就能娶一位美丽的姑娘反被捉弄的故事。《醉心贵族的小市民》写的是庸俗的资产者茹尔丹想依仗金钱的力量跻身贵族行列的种种丑态行为和心理状态，是莫里哀"世态喜剧"的代表作。三幕剧《史嘉本的诡计》是这时期的代表作，是莫里哀创作中最富有人民性的一部喜剧。主人公史嘉本是一个仆人，他凭借着自己的聪明才智和机灵勇敢，用计策成全了小主人的婚事，并设法把老主人骗进口袋，用棍棒痛打了一顿，还逃脱了惩罚。莫里哀继承了法国和意大利闹剧的传统，塑造了一个平民智者史嘉本的形象，让"下贱"的仆人拥有超出资产阶级主人的智慧和胆识，热情赞赏了下层人民的机智和勇敢，表现了反专制和反封建等级观念的民主思想。剧中的史嘉本帮助小主人不是出于奴才式的忠心，而是出于对人的真诚和同情。莫里哀以奴仆作为戏剧主人公，体现了他蔑视法国17世纪等级森严的封建制度、抨击了贪赃枉法的封建司法机构，表明了莫里哀创作中鲜明的人民性。此剧明显的民主主义倾向遭到上层社会的攻击，古典主义文艺理论家布瓦洛曾劝告莫里哀"少做人民的朋友"。在那个等级森严的封建制国家，莫里哀创作的这些现实主义讽刺喜剧，每次演出时几乎都引起了轰动的效应，也一次次地遭到封建卫道士们的围攻。

在莫里哀生活的时代，社会的整体风气仍然是重视悲剧，轻视喜剧，但莫里哀依旧凭借自己非凡的创作才能，使得喜剧受到观众的欢迎，并在艺术上达到了全新的高度。当时的黎塞留大街乃至整个巴黎市区，几乎随处都可以听见人们因为谈论莫里哀的喜剧而发出阵阵的欢笑声。

莫里哀不仅是杰出的剧作家、戏剧理论家，还是优秀的演员、导演和剧团的责任人。作为法国最有喜剧样貌的"喜剧演员",他饰演了许多重要的角色,他的演技为当时的人们所称道;作为法国最早的"导演",他培养了一批有才能的青年演员;作为剧团领导,他享有很高的威望,他的团队经常参演大规模的宫廷庆典活动,他的剧团成了今日"法兰西喜剧院"的前身。

莫里哀常年沉浸在紧张的戏剧创作演出中,也行走在与王室贵族斗争的漩涡中,心理上承受着常人难以承受的压力,积劳成疾,疾病缠身。1673年,他创作了其生命中的最后一部喜剧《无病呻吟》,并抱病登台出演,因咯血不止而与世长辞,终年51岁。由于莫里哀的创作将讽刺批判的锋芒指向宗教,得罪了教会,教会不准他的遗体安葬在教会墓地。经莫里哀的妻子向国王求情,莫里哀的遗体才得以在教会墓地的边界上安葬。

在西方戏剧史上,莫里哀是继莎士比亚之后成就最大、影响最深的戏剧家,为人类留下了一笔宝贵的文化遗产。他的喜剧影响力超过了当时法国古典主义悲剧,不仅对法国的喜剧艺术有着卓越的贡献,还被公认为"欧洲近代喜剧的开山祖"。许多后来的戏剧家都在他的作品中汲取养分,18世纪法国博马舍的喜剧和德国莱辛的喜剧,19世纪英国哥尔斯密和意大利哥尔多尼的喜剧,以及西班牙、丹麦等国的喜剧,无一例外地都受到莫里哀喜剧的影响。不仅如此,莫里哀对后世的影响还超出了戏剧范畴,许多著名的文学家,诸如雨果、歌德、巴尔扎克、萧伯纳、果戈理、托尔斯泰等,都曾将莫里哀视为学习的榜样。如德国伟大诗人歌德就是莫里哀的一个热烈的崇拜者,他曾不止一次地说,"莫里哀是很伟大的,我们每次重温他的作品,每次都重新感到惊讶。他是个与众不同的人,他的喜剧作品跨到了悲剧界限边上,都写得很聪明,没有人有胆量去摹仿他。"在谈及自己的创作体会时曾说:"我自幼就熟悉莫里哀,热爱他,并且毕生都在向他学习。我从来不放松,每年必读几部他的剧本,以便经常和优秀作品打交道。"

莫里哀去世后,法国国王路易十四曾问古典主义文艺理论家布瓦洛:"谁是当代最伟大的作家?"布瓦洛曾因莫里哀明显的民主主义倾向而劝告莫里哀"少做人民的朋友",但他的回答是:"陛下,是莫里哀。"这个评价对莫里哀来说无疑是恰当的。

莫里哀在世时虽然不是法兰西学院的院士,但在法兰西学院的大厅里立有他的一尊石像,底座上的题词是:"他的光荣什么也不少,我们的光荣却少了他。"

目 录
CONTENTS

第一部分　生平与创作

一、出生与成长　　　　　　　　　　　　　　　　　003
  1. 家族：祖父与父亲　　　　　　　　　　　　　003
  2. 少年时代，戏剧大门向他敞开了　　　　　　005
  3. 克莱蒙中学的戏迷，初识玛德莱娜　　　　　008
  4. 从师伽桑狄，无神论及唯物主义思想形成　　011
  5. 法律硕士，年轻的"王室侍从"　　　　　　　012

二、戏剧之路的跋涉者　　　　　　　　　　　　　　014
  1. 离家：走上戏剧之路　　　　　　　　　　　　014
  2. 光耀剧团的兴起与衰落　　　　　　　　　　　016
  3. 流浪生涯　　　　　　　　　　　　　　　　　020
    （1）苦乐都是戏　　　　　　　　　　　　　　020
    （2）孔提亲王和他的亲王剧团　　　　　　　　023
    （3）《冒失鬼》：法国古典主义喜剧的诞生　　026
    （4）里昂：剧团声名远播的见证　　　　　　　027

（5）被授予"御弟剧团"，巴黎的舞台在等着他　　030
　　4. 初登皇家舞台，《多情的医生》被"勃鲁阿"　　032
　　5. 小波旁剧院，莫里哀剧团的演出地　　035

三、古典主义喜剧开创时期　　038
　　1. 风俗喜剧《可笑的女才子》　　038
　　2. 帕莱·罗亚尔剧院《丈夫学堂》公演　　043
　　3.《讨厌鬼》，法国芭蕾舞喜剧的诞生　　045
　　4. 莫里哀的婚姻　　047
　　5.《太太学堂》之战　　049

四、戏剧创作的全盛阶段　　057
　　1. 豪华芭蕾舞喜剧《逼婚》 路易十四登台参演　　057
　　2.《伪君子》遭遇禁演，莫里哀一上陈情表　　059
　　3. 突破古典主义戏剧创作规则的《唐璜》　　066
　　4. 透视医学至暗的《爱情是医生》　　069
　　5.《恨世者》的孤独，莫里哀的烦恼　　072
　　6.《骗子》遭禁演，莫里哀二上陈情表　　075
　　7. 越挫越勇 创作的高点来了　　078
　　　　（1）举世无双的瑰宝《昂菲特里翁》　　078
　　　　（2）无奈的资产者《乔治·唐丹》　　080
　　　　（3）世界文学史画廊上的《悭吝人》　　081

五、晚期创作　　083
　　1. 莫里哀三上陈情表，《伪君子》传世　　084
　　2. 宫廷庆典中的芭蕾舞喜剧　　086
　　　　（1）被嘲笑和愚弄的《德·浦尔叟雅克先生》　　086
　　　　（2）路易十四参演的《豪华的爱人》　　088

　　　　（3）为丑化土耳其人创作的《醉心贵族的小市民》　089
　　3. 与高乃依、基诺共同创作的芭蕾舞悲剧《卜茜雪》　093
　　4. 平民英雄：《史嘉本的诡计》　095
　　5. 最后的岁月：悲喜总是结伴而行　096
　　6.《无病呻吟》落幕——莫里哀之死　099
六、葬身之处　103

第二部分　艺术成就与艺术特色

一、艺术成就　112
　　1. 时代的弄潮人　112
　　　　（1）在"王权即理性"的古典主义戏剧时代，左冲右突　112
　　　　（2）"抨击本世纪的恶习"　117
　　2. 莫里哀喜剧艺术的贡献　122
　　　　（1）现实主义的文学叙事　122
　　　　（2）对古典主义喜剧的超越　125
　　　　（3）对法国及世界文学史的贡献　128
　　　　（4）对法国古典主义戏剧理论的挑战与丰富　130
　　3. 莫里哀喜剧的历史地位及影响　135
　　　　（1）法国现实主义喜剧的首创者　135
　　　　（2）莫里哀喜剧对欧洲喜剧的影响　138
　　　　（3）莫里哀喜剧在中国的传播与研究　140
二、艺术特色　146
　　1. 创作思想　146
　　　　（1）民族主义思想和民主主义精神　146

（2）戏剧的效用：嬉笑怒骂中的悲剧内涵　　148
　　（3）鲜明的阶级性与批判性　　150
　　（4）重视规则与勇于创新　　154
　　（5）强调喜剧的娱乐功能和教育功能　　158
　　（6）讽刺立场与思想内涵　　159
2. 创作手法　　162
　　（1）人物塑造　　162
　　（2）戏剧样式、戏剧结构及戏剧冲突　　165
　　（3）丰富多彩的民间词汇与舞台语言表达形式　　168
　　（4）巧合、对比与夸张　　171

第三部分　主要作品介绍

《伪君子》　　177
1. 创作演出的时代背景　　177
2. 剧本故事梗概　　181
3. 赏析　　208
　　（1）古典主义法则的灵活运用　　210
　　（2）结构严谨，层次分明　　211
　　（3）悲剧因素在喜剧中的穿插　　212
　　（4）形象鲜明，语言生动　　214
　　（5）多种戏剧因素有机结合，突显了喜剧的讽刺效果　　216
　　（6）戏剧冲突、情节的悬念与突转　　217
　　（7）对比手法的运用　　219

附录

莫里哀生平及创作年表 223
参考文献 226

第一部分 ｜ 生平与创作

我们的心智需要松弛，
倘若不进行一些娱乐活动，
精神就会垮掉。

一、出生与成长

1622年1月，大约13日，在巴黎的圣安诺大街和旧澡堂大街拐角处（现为巴黎市中心圣奥诺雷路96号）的一座两面斜坡尖顶的三层楼房里，一个瘦弱的有着淡黄头发的男孩降生了。

15日，孩子的父母在圣耶夫斯塔菲教堂（即圣厄斯塔什教堂）给这个男孩举行了洗礼，取名为让·波克兰，与父亲和祖父同名。让·波克兰是这个家庭的长子，后来为了区别小三岁的弟弟的名字，又取名为让·巴蒂斯特·波克兰。他就是后来闻名世界的喜剧家莫里哀。

1. 家族：祖父与父亲

这是一个经营室内陈设商品的波克兰家族。

早在十四、十五世纪，这个家族就生活在博韦齐地区。让·巴蒂斯特的祖父让·波克兰，是当地博韦齐市政长官的儿子，他来到巴黎在圣厄斯塔什地区定居，做地毯生意。1586年，他结婚了，娶的是一个皮货商的女儿，叫西蒙娜·图尔纳米娜，并与岳父合作生意。婚后的他们家境丰裕，生了两个女儿。不幸的是，四年后，西蒙娜不幸去世了，两个女儿也相继夭折。1594年，他再次结婚，

让·巴蒂斯特·波克兰出生

娶的是一个失去双亲的21岁孤女阿涅丝·马奇埃尔。新娘的祖上是一位厨师,家族中的成员对音乐都很喜爱,三代人中,从事御用小提琴手者约十人,从事婚礼宴会等公共庆典乐师者约三四人,这样的基因对后来的莫里哀肯定有一定的影响。祖父母居住在洗衣房大街,祖母阿涅丝以洗衣为生。他们生了9个孩子,其长子就是让·巴蒂斯特的父亲,后被称为让二世。

13岁的让二世波克兰被送到他的母亲阿涅丝的一个侄子家去当学徒,后来也成为一个地毯、挂毯商人。

圣厄斯塔什地区是巴黎市中心最繁华的商业区,自16世纪起住的都是地毯商人。位于圣奥诺雷街和老浴室街(今称索瓦尔街)拐角处,有一栋三层的16世纪的老房子。因为街角有一根木柱,上面雕刻着一群猴子围绕着一颗橘树嬉戏的图案,这栋房子在巴黎市民中便得了个绰号叫"猴楼"。莫里哀就出生在这里,有传言说,莫里哀善于模仿,很大程度是因为受到了这群好做鬼脸的猴子的启发。

这所房子是在1620年7月20日签租的,这时的让二世在他父亲的帮助下,有了做买卖的本钱,还有了一些库存的货物。1621年4月27日,26岁的让二世与祖上三代都是地毯商的富裕家族的女儿、刚满20岁的玛丽·克雷赛结了婚。新婚夫妇有着可观的共有财产,让二世店里的存货有2200利弗尔。玛丽·克雷赛带来的嫁妆有2200利弗

莫里哀的出生地,巴黎圣奥诺雷路96号

尔，其中家具和衣衫细软折算为400利弗尔。在婚约上，代表男方签字的是一个羽毛商人、一个内衣床单商人和一位裁缝；代表女方签字的是一位"王家建筑的管事"、一位针织品商人、一位首饰匠和一位五金制品铁器商人。婚后的让二世夫妇共生了6个子女，最小的两个夭折了。让·巴蒂斯特是他们的第一个孩子，剩下的3个孩子分别叫让、尼古拉和玛德莱娜。

父亲波克兰是一个精明强干的商人，他开设的毡毯铺，门面在圣奥诺雷街上，长5.68米，它的一边靠老浴室街，深度是14.55米。院子里有一口井，两个地窖，工匠们在作坊里工作。在稍显昏暗的第一层店铺里，散发着油漆和皮毛的气味，这里每天都有来挑选挂毯和壁纸的人们，生意很好。除了店铺外，还有一个大餐厅和厨房。一个户外螺旋式的楼梯把三层楼联结起来，二楼是让二世夫妇的卧室，室内装饰豪华，柜子里都是贵重的衣服和各种首饰，三楼是孩子们居住的地方。

2. 少年时代，戏剧大门向他敞开了

让·巴蒂斯特有着一头淡黄色的头发，两片厚厚的嘴唇，他经常坐在窗前，拳头托着腮，眼距略宽的双眼凝视着那熙熙攘攘的街道。他性格文静，喜爱读书的母亲说他是一位观察家。他有时在楼上房间里走来走去，不知在想些什么；有时到楼下的店铺或者作坊里来，有些结巴地向学徒工问这问那。工匠们都很喜欢他。到了上学的年龄，父亲把他送到教会小学，学校开设的课程有算术、语文。在这里他掌握了拉丁文的基础知识，了解了《圣者传》里的有趣故事。

让二世夫妇经营的买卖日益兴隆，家境日益殷实，一家人日子

过得和和美美，平安顺遂。1631年4月2日，让二世还买下了"御用室内装饰师"的头衔，也就是法兰西国王陛下的"王室侍从"。这是一个既荣耀又赚钱的差事，他因此还获得小贵族的称号。御用室内装饰师一共有8位，每2人一组轮流为国王服务3个月，负责宫廷室内陈设和供应，包括家具、地毯、挂毯的陈设，还有对窗帘、床顶华盖、帐檐床罩等用品的摆放和整理，报酬为每人每月300利弗尔，外加37利弗尔10索尔作为购买小件装饰品的费用，还有每天40索尔的膳食费。

父亲希望让·巴蒂斯特能够继承家业，成为像自己一样的成功的商人。为此，父亲经常让巴蒂斯特到店铺里学习丈量料子，学习记账，让他与客户们交流，学着谈生意。巴蒂斯特很快便了解了作坊里的活计，但他并不喜欢这里的一切，空闲的时候，他倒是喜欢与伙计们贫嘴，更多的时候就是读母亲经常看的书。

1632年的春天，巴蒂斯特的母亲患病了，那年他10岁。看着往昔文静的母亲，脸色苍白消瘦，面颊上布满了斑点，眼神黯淡没有了往日的神情，整个人变了模样，他惊恐不安。医生的救治并没有挽留住他的母亲，他的哭泣也没有唤回他的母亲，5月15日，母亲离开了他和这个有着欢声笑语的家庭。没有了母亲的家仿佛堕进了永远的昏暗中，巴蒂斯特陷入了极度的痛苦和忧郁之中，他常常呆坐在窗前，无精打采，人也消瘦下来。外祖父路易·克雷赛便代替女儿陪伴在巴蒂斯特的身边。

外祖父也是室内装饰商，住在巴黎附近的圣多昂乡村，那里有一幢设备齐全的房屋、一个葡萄园和约5000平方米可耕种的土地。每逢周日，父亲通常带着孩子去那里做客。巴蒂斯特与外祖父克雷赛的关系特别好。外祖父有一双炯炯有神的眼睛，他常常穿一件朴素却很有风度的长衫，精神抖擞，他特别喜欢看戏，可以说是一个戏迷。在劳作之余，外祖父常领着巴蒂斯特到巴黎的菜场地区和新桥散步，那里有小丑献艺、江湖医生卖药。克雷赛还经常带着外孙子进入当时最有名的布高尼府剧院，欣赏最为专业的皇家剧团的演出。

布高尼府剧院位于莫康谢尔大街和法兰西大街的交叉拐角处。这个剧院的负责人与巴蒂斯特的外祖父相熟，经常给这位受人尊敬的室内装饰商和他的小外孙在池子的散座中留出两个免费的位子。精彩的戏剧表演为巴蒂斯特打开了一扇通往新世界的大门。在这里，有许多著名的演员，他们表演着悲剧、悲喜剧、哑剧和闹剧。外祖父对最有名演员贝尔洛斯的悲剧演技很欣赏，小外孙更喜欢轻松的闹剧。这些闹剧是从意大利引进的。著名的演员格罗-基廖姆戴着红色的平顶圆形软帽，身穿把大肚子绷得紧紧的白色短上衣；闹剧名角格迪埃-加居勒身穿黑色坎肩，胳膊上套两个红袖子，鼻梁上架着一副大眼镜。他们的形象和滑稽表演让观众为之倾倒，引起一片片呼声。那些迂腐的医生、吝啬的老头、吹牛的上尉、轻浮的女人等形象驻扎在小小的莫里哀的心中。

两个戏迷还去了另一个大剧场——沼泽剧院。这里演出的大多是悲剧和高雅的喜剧，著名的悲剧演员蒙多利，经常表演当时大名鼎鼎的皮埃尔·高乃依的剧本。巴蒂斯特知晓了高乃依的大名和大作，也知晓了当时的演艺明星。祖孙二人可以说是看遍了当时的所有剧目。

相较于父亲安排的枯燥乏味的商贾生活，巴蒂斯特更喜欢精彩纷呈的戏剧世界。儿子的变化被父亲看在眼里，内心很是焦急。要知道，在巴蒂斯特生活的时代，戏剧演员的地位是非常低的，他们通常被政府视为下等人，还面临着来自教会的歧视。根据教会规定，倘若当了戏子，不仅生前会被驱逐出教会，临死前若没有举行忏悔和终敷礼，甚至连坟地都没有。为此，父亲埋怨自己的岳父克雷赛："您怎么总是带他看戏呢？难道您要把他培养成戏子吗？"克雷赛沉默片刻回答说："但愿上帝保佑他将来成为像贝尔洛斯那样的好演员。"[1]

正是外祖父的支持给了小莫里哀极大的动力，也坚定了他从事戏剧事业的决心。可以想象，像巴蒂斯特这样的富商少爷，放弃优渥的生活而去做被人看不起的演员，该需要多大的勇气。然而巴蒂斯特还是毅然走上戏剧道路，最终成为名垂千古的戏剧家。

3. 克莱蒙中学的戏迷，初识玛德莱娜

为了让长子受到更好的教育，1635 年[2]，让·波克兰把巴蒂斯特送进贵族学校克莱蒙中学读书，克莱蒙中学后来叫作路易大帝中学。

克莱蒙中学在巴黎很有名气，校长是雅克布斯·迪耐神父。克莱蒙中学与一般的教会学校不同，是由势力强大的耶稣会会员管理的，教学质量很好，耶稣会的神父们"为了上帝更大的荣耀"把学校的工作搞得相当不错，他们要将这些学生培养成法国未来的精英。这所中学约有 2000 名学生，学生大多来自贵族和资产阶级的家庭。其中有 300 名住宿生，其余是走读生。

---

[1] 布尔加科夫. 莫里哀传 [M]. 臧传真，孔延庚，谭思同，译. 天津：南开大学出版社，1985：20-21.

[2] 陈惇. 莫里哀和他的喜剧 [M]. 武汉：华中科技大学出版社，2019：302.

许多赫赫有名的贵族家庭子弟，甚至皇亲国戚，都名列在克莱蒙中学学生名册中。当时在克莱蒙中学读书的就有孔提亲王阿尔曼·德·波旁，还有阿尔曼的亲兄弟——昂吉安公爵路易·德·波旁。可见，巴蒂斯特是同皇亲国戚在一起上学的。当然，贵族血统的少年与富有的资产阶级子弟是有区别的，小巴蒂斯特虽然有"王室侍从"小贵族家庭头衔，但仍属于后者。公爵和侯爵是学校的寄宿生，有自己的仆人、自己的教员，有单独的上课时间，还有单独的客厅待客。孔提亲王在这个学校读书时，巴蒂斯特在学校里从未见过他，因为孔提亲王比巴蒂斯特小七岁。在这里，巴蒂斯特不仅获得了丰富的知识和良好的教育，还结交了一批贵族朋友，熟知了他们的生活和品性，这为他后期在戏剧中塑造贵族青年的形象积攒了第一手素材。

克莱蒙中学的课程有历史、古代文学、法学、数学、化学、物理、神学和哲学，还要学习希腊文、拉丁文。特别是拉丁文，作为克莱蒙学校的学生不仅要经常阅读和研究拉丁作家的作品，而且必须用拉丁语交谈。舞蹈课、体育课是在特定时间上的，这里可以看见法国少年优雅的舞姿，听见他们击剑的声音。这是为了培养法国绅士具备内在修养和素质的传统礼仪，是为了培养将来在大规模战争中捍卫法兰西国王荣誉的忠诚和担当，也是为了在单独搏斗中保卫自己的能力而设置的课程。

每逢举行庄严的开学典礼，克莱蒙中学的住宿生会演出一些古罗马作家的戏剧，大都是泰伦斯和塞涅卡的作品。泰伦斯（约公元前190—公元前159年），古罗马喜剧作家，奴隶出身，代表作《两兄弟》等。塞涅卡（约公元前4—公元65年），古罗马哲学家，戏剧家，有悲剧《美狄亚》等九种传世。当时这些戏剧对17世纪的法国戏剧作家们影响极大，戏迷莫里哀对这些戏剧也产生了浓厚的兴趣，开始阅读普拉图斯、泰伦斯的作品。在教室的长凳上，留了披肩长发的巴蒂斯特埋头读书，父亲的店铺渐渐模糊了，书中的世界越来越清晰，他已经进入了另一个世界。

繁重的学习生活丝毫没有磨灭巴蒂斯特对戏剧的热情，他时常陶醉于与外公一起在菜场、新桥和剧院看戏的乐趣中。只要一有空闲时间，他就约几个克莱蒙中学的同学去新桥或者剧院观剧，有些同学成为他日后戏剧活动的大力支持者。他们几乎看遍了沼泽剧院和布高尼府剧院的演出，皮埃尔·高乃依的《寡妇》《国王广场》《王宫走廊》以及那部使高乃依声名大振、让文学界同行嫉妒的著名戏剧《熙德》，让他们无比激动。快到中学毕业的时候，巴蒂斯特经常溜进剧院的池座和包厢，有时还溜到后台去，因为在那里他结识了一个对他一生来说非常重要的女人。这个女人名叫玛德莱娜·贝扎尔。

玛德莱娜有着一头棕红色头发，长得漂亮，为人热情，人也很聪明，曾在沼泽剧院演过戏。她具有敏锐的剧本鉴赏力，是被大家公认的才华出众的演员，很是讨人喜欢。她不仅表演技能卓越，还具有一定的文学素养，善于写诗，曾热烈崇拜戏剧作家罗特鲁。比她小四岁的还是克莱蒙中学生的巴蒂斯特被她迷住了。有意思的是，玛德莱娜对有着共同的爱好的小巴蒂斯特也报以同样的热情。两人莫逆于心、相见恨晚，很快成为志同道合的朋友。巴蒂斯特决心与她一起投身戏剧事业。

4. 从师伽桑狄，无神论及唯物主义思想形成

巴蒂斯特在克莱蒙中学学完了人文学和哲学的全部课程，可以说是圆满结业，收获满满。在这里，他不仅养成了遵守纪律的习惯，而且还懂得了尊重科学的道理。其中，对他影响最大的人莫过于当时优秀的学者皮埃尔·伽桑狄了。

巴蒂斯特有一个非常要好的同学叫夏佩尔，巴蒂斯特常到他家去玩。夏佩尔是当时一个重要的财政官员、富翁吕勒耶的私生子。巴蒂斯特毕业那年，伽桑狄作为贵客来到了吕勒耶的家中住了下来。

伽桑狄（1592—1655）是布罗温斯人，是法国唯物主义哲学家和数学家。其学术造诣深湛，才思敏捷，善于演说，有着卓越且渊博的历史、哲学知识。他由于数学知识相当丰富，曾被推荐到皇家中学去任教，讲授数学等课程。他热衷于科学，尊重实验，对天文学家哥白尼、思想家布鲁诺和物理学家伽利略很是推崇。渐渐地，他对亚里士多德的学说持起了否定态度，否定了笛卡尔的天赋观念论，强调感觉是认识的主要来源，成为伊壁鸠鲁学派的学者。当时国会决议有非常明确的提法，任何胆敢抨击亚里士多德及其继承者的人都要处以死刑。他为了避免招惹麻烦，曾到比利时、荷兰旅行，后来到了巴黎。老朋友吕勒耶邀请他住进了自己的家里，为儿子夏佩尔授课。巴蒂斯特等人也跟着一起听课。

在吕勒耶家的豪华房间里，巴蒂斯特被这个满脸皱纹的布罗温斯人的热烈演说彻底征服了。在烛光的映照下，伽桑狄捋着具有学者风度的大胡子教导着学生：人的唯一的天生秉性，就是钟爱自己。每个人的生活目的就是幸福，幸福只有两点构成，心神安宁和身体健康。关于怎样保持健康，任何一位高明的医生都会告诉你们。然而，

怎样达到心神安宁，我可以告诉你们，就是不要做违法的事，只有犯罪行为才会使人不幸。

巴蒂斯特在伽桑狄思想的影响下，爱上了生动而准确的实验和推理。他了解了很多的自然科学知识，坚定了伊壁鸠鲁的唯物主义哲学思想，学习了卢克莱修（约公元前99—约公元前55年）的长诗《物性论》，否定了超自然的无形东西的存在和作用，形成了无神论思想。他憎恨逍遥派、蔑视虚伪和假的道学，寻找生活中的真实与快乐，认识到快乐是生活中最重要的，是天生的最高的善。他要寻求人生幸福之路，寻找心灵宁静之乐。这在他后来的戏剧中都有体现。

5. 法律硕士，年轻的"王室侍从"

1639年，巴蒂斯特中学毕业了。

早在1637年，父亲就把"王室侍从"头衔的承袭权过到他的名下，也就是说巴蒂斯特获得了"王室侍从"，即御用室内装饰师职务的承袭权。父亲不仅让他继承了"王室侍从"的头衔，还安排中学毕业的他去奥尔良一所学校学习法律，希望他能获得一张奥尔良大学法学硕士的文凭。

父亲培养他花的钱要比给其他孩子花的钱都多，他希望长子继承自己的职业或者从事律师工作。当他看到巴蒂斯特在戏剧娱乐场所消磨了很多时间，并渐渐显示出对戏剧的爱好和志向时，作为资产者的父亲怎能甘愿儿子朝戏剧方向发展，他心情急切而又不知所措。

大约在1641年初，巴蒂斯特去奥尔良的一所法律学校读书，经过一年时间的学习和考试，他得到一张奥尔良大学法学硕士的文凭。其实，在那里不通过学习也可以取得毕业文凭，只要提前交齐学费就行了，而巴蒂斯特确实是靠学习得到的。这时的他已经成长为一个浑身上下透出一股不同于同龄青年气息的男子汉。他瘦瘦高高的身材，有点驼背，胸脯塌陷；他剪掉了长发，戴着浅色的假发，面色黝黑，颧骨突出，两眼间距离较常人宽些，透着一股嘲弄和刻薄的寒意；一撮山羊胡子，鼻子又宽又扁，说话时有点结巴，呼吸不均匀，脸上有一种忧郁的神情。

巴蒂斯特在法院实习了一段时间，感到法律工作很枯燥。他深知父亲希望自己谋个正当职业，也知道当时的人们对从事戏剧行业的人存在偏见，可是他自幼就喜爱戏剧，对戏剧情有独钟，对法律工作和经商毫无兴趣。

1642年年初，正值法国国外战争和国内战争混战的时期。当时法国国王路易十三和红衣主教阿尔曼·黎塞留公爵到南方去视察军队，目的是从西班牙手中夺回鲁西荣省。作为御用室内装饰师是要随行侍奉国王的。按规定，四、五、六月是巴蒂斯特的父亲轮值的，可老波克兰忙于家中的经营事务无法离开巴黎，同时他也想让巴蒂斯特熟悉一下宫廷生活，就派巴蒂斯特代表自己为国王内庭服务。儿子听从父亲的吩咐，在初春时节便动身去法国南方了。

在侍奉国王的过程中，巴蒂斯特了解到路易十三是个意志薄弱、才华平庸的人，法国实际的掌权者是红衣主教阿尔曼·黎塞留公爵，路易十三完全听从黎塞留的意见。巴蒂斯特也了解到黎塞留对当时很多的法国贵族都抱敌视态度。1642年，年轻的侯爵圣·马尔斯密谋组织反对红衣主教的活动，结果被老谋深算的黎塞留察觉到了。尽管圣·马尔斯受到国王的袒护，但他仍被指控勾结西班牙，最后因叛国罪而被逮捕处决了。这件事情给巴蒂斯特留下了很深的印象，他对王室和宗教的复杂关系有了一点了解。

6月底，巴蒂斯特作为路易十三的侍从陪同国王到了离尼姆几里约（约，法国旧的长度单位，1约等于4.5公里）远的蒙弗伦。在蒙弗伦洗温泉疗养时，巴蒂斯特遇到了分别已有一段时间的女演员玛德莱娜·贝扎尔，他兴奋不已。玛德莱娜是随着流浪剧团来到此地演出的。这一次的见面影响了巴蒂斯特一生。

二、戏剧之路的跋涉者

1642年7月，随行侍奉国王的服务期满后，巴蒂斯特没有马上回巴黎，而是继续在南方旅行了一段时间，一直到1642年秋天才返回巴黎。他向父亲报告自己侍奉国王差事的情况，并谈了自己的服务感受。父亲问他今后打算做什么？巴蒂斯特回答说打算在法学方面进一步深造。其实这是他的一种敷衍之词，真实的他把法学的书本放到家中，背着父亲偷偷参加了一个江湖戏班。他白天登台扮演角色，夜晚阅读和研究高乃依的剧本。一个清晨，他合上《熙德》剧本，吹灭蜡烛，沉思良久。最后他拿定主意要在这条道路上无悔地走下去，他要让法国因为自己而震惊。

1. 离家：走上戏剧之路

1643年1月初，20岁的巴蒂斯特与父亲有了一场正式的谈话。他向父亲明确表示自己不愿意做律师，也不打算当学者，更不愿意经营店铺做家族商业的继承人，而是渴望从事演艺职业。老波克兰很生气，儿子要当戏子的想法简直是大逆不道，辱没家门，但他还是试图说服儿子。他告诫儿子，戏子这职业就是乞丐或流浪汉，是被人瞧不起的，神圣慈爱的教会都不庇护这个职业。无论老波克兰怎样软硬兼施地试图说服他，儿子就是坚持自己的选择。可怜的父亲急忙去找曾教巴蒂斯特商业簿记的老师乔治·皮涅尔，哀求他劝说巴蒂斯特。然而令人惊讶的是，师生两个人经过两个小时推心置腹的交谈后，原本去当说客的老师皮涅尔竟被学生巴蒂斯特说服了。他不仅完全表示支持巴蒂斯特的选择，还决定辞去会计工作，和巴蒂斯特一起走戏剧的道路。老波克兰彻底陷入了绝望，他无法理解儿子为什么愿意从事如此下贱的职业，同时也非常后悔当初送他去克莱蒙中学念书。1月6日，拗不过巴蒂斯特的老波克兰与儿子进行了一次对话，再次确认儿子的坚决态度后，以取消他御用室内装饰师的承袭权作为最后的胁迫。但巴蒂斯特毫无改变之意，他声称乐于放弃这个承袭权，对父亲把这个承袭权给哪个弟弟，他都没有任何意见。13日，他签下了放弃承袭权的书面字据。其实这个字据没有任何作用，父亲没有向王室请求这种变更，仍然为长子保留着退路。他期盼儿子回头的那一天，还是可以获得一份毫无逊色的差事。后来，莫里哀的弟弟让接替了父亲的商务，这个承袭权在1654年才转让给弟弟，由弟弟继承了这个"御用内室装饰师"的头衔。可莫里哀的弟弟让于1660年去世（36岁），莫里哀又承继了这个头衔，并保留下去。

　　为了儿子从事演艺职业的需要，父亲决定提前让巴蒂斯特继承母亲的遗产，大约5000利弗尔。可他又担心这笔钱落入儿子这个喜剧演员的破钱包里被轻易花费掉，只好公证后为他保存。可为了儿子的生活，他先给了儿子630利弗尔。这笔钱，可以算作是他继承母亲财产的一部分，也可以算是父亲对他的赠款，因为父亲一直在接济他。

儿子就带着这笔钱离开了父亲的家，向着皇家广场方向走去，那里是玛德莱娜·贝扎尔的家。

2. 光耀剧团的兴起与衰落

玛德莱娜有一个充满温暖的家庭，玛德莱娜·贝扎尔的父亲约瑟夫·贝扎尔是巴黎水源森林管理局的一个小官员，玛德莱娜的母亲玛丽·艾尔维是棉麻布缝纫师傅。当时贝扎尔、艾尔维夫妇有4个孩子：长子约瑟夫、长女玛德莱娜、次女日涅维耶娃、次子路易。后来他们又生了一个女孩。他们全家都热爱戏剧。

玛德莱娜生于1618年，她姿色出众，有着一头棕红色头发。她热爱文学，是一名优秀的职业演员，哥哥约瑟夫和19岁的妹妹日涅维耶娃在业余演出中也担任过角色。兄妹三人不仅热爱表演，而且他们还想成立剧团。最小的弟弟路易也经常嚷着要跟着哥哥姐姐去演戏，只是因为年纪小没能参加演出。父亲对孩子们的爱好完全赞成，他本人也想尝试戏剧工作，疼爱孩子的母亲对他们的热爱也不反对。

对于让·巴蒂斯特来说，他的理想、他的志向与这个有着浓厚戏剧兴趣的家庭竟是那么的一致，能够遇到这样的机缘真是太难得了，一切都那么相容、和谐。他与玛德莱娜的关系尤为密切，这时，他们已经相爱了。

1643年3月，玛德莱娜的父亲去世了。

6月30日，在玛德莱娜母亲的家里，巴蒂斯特与贝扎尔兄妹正在筹备建一个剧团。巴蒂斯特拿出了自己的全部家当830利弗尔，其中包括追随他的老师皮涅尔向巴蒂斯特的父亲为他申要来的200利弗尔。玛德莱娜以前当演员时，攒了一笔数目相当可观的钱，也慷慨出资。玛德莱娜的母亲玛丽·艾尔维疼爱子女，也拼凑了一些钱，这就是剧团的全部家底。剧团由十个人组成，参加剧团的人都自称是"家庭儿童剧团"的团员。这个家庭儿童剧团中除了贝扎尔家的三兄妹——约瑟夫、玛德莱娜和日涅维耶娃外，还有皮货商的女儿、年轻姑娘玛德兰娜·马兰格尔，私人法院书记室一位职员的女儿、年轻姑娘卡特琳·德·絮尔利，马雷剧团女演员克莱兰的亲戚热尔曼·克莱兰，参加过两次检察官培训班均未毕业的年轻的抄写员博南方，有经验的职业演员、曾经的书商但尼·贝伊斯，巴蒂斯特的老师乔治·皮涅尔。巴蒂斯特和贝伊斯担任剧团领导，玛德莱娜分管财务，这些团员之间的关系是和谐的，他们有一种朝气，足以抵挡住创业初始的种种艰难困苦。他们在巴黎国会的律师马来夏尔的主持下签订了合同，剧团取名为"光耀剧团"，意在日后能够在巴黎异军突起，光彩耀人。

演出场地是首要问题。他们在耐利塔附近的壕沟旁找到了一个早已弃置不用了的打棒球用的大厅，莫里哀与其主人加卢阿·杜·梅塔耶先生签订了三年的租赁合同。加卢阿根据合同修建好大厅并搭建舞台。为了不耽误宝贵的时间，那边修缮大厅时，这边莫里哀的剧团随即开始排练了。剧团请了四位乐师，分别是格达尔、蒂斯、勒菲弗尔和加布莱，每人每天费用20索尔。准备好几出悲剧后，他们就乘马车到鲁昂的集市上演出。在鲁昂，面对要求不高的集市观众，演出效果也算平平常常。回到巴黎后，他们又与列昂纳尔·奥勃里签订了在剧院前修一条马路的合同。

一切都准备就绪了，巴蒂斯特放弃了让·巴蒂斯特·波克兰这个名字，给自己取艺名为莫里哀（常青藤之意），此举或许是为了和过去的一切，做个告别，或许是为了新的征程赋予新的生命。

1644年的新年之夜，光耀剧团在自己的剧院大厅开始了他们的首次演出。首场演出的是一出悲剧，然而，演出惨败。几场演出后，剧场内似乎只有演员亲属和持有免费入场券的人在看戏了。

演出失败的原因很多，首先剧团没有足够的资金，在潮湿阴暗的大厅里，破烂的铁皮吊灯上只有稀疏的蜡烛在燃烧，光亮不够；四位乐师的提琴声无法与大乐队的音效相比；演员不仅人数有限，而且演技不高，抄写员博南方怎么也表达不出那铿锵有力的对白，结巴的约瑟夫怎么也道不出情人的缠绵细语。尽管剧团有玛德莱娜这样优秀的演员，但一个人怎么也撑不起整台的气场和气氛。况且剧团在巴黎既缺少地位显赫的靠山资助，也没有固定的观众队伍。即使是热情的老戏迷，对位于耐利塔旁的壕沟边的剧场也是不屑一顾的。那条漂亮的马路迎接不来几辆马车，没有观众观看，剧团难以生存。

光耀剧团成立之初，在巴黎就引起过行业内人士的讥讽，布高尼府剧团甚至公开嘲笑他们为流浪汉的团伙。在首战失利面前，在重重困难面前，年青的莫里哀并没有气馁，他精心挑选剧本，寻找演员，凭借着一腔热忱，带领着剧团在这不平坦的戏剧之路上跋涉着……

玛德莱娜为了挽救剧团演出的颓势，拜求与贝扎尔家有点亲戚关系的特里斯唐·莱尔密特为这个不走运的剧团奔走，以便赢得贵族对剧团的庇护。莱尔密特附属于吉兹公爵家，属于贵族的侍从。

公爵赠给了光耀剧团一些华丽的服装，剧团于1644年9月9日起，就自称"受到亲王殿下的扶持"，也就是加思同·奥尔良亲王殿下名义上的扶持。莫里哀很快显示出他确实具有担当剧院经理的才能。他请来舞蹈演员，为亲王左右的心腹们排演了很多芭蕾舞。为了有更多更好的剧目上演，他又请来了一位既是演员又是剧作家的尼古拉·德方丹。

德方丹贡献了三个剧本，分别是《贝尔熙达》《神圣的阿列克赛》《圣热耐的殉难者》。剧团加紧排练，可演出后仍没有改变现状。剧团又排演作家特里斯坦·勒艾尔米特的悲剧《康斯坦丁的家庭灾难》，该剧的展现的是伟大的康斯坦丁的家庭的不幸。玛德莱娜扮演其中的角色艾皮哈莉丝，演得十分精彩，整体效果也很好，稍稍缓解了当下的困境。

很快，剧团的钱花光了，他们求助于玛德莱娜的母亲玛丽·艾尔维。艾尔维把仅有的一点钱都给了他们。后来皮涅尔又去找老波克兰，老波克兰为了儿子也给了一些钱。尽管如此，剧团还是在演出一年后就负债累累了，作为剧团经理的莫里哀再也付不起加卢阿的房租了。

莫里哀决定另找演出场地。1645年1月，他找到了位于圣保罗门前的"黑十字"演出大厅，剧团在这里继续演出。这时剧团已是入不敷出，高利贷者、蜡烛商等债主纷纷上门讨债。当演完作家马尼昂的剧本《阿尔塔克塞尔克斯》后，作为光耀剧团的经理莫里哀因为无力偿还债务而被关进了监狱，这是在1645年的8月。皮涅尔把这个消息告诉了莫里哀的父亲老波克兰。老波克兰出了一些钱，加上当初为剧场修马路的列昂纳尔·奥勃里为剧团的债务做了担保，才将莫里哀保释出来。奥勃里因为为莫里哀的债务做担保使得他的大名流传于后世。

莫里哀出狱后，找到了亨利·德·基兹·洛塔林公爵寻求帮助。公爵将自己的大量衣服送给了剧团，莫里哀把金丝缝的条带典当给了高利贷者，以便缓解生存的窘状。演员们也穿上了这些华丽讲究的服装。剧团不得不离开黑十字剧场，转到新的白十字剧场继续演出，艰难地维持着剧团的生存。剧团的人员开始陆续离开了，先是皮涅尔、博南方，后来实力演员贝伊斯也离开了。终于剧团支撑不下去了，服装、布景、道具开始变卖了。

1645年的秋天，入不敷出的光耀剧团解散了，成立了两年多的光耀剧团永远销声匿迹了。

在扎尔登盛波尔大街的一个狭窄的住宅里，莫里哀身披破烂不堪的肥大长袍，手摸着口袋里仅有的几个苏，在屋里来回踱步，嘴角出现了时光刻下的尖酸刻薄的皱纹。玛德莱娜看着眼前这个饱受失败折磨的24岁的职业演员，很是心疼。然而，只要仔细端详一下他的脸，就会发现那刚毅的神情，让人不自觉地相信，无论怎样的磨难，他都会向前走。

3. 流浪生涯

（1）苦乐都是戏

光耀剧团解散后，莫里哀从光耀剧团剩余的人员中选出最信任的演员，组成了新的班底。莫里哀是这个团队的队长。成员有约瑟夫、玛德莱娜、日涅维耶娃、路易一家，又找来了职业悲剧演员夏尔里·杜弗莱尼，还有出色的职业滑稽演员雷纳·巴尔特洛，他就是杜巴克。由于总是扮演可笑的胖仆人的角色，他很快就得到了一个艺名叫格罗·雷纳。经过深思熟虑，莫里哀决定带领这个团队跟随杜弗雷纳剧团离开巴黎，到外省去寻找新的出路。

1645年深秋，在巴黎艰苦奋斗了两年多的莫里哀和他的团队开始了长达十三年的流浪演出生涯。他们分乘几辆马车向南方驶去。车子有载一些家具什物的，有载披着遮挡风沙外衣的演员们的，有载装在包裹里的特里斯坦、马尼昂和高乃依等人的剧本的。这支自称是"埃伯农公爵老爷的演员们"的足迹，将遍布法国南部及西南部地区，将尝尽生活的无情与艰辛，也将迎来属于他们自己的戏剧人生。

起初这些流浪艺人，生活极度艰难，常常睡在干草棚里，真可谓风餐露宿。每到一个新地方，莫里哀都要拜访当地的地方官员，向地方官提出演出申请。地方官们对待这些流浪演员们的态度很蛮横，莫里哀常常要说演令人敬重的高乃依先生的诗体悲剧，对维护社会治安和提升人们的素质有益，以争取演出的许可。地方官员根据自己的感觉，或者同意，或者不同意，这都在他们的一念之间。各地的牧师对这些流浪艺人也持有成见，莫里哀只好主动提出将第一次的全部演出收入捐出做慈善事业，以此来解决演出受限制的状况。他们忍受着当地政府的刁难和勒索，也忍受着演出场地的各种恶劣环境。在乡村为百姓演出时，在板棚里挂上一块破布就开始演出喜剧。在一些有钱人的城堡中演出时，演员套上演出服就在客厅里表演悲剧。他们去找赌场或游玩场所，付给场所主人一定的钱数，利用这里的棚子，隔出一块空地当舞台，穿上简陋的服装表演。

流浪演出期间，他们去过波尔多、阿让、图卢兹、阿尔比、卡尔卡松等地。

1647年，流浪剧团来到了波尔多市，得到了为德艾别尔侬公爵和他的情人演出的机会，他们演出了悲剧《约萨法特》《费瓦伊德》等，剧团终于得到了喘息的机会。

1648年春，莫里哀剧团来到了南特城，与来到该城的威尼斯人谢加尔的傀儡戏剧团相遇，两剧团展开了竞争。莫里哀的剧团战胜了傀儡戏剧团，谢加尔不得不把南特城让给莫里哀演出，这大大地鼓舞了莫里哀流浪剧团的士气。这年的夏天和冬天，剧团都是在南特城附近的城市和小镇度过的。1649年，流浪剧团转到里摩日，之后他们又到了昂古莱姆、阿让、图卢兹。1650年来到达纳尔榜、佩兹纳斯城。就这样剧团走走停停，到达了许多地方，剧团终于生存无虞，并于1651年还清了光耀剧团遗留下来的所有债务。1652年，莫里哀接替杜弗雷纳成为剧团负责人。年底，剧团又奔赴里昂演出。

这些经历与处境对于莫里哀的创作来说是至关重要的。他了解并体会了底层人民的生活及苦难，转变了资产阶级家庭出身的创作立场，他的作品已不自觉地为广大民众发声了。更重要的是，莫里哀接触到了民间闹剧及意大利即兴喜剧，这为他后来的喜剧创作奠定了扎实的基础。

在外省流浪的日子里，莫里哀白天四处演戏，晚上编写剧本。在当时，喜剧是不受社会重视的，他最开始也是致力于研究悲剧的，还写下了悲剧《费瓦伊德》，后来他尝试创作了一些轻松幽默的喜剧。这是因为莫里哀剧团表演悲剧总是惨败，表演喜剧则大受欢迎。

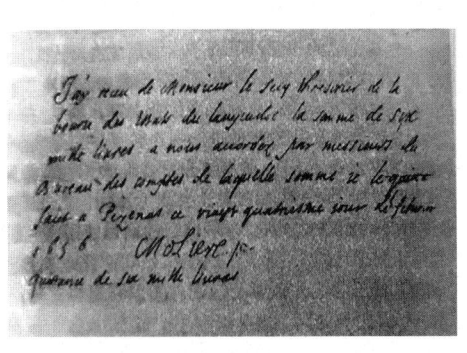

莫里哀最早的手迹之一

究其原因，可能是因为莫里哀本人的长相有些滑稽，瘦高的个子，眼距较常人宽，鼻子又大又厚地占据着脸的中部，说话有些结巴，简直就是喜剧演员该有的一副样子；也可能是人们经过一天的劳作饱受生活的艰辛，看喜剧会在精神上得到一些释放。在数次喜剧表演获得成功以后，莫里哀将创作的重心由悲剧转向喜剧。由于他本人具有创作天赋，加上他善于汲取民间闹剧的写作手法，还曾向著名的扮演斯卡拉穆什的定性假面角色的意大利演员提贝里奥·菲奥莱里学习即兴喜剧的技巧，所以他创作的喜剧受到了人们的欢迎。他在自己创作的喜剧中扮演喜剧角色，他的舞台形象活灵活现，举手投足、台词对白，无不充满喜感，整台的演出效果非同以往，观众给予剧团热烈的掌声和欢呼声。

自从莫里哀剧团演出喜剧后，莫里哀剧团在外省的名气越来越大，他的名字传遍了法国的南方。至此，莫里哀剧团无论是演员的精神面貌，还是演出的服装，都有了极大的改观。

（2）孔提亲王和他的亲王剧团

莫里哀的剧团在外省流浪的时候，法国政坛发生了一系列事情。1642 年底，大权在握的红衣主教黎塞留逝世；1643 年 5 月，国王路易十三也离开了人世，法国的新国王路易十四接续了王位。

路易十四生于 1638 年 9 月，父亲路易十三去世时，他尚不足 5 岁。年幼国王的母亲西班牙公主、奥地利的安妮摄政管理国家，而实际掌权者同前朝一样是另一个红衣主教，也是黎塞留的继任者，法国的首相尤里·马扎然。历史仿佛在重演，由于马扎然接手朝政时，恰值法军"三十年战争"临近决胜关头，为了筹措战争款项，政府加大了新税收，发布财政法令，引发了一场严重的政治危机——"福德隆运动"。

1648年4月宫廷颁发敕令，征收各地高等法院"官职税"，从而激化巴黎高等法院与政府的矛盾。巴黎高等法院为抵制政府的横征暴敛，联合各地法院，向国王和政府发难，马孔然逮捕法官，巴黎市民闻讯起义，是为高等法院福德隆运动，也叫投石党运动。孔代亲王当时已加冕，是唯一的统帅，应政府要求铲除了暴乱。1650年，孔代亲王为追求个人权益，欲取代首相职位未果，遂联合法国上层贵族代表又在反对新的首相马扎然，即第二次"投石党运动"。反对政府的内乱持续了近五年，斗争的结果是孔代失败了。孔代离开法国去了西班牙，后来他顺从了马扎然，得以赦免。

孔提亲王是孔代亲王的弟弟，他的特点是喜怒无常，热情奔放。他曾在克莱蒙中学读书。投石党运动时期，他正值青年，为了追求功名利禄，追随哥哥孔代加入了投石党，参加过战斗，后来坐过牢。

1553年夏末，孔提安分地住在离佩兹纳斯城不远的自己的城堡德·拉格朗日。这是一个富庶的地方，他担任朗格多克省长的职务。这一年8月的一天，孔提叫来了他的情妇德·卡尔威蒙太太，为了让这个女人开心，就让他的贴身下属丹尼尔·德·科兹纳先生去请演员们来城堡里演戏。

这时，莫里哀剧团已离开了里昂，正在朗格多克活动。

科兹纳先生知道莫里哀的剧团在朗格多克，就请他们到拉格朗日来。偏偏这时候，另一个剧团已来到佩兹纳斯城，这就是科米埃的剧团。孔提亲王是个急性子，加之这个剧团给卡尔威蒙太太送了礼，就把这个剧团留下演出了。科兹纳先生向亲王禀报，说已经和莫里哀谈妥了。亲王说，他已决定用科米埃剧团了。莫里哀剧团到了，长长的车队列在城堡大门外，莫里哀风尘仆仆地站在大门前，一双眼睛尽显疲倦,长筒皮靴都泛白了。科兹纳先生非常抱歉地传达了孔提亲王的"请他们自便"的命令。莫里哀看到这种情形,很无奈,结巴着说,接到您的邀请,我们停止了所有的演出,现在布景、演员都来了,我们已经受了很大的损失,至少要付给来时的路费1000艾叩吧。这是理所当然的要求,可科兹纳先生向亲王报告,孔提亲王竟认为不应付钱。科兹纳先生很气恼,从自己的钱包中拿出1000艾叩付给莫里哀,并对他表示了歉意,又帮助他们在佩兹纳斯城找剧场联系了演出事宜。

科兹纳先生又说服了有文化教养的亲王的秘书萨拉森,求他催促亲王,让莫里哀的喜剧演员在拉格朗日的剧场演出一次。亲王终于同意了。

莫里哀剧团在拉格朗日城堡中的第一次演出并没有博得卡尔威蒙太太的欢心,因而也没有赢得孔提亲王的好感。而其他观者一致认为演员的演技和服饰都远远超过科米埃的剧团。几天之后,他们获准再次演出,孔提亲王终于承认了他们的演技。这样,除了科米埃剧团为其演出外,莫里哀剧团也被留下了。萨拉森又说服卡尔威蒙太太,赶走了科米埃的剧团,还为莫里哀的剧团争取到了一笔补助金。说起来,这一切真的耐人寻味,孔提亲王在莫里哀和科米埃之间的选择,竟取决于一个女人、一个秘书和一位神父的自尊心。神父是指科兹纳,他后来成了瓦朗斯的主教,不久又成了埃克斯的大主教,成为孔提的侍臣。秘书萨拉森是一位可爱的诗人,他爱上了莫里哀剧团的一名女演员,是他极力劝说亲王让莫里哀先生的剧团充当他宫廷的点缀的。喜怒无常的亲王下令辞退不走运的科米埃剧团,邀请莫里哀剧团长期为自己服务,并命名为"孔提亲王剧团",按时给他们发放固定的俸禄。

此后，亲王剧团的演出可谓一场接一场，各种富贵功名向莫里哀和他的喜剧演员们纷至沓来。莫里哀仿佛使亲王着了魔，亲王经常出钱征用马车拉着剧团的演员和道具到朗格多克各地去演出。

（3）《冒失鬼》：法国古典主义喜剧的诞生

早在1652年底，剧团赴里昂演出大量闹剧之际，莫里哀创作了大型五幕诗体喜剧《冒失鬼》，这是莫里哀创作的第一部真正的完整的喜剧。这是一出意大利风格的诗体喜剧，该剧通过生动诙谐的故事，塑造了一个足智多谋、坚强勇敢的仆人玛斯加里尔的艺术形象。玛斯加里尔应他的主人李礼的恭维和请求，帮助主人获取一个女子西丽的爱情，他几次施计，可是愚笨的主人总是滑稽地把自己的幸福给葬送了，最后他终于帮助李礼和西丽两个有情人终成眷属。该剧歌颂了底层人民"仆人之王"的智慧和勇敢，表现了他的主人李礼的反应迟钝、丑态百出，主人与仆人之间形成鲜明的对照。《冒失鬼》一剧，因其内容成为法国古典主义喜剧诞生的标志。

该剧的主题来自尼古拉·巴比埃里（又称贝尔特拉姆）写的一出意大利戏剧《冒失的人》。莫里哀从这个作品中汲取笑料和情节，但对剧中的典型人物做了大胆的处理，增添了新的噱头，增添新的内容，改变了某些情节的顺序，也改变了结局。在布局、语言、剧情发展的各环节上，以细腻的手法呈现出丰富的、多彩的、易懂的、欢快的场面，全剧充满着插曲和意外，剧中的情节层出不穷，又充实着乔装、巧遇、臆想等自由的戏剧手段，这是一个全新的喜剧了，风格清新。

该剧上演的日期有说在1653年，也有说在1655年，这有可能是莫里哀对这个剧本的有些偏爱迟迟没有推出，也可能是后人的记载有误，总之，后来人们认定是在1655年在里昂的一个网球场上首演的。

1655年，该剧在里昂首演，莫里哀饰演玛斯加里尔，演出大获成功。观众蜂拥般涌向剧场，涌向售票处，涌向莫里哀剧团，以至于该城一个叫米塔拉的流浪剧团失去了演出阵地，彻底垮台了。更令莫里哀高兴的是，米塔拉流浪剧团的一些优秀演员纷纷投奔莫里哀。叶卡捷琳娜·莱克赖尔·杜洛扎女士和她的丈夫德·布里一起加入了莫里哀剧团，德·格尔拉小姐，又名苔莱扎·玛尔吉扎，是当时一流的悲剧演员和无与伦比的舞蹈演员，也投奔了莫里哀剧团。此前剧团在尼姆城附近时，还有一个活泼可爱的小女孩加入了剧团，玛德莱娜很喜欢她，女孩以麦努这个名字演戏。里昂，成了莫里哀喜剧事业的发祥地。

随着剧团规模的扩大和收益的增加，莫里哀既要撰写剧本、指导演员排练，又要登台演戏，忙得不可开交，他对戏剧事业的热情更加浓厚，信心更加饱满。

（4）里昂：剧团声名远播的见证

1653年11月，亲王经过里昂去巴黎，同马扎然的侄女玛丽·安娜·玛丽提诺琪结婚。亲王剧团陪同亲王到里昂后就留在那里演出了，后来这里成了他们的常驻地。亲王继续前往巴黎，在那儿举行婚礼，之后，于1654年初回到朗格多克。

1654年12月，在蒙彼利埃城召开代表议会例会，贵族和宗教人士云集此地，莫里哀剧团随亲王到蒙彼利埃为尊敬的贵族们演出。莫里哀迎合着亲王和夫人的兴趣，和约瑟夫·贝扎尔编写了芭蕾舞脚本并带上一些轻松的小节目。莫里哀扮演了一个卖咸鲱鱼的女子，引起观众哄堂大笑。当会议结束以后,莫里哀带领剧团回到了里昂。

在亲王的保护下,剧团发达了,他们挣了一笔又一笔大钱。

1655年夏天,剧组来了一个流浪诗人,他的名字叫夏尔利·库阿波·德阿苏希,50多岁,自称滑稽大王。他曾怀抱诗琴,在两个男孩陪伴下走遍法国,和孩子们一起演唱他自己谱写的诗篇。但他把挣到的钱都花在了酒馆和赌场里,生活经常困顿。目前,他困在了里昂,听说莫里哀剧团在这儿的演出,风生水起的,就去找莫里哀,对他进行了一次礼节性短期拜访。

德阿苏希看到了莫里哀剧团兴旺发达的状况。演员们在这里有舒适宽敞的寓所,他们的钱包鼓了,穿着讲究了,脸上的表情充满自信了。滑稽大王住在他们这里,用优美的散文和诗向当地的人们颂扬着演员之间的友谊和他们的戏剧成就。由于德阿苏希诗意般的传唱,莫里哀剧团的声名更加显赫了。

1655年秋天,莫里哀剧团的喜剧演员们乘着帆船沿罗纳河驶向阿维尼翁,德阿苏希坐在船尾,弹着多弦的诗琴一直唱到深夜,所有的人都兴致高昂,快乐和幸福的歌声伴着悠扬的琴声,在夜风和河流的流动中传得很远很远。他们在阿尼维翁待了一个月,就被亲王召到佩兹纳斯,为代表议会的人们进行演出。剧团在佩兹纳斯演了几个月,获得了朗格多克代表议会出纳处拨给剧团的6 000利弗尔。

这期间,莫里哀与当地一个可敬的理发师约里交上了朋友。约里的店铺在佩兹纳斯家喻户晓,每逢星期六,做小买卖的、当地的官吏等各行各业的人都来此理发。排队等候的人们有闻着鼻烟的,有闲聊各种话题的,还有帮不识字的人读信的,这里简直像一个热闹的俱乐部。莫里哀恳求约里让他每周六来帮忙干活,热情好客的约里专门给莫里哀准备了一张安乐椅,让他坐在收银台收钱。莫里哀的衣襟下面总有几张白纸，他把理发店里人们闲聊的有趣的东西偷偷地记在纸上。后来，理发店的这张安乐椅进了博物馆。

在佩兹纳斯城逗留期间，剧团常常去临近的村镇访问演出。

1656年春，剧团到纳尔榜城时，快乐的游吟诗人、歌唱家德阿苏希离开了剧团，继续流浪吟唱。

演员们又回到了他们的长期驻地里昂。从里昂又转到了贝济耶城，为那里召开的代表议会演出。在贝济耶城莫里哀决定首次上演他的新作五幕诗体喜剧《情怨》（也译为《爱情的埋怨》《爱情的怨气》），这是莫里哀创作的第二部喜剧。

这部《情怨》是受西班牙和意大利剧作家的影响而写成的五幕喜剧，它比《冒失鬼》更完善。莫里哀一到贝济耶就把首场演出的免费入场券分给议会代表。这个地方的代表议会的主办方比较小气，担心看完剧团的免费演出后，剧团会向当地有关部门申请演出的资助，因此决定不搞文娱活动。莫里哀只好为普通观众演出《情怨》，莫里哀在剧中扮演了一个角色，演出很成功，观众对演出报以热烈的掌声。

莫里哀又回到了驻地里昂，在那里演出了五幕喜剧《情怨》，非常成功。而后又到了尼姆、奥朗日和阿维尼翁演出。

1657年春，他在阿维尼翁遇到两个人。一个是曾经一起听哲学家伽桑狄讲课的克莱蒙中学时的同学夏佩尔，一个是对莫里哀后来的生活起了极大作用的著名肖像画家皮埃尔·米尼亚尔。米尼亚尔从意大利归来，在阿维尼翁逗留。米尼亚尔与莫里哀相识后，两人成为莫逆之交。他为莫里哀画了几幅画像。1657年夏季，天气奇热，剧团曾一度到北方的迪戎，然后又回里昂过冬。

孔提亲王已经有很长时间没有和莫里哀见面了。莫里哀把自己回到里昂的消息和所在的地址通知了亲王。亲王不但不愿见他和他的喜剧演员们，甚至下令取消了曾经授予剧团的孔提的名字。原来，如今的孔提亲王已陷入僧侣的包围中，沉湎于宗教道德问题的研究之中了。一个主教向他讲了许多关于人生归宿的话题，比如一个人无论有多高的地位，都要拯救自己的灵魂；比如一个人若不想堕地狱，就应该远离喜剧演员的演出，等等。就这样，反复无常的孔提亲王再也不想见喜剧演员们了。

对于莫里哀剧团的演员们来说，没有了孔提亲王的护佑，心情是紧张的，1657年冬天是寒冷的。莫里哀感到剧团应该离开朗格多克了，他和玛德莱娜这对曾经的情侣开始商量着回巴黎的事了。通过与巴黎有关人士的艰难联系与运作后，莫里哀将以新的面貌出现在巴黎人们面前。

（5）被授予"御弟剧团"，巴黎的舞台在等着他

1658年初，剧团到了格勒诺布尔，在狂欢节时演出，接着又最后一次到里昂，然后剧团横穿整个法国，直奔北方鲁昂。4月30日，莫里哀来到了这座令他无比感慨的城市。

15年前，莫里哀曾率领光耀剧团在这个城市的集市上演出，如今他带领的这个剧团走遍了法国，击败了多个流浪剧团，声名远播，莫里哀已经不再是从前的那个莫里哀了，他已是一个37岁的经验丰富的喜剧演员。他的剧团也不再是从前那个剧团了，团队中不仅有他的战友名副其实的演艺明星玛德莱娜·贝扎尔，还有新加入的明星演员德布里和苔莱·杜巴克。

当时在鲁昂有一个剧团，经理是菲利别尔·加索·杜克鲁阿西，他听闻莫里哀到来，心中很是忐忑，他等待着不可知的未来。

莫里哀到了鲁昂，租了摩尔大厅作为剧场，又与法国最杰出的剧作家皮埃尔·高乃依见了面。莫里哀对前辈高乃依表达了自己的敬意，赢得了高乃依对他和他的剧团的大加赞叹。

在鲁昂，莫里哀剧团经常为慈善宫募捐义演，感动并征服了这座城市，也击败了杜克鲁阿西的剧团。杜克鲁阿西是当时一流的多性格演员，他主动来见莫里哀。莫里哀由衷的高兴，邀请他到自己的剧团里来。这样剧团演员的队伍更强大了。

这个夏天，莫里哀三次去了巴黎，通过画家皮埃尔·米尼亚尔的关系，找到了权势显赫的红衣主教马扎然，与国王路易十四唯一的兄弟菲利普·奥尔良公爵联系上了。

奥尔良公爵18岁，有着一张少年的脸。他看着眼前这个彬彬有礼的剧团经理，了解了一下莫里哀和他剧团的具体情况。经过愉悦的交谈，他渐渐地喜欢上了这个有着满脸笑容和皱纹的喜剧演员，说愿意将这个剧团置于自己的保护之下，并确信国王陛下不会拒绝观看莫里哀剧团演员的演出。就这样，莫里哀剧团被授予了"御弟剧团"的称号，这个结果令莫里哀无比兴奋。接下来，奥尔良公爵将这个剧团推荐给了国王，并为他们争取到了在国王面前演出的机会。

在鲁昂的演员们得知这个消息后一片欢呼，多年的外省流浪生活结束了，回到繁华的巴黎演出是他们多年的梦想。

1658年深秋，莫里哀剧团的车队满载着回家的喜悦驶近首都，挺拔高耸的教堂依稀可见。莫里哀望着这座城市，百感交集。13年前，由于经验不足和资金匮乏，以至剧团破产，自己负债入狱，身受其辱，不得已远走他乡。13年后的今天，自己带着这支享誉外省的剧团队伍终于骄傲地回来了。不过，他也清楚地知道，这些年他在外省是靠闹剧和两部新喜剧获得的名气，如今，要在巴黎立足，要与布高尼府剧团中那些著名的宫廷演员抗衡,等待自己的将是激烈的竞争和艰巨的挑战。但他又想到巴黎有他原来的老师,伟大的斯卡拉穆什,他的士气顿时增强了。巴黎在召唤着他,那里的舞台在等着他,他将义无反顾,奋勇向前。

4. 初登皇家舞台,《多情的医生》被"勃鲁阿"

1658年10月20日,在老皇宫卢浮宫的近卫军大厅,搭建舞台等布置工作正紧张地进行着。莫里哀在现场装修的嘈杂声中跑来跑去,他显得有些焦急,两手冰凉,说话更加结巴。回到巴黎,在奥尔良公爵的引荐下,莫里哀有了这次在卢浮宫为皇室人员演出的机会,他很激动,同时又感到一种无形的压力,他太渴望成功了。终于,一切都准备就绪了。

10月24日早晨,舞台上出现了高乃依的悲剧《尼高梅德》的布景。

近卫军大厅的枝形吊灯架上点着上千支蜡烛,灯光下,柱子上的女神像似乎都复活了。莫里哀身着尼高梅德的剧服,紧张地从幕缝向外望去,只见大厅的座位坐满了人:达官贵族们身着华服手持佩剑,剑柄上的宝石闪烁着光芒,大片的羽饰、奇妙的缎带发出铮亮的光;太太小姐们的发型是千姿百态,珠翠耀眼。他简直眼花缭乱了,这是他从未见过的场景。他看到了整装伫立的宫廷近卫军,接着,他看到了在最前排椅子上和奥尔良并排坐着的一位20岁的戴着帽子的年轻人,一副傲慢的面孔,下唇凸出,眼睛凝然不动。莫里哀的心似乎都不跳了,他看到了国王路易十四。

远处,隐隐约约看见一些熟识的面孔。他认出了饰演悲剧角色的德泽耶女士、扮演尼高梅德的著名悲剧演员弗洛里多尔，还有一流演员扎哈里亚·蒙弗廖里等，他们都是王室布高尼府剧团的演员们。他们带着挑衅的神态，在等着看这场演出，这令莫里哀感到了压力和恐惧。

开幕的铃声响了两遍后，幕开了，舞台上响起了女王劳季卡的话音，剧情展开了。演着演着，大厅的气氛有些怪异起来，有些人开始感到气场有些莫名其妙，突然，有一个人冒昧地咳嗽一声，接着又有一个人咳嗽一声，后来又出现第三个人的咳嗽声。剧团的人以及现场的人都明白这是不好的征兆。果然，人们开始小声议论起来，互相投送惊讶的目光，似乎在问，这是怎么回事儿？这是那个近半个月来传遍巴黎的莫里哀吗？这就是他们演戏的水平吗？宫廷官员们的脸上蒙上一层百无聊赖的神态。人们习惯了布高尼府剧团演员们的表演，再看今天的表演，演员莫里哀好像正在诵读剧本。

布高尼府的一流演员蒙弗廖里的眼神满是幸灾乐祸，旁边的奥特罗什和维利耶悄悄地私语着，评价着，鄙夷着。

《尼高梅德》终于演完了，大厅里响起了几下稀疏的掌声。奥尔良公爵没有抬起眼睛，蜷曲在椅子里，缩着脖颈。莫里哀赶紧来到舞台前端，为了能留在巴黎演出，他决心孤注一掷。他额头上沁着汗珠，深深地鞠躬，魅人地微微一笑，他张开嘴准备说话，大厅里的嘈杂声静了下来。莫里哀首先感谢国王陛下，您的仁慈和宽容，原谅了我们明显的不可原谅的缺点，让我们得以完整演出。接着，他说自己清楚地知道他和他的演员只是一些蹩脚的模仿者，而优秀的演员都坐在观众席中。不过，陛下能否赏光让我们演出一些滑稽剧，当然是一个小玩意儿，不值一提，可是在外省不知为什么总是引起轰动。这时傲慢的年轻人身子微微挪动一下，做出一个有礼貌

《多情的医生》

的肯定的手势。

幕后的工作人员和演员们在几分钟之内布置好舞台,滑稽剧《多情的医生》开始演出了。这个剧本是莫里哀在流浪时的无数个无眠之夜里创做出来的。

高乃依悲剧中的庄严人物从舞台上消失了,替代他们的是高西布斯、格罗-雷纳、斯卡纳顿尔等滑稽人物。当多情的医生登上舞台开始挤眉弄眼的时候,大殿里的人们顿时哈哈大笑起来,几分钟之后,哈哈大笑变成了哄堂大笑,人们认出这个医生是那个尼高梅德的扮演者莫里哀。

国王靠在椅背上笑得不行,站起来擦眼泪。奥尔良不可抑制地尖声大笑。莫里哀的眼睛瞬间明亮起来,他听到了熟悉的笑声,看到了欢声雷动的场面。这种情景在莫里哀剧团叫作"勃鲁阿"(大声喝彩)。站岗的近卫军最后也忍不住哈哈大笑起来,按规矩他们在任何情况下都不允许纵声大笑的。

莫里哀的后脑勺有一阵麻酥酥的感觉,这是胜利的喜悦在袭击他的大脑中枢神经,他明明白白地感到了这场喜剧演出的成功。

布高尼府剧团的演员们表情各异了,有悲戚的,有愤怒的,还有绝望的,只有德泽耶和弗洛里多尔在真诚地哈哈大笑。德泽耶女士相貌有些丑,是著名的悲剧演员,在当时的舞台上没有对手。弗洛里多尔曾当过近卫军军官,他脸部棱角分明,鹰钩鼻,是一个出色的悲剧演员,是扮演尼高梅德的最佳演员。蒙弗廖里也被这帮喜剧演员的表演所折服了，同时又生出一份惊恐。

《多情的医生》获得一片喝彩声。大幕升了起来，落下，又升起，又落下。莫里哀站在舞台前沿，鞠躬，再鞠躬，汗珠从他的额角滴到舞台上。莫里哀成功了，此刻，他想到了他的外祖父。

5. 小波旁剧院，莫里哀剧团的演出地

法王路易十四很是赏识莫里哀，特发敕命，将小波旁宫的大厅授予菲利普·奥尔良公爵殿下的剧团"御弟剧团"作为演出之地，核准他们与意大利戏剧团轮流演出，还批准奥尔良公爵给他们发放薪俸。

莫里哀剧团获得国王的青睐，御弟颁赐莫里哀剧团的演员每人每年300利弗尔的俸禄。只是剧团的演员们从未得到过，好像御弟的金库总处于不充裕的状况。意大利戏剧团的领导斯卡拉穆什是莫里哀的老师，两人很快就商定好轮流在小波旁剧院演出的方案。莫里哀剧团的演出日为每周的星期一、星期二、星期四和星期六，意大利剧团的演出日为每周的星期三、星期五和星期日。

小波旁宫位于圣日耳曼·德奥克塞鲁阿教堂和卢浮宫之间，这座宫邸原来隶属于陆军统帅。小波旁宫大门口悬着大字匾额"希望"，宫殿已经破败不堪，这是近年来内讧动乱的结果。小波旁宫内有一个很大的演剧大厅，大厅很宽敞，大约68米长，15米宽。舞台，几乎是正方形的，长宽各15米，正厅中的观众站着看戏，两侧是上下两层包厢。

大厅于1614年重建，天花板上绘着百合花，舞台上空悬着交叉十字枝形吊灯架，大厅的墙上是金属灯架，四周有圆柱、拱廊和

壁龛，两侧是楼座和多利斯柱子，柱子中间是包厢。自从1615年大厅表演皇家芭蕾舞以来，这里转为戏剧演出，意大利人和法国人的剧团在这里演戏，也被叫作小波旁剧院。波旁宫的演剧活动曾在"福隆德运动"爆发后中断一个时期，这里成了囚禁那些的冒犯国王的国家罪犯的地方。那些被关押的人们，毁坏了大厅的装饰。之后，波旁宫曾上演过高乃依的戏，最后大厅固定归意大利剧团使用。巴黎人很喜欢意大利人演的戏，这不仅是因为他们的演技出色，而是他们有一流的技师兼布景师，他们把舞台装饰得精巧别致，使得演员在仙境中创造出神奇美妙的画面。现在，莫里哀剧团同这个强大的意大利剧团轮流使用这个剧场，他们在这里进行排练，莫里哀还得以更方便地与老师斯卡拉穆什交流演艺方面的问题。谦卑的莫里哀在丰富着自己的内心，提升着自己的队伍的演艺水平，跟进着这个时代的潮流。

开始时，莫里哀在小波旁剧院上演的节目有《多情的医生》，还有高乃依的悲剧《尼高梅德》《赫拉克》《罗多古娜》《庞贝之死》和《熙德》。演出的效果，有些人认为很精彩，认为精彩的大多是因为《多情的医生》；有些人认为很平庸，有些怪异，认为平庸的可能是因为莫里哀演出的悲剧风格与传统悲剧不同，甚至有人不理解为什么让莫里哀使用小波旁剧院。在一次演出中，一个脾气暴躁的巴黎人，向扮演恺撒的莫里哀扔了一个苹果，制造了剧场的混乱。这个粗

莫里哀饰演《庞贝之死》中的恺撒

野的举动却让莫里哀灵机一动，于是他宣布演出《冒失鬼》，结果演出局面顿时改观，演出获得了圆满的成功。

为什么莫里哀演悲剧就不成功，而演喜剧就成功呢？尽管他很懂得应该如何来演悲剧，而他却没有表演悲剧的天赋，他既没有演悲剧的形象和气质，也没有相应的嗓音，比不了布高尼府的演员们的声腔嘹亮和威风凛凛。还有就是莫里哀在舞台上创造的是一个自然的、表达剧本内在精神的戏剧形态，他从一开始就秉承这种戏剧表达理念，并用这种风格指导团队的演员演戏，所以，尽管他的剧团中有些人具有演悲剧的好条件，但在莫里哀的整体演剧风格之下，整场效果与当时著名布高尼府剧团演出的差异很大，更有先入为主的原因，莫里哀剧团演出的悲剧很难一下子征服观众。可他们在演出《冒失鬼》《情怨》时就非常成功，不仅在外省引起轰动，在巴黎同样引起轰动，原因就是天时地利人和。

具体地说，莫里哀的喜剧之所以受到观众的欢迎，是因为他读了很多当代的书，也读了很多古代的作品，他经常借用前人的题材，经过加工之后成为新的作品，这样的新作品比原著更适应当下人们的需要。再则，他对意大利和西班牙的闹剧表现手法也十分熟悉，在创作中汲取了其精华。比如《情怨》，这个剧的基本内容采用了意大利剧作家尼可罗·谢基的喜剧《雅兴》，也借鉴了另一部意大利剧本《爱情的蹉跎》，甚至还采用了古典作家赫拉斯的一篇作品的思想内容，还有可能借鉴了著名西班牙剧作家费力克斯·洛卜·德·维加·卡尔皮奥的《园丁之犬》的某些地方，这样写成的《情怨》必然成功。

《情怨》等在演出中获得了巴黎人们的赞誉和掌声，同时这也引起布高尼府剧团的关切和敌意。

意大利剧团也感受到了来自奥尔良公爵"御弟剧团"的挑战。在莫里哀演出的日子里，首都的观众成群结队地去小波旁剧院看演出，而自己剧团的演出，观看的人越来越少，金币源源不断地流进了这个过去的流浪剧团的腰包里。意大利剧团只好离开了巴黎，另寻演艺场地，小波旁剧院成为奥尔良公爵的"御弟剧团"，也就是莫里哀剧团的独家演出场地了。

三、古典主义喜剧开创时期

莫里哀向父亲讲述了这几年的经历和现在的情况，父子俩也和好了。莫里哀在巴黎定居下来了，他全身心地投入到戏剧的创作和演出中，迎来了属于他自己的古典主义喜剧的开创时代。

1. 风俗喜剧《可笑的女才子》

1659年对莫里哀来说是紧张繁忙的一年。剧团以"御弟剧团"的名称在小波旁宫剧场频频演出悲剧和喜剧，其中喜剧尤其受观众欢迎。这一年，剧团的人员更迭也较频繁。复活节那天，有一个叫沙尔利·瓦尔列·斯约尔·德·拉格兰日的年轻人来见莫里哀，请求加入剧团。这个年轻人有着一张刚毅严肃的面孔，嘴上留着一小撮尖形的小胡子，他善于饰演情夫的角色，后来，他成了剧团的台柱子。拉格兰日有记日记的习惯，他的日记记载着莫里哀剧团此后经历的一些事情，这对后来者研究莫里哀是大有裨益的。沼泽剧团和布高尼府剧团的最著名喜剧演员朱利安·别多（艺名若德莱）和他的弟弟滑稽演员德·勒埃皮先生也来到了莫里哀剧团。这些新来的演员，演技很好，给剧团增添了活力，莫里哀为此很是高兴。也有一件让莫里哀沮丧的事情：杜巴克夫妇因与莫里哀的见解有一些分歧，去了沼泽剧团。好在他们于1660年5月又回来了。还有一件最令他难过的事情：最初的好友约瑟夫·贝扎尔去世了。这个结结巴巴的男人，一开始就看好莫里哀，并带领自己的弟弟妹妹与莫里哀一起创办光耀剧团，后来又带领自己的弟弟妹妹与莫里哀一起参加流浪剧团，在外省闯荡，无论剧团的生计如何，都无怨无悔。约瑟夫·贝扎尔的离世给莫里哀带来了无法承受之痛。

1659年11月18日晚，莫里哀在波旁剧院上演高乃依的剧本《西拿》，同时，上演了散文体独幕喜剧《可笑的女才子》。

《可笑的女才子》讲的是市民家庭出身的堂姐妹玛德隆和卡多丝由外省来到她们崇尚的巴黎，以女才子自诩。她们向往贵族上流社会，整天梳妆打扮，从排场、穿着到语言举止都模仿贵族的样子，一心想步入上流社会，想跟上流社会出入沙龙的爵士攀亲，谈"典雅"的爱情。当地年轻的资产者拉格朗士和杜克拉西分别看中了这对姐妹玛德隆和卡多丝，在向她们求婚

《可笑的女才子》

时却遭拒绝。原来，两位姑娘看他们不会使用高雅词语，认为他们没文化、没品位，高傲地拒绝了他们的求婚。两位男士觉得自己受到了侮辱，决心要报复她们。他们喊来两位仆人马斯加里尔和若特来，让他们假扮贵族与两位姑娘谈恋爱。马斯加里尔"侯爵"能唱能写，多才多艺，更重要的是，他的言谈举止显得高贵典雅。不久若特来"子爵"前来拜见"侯爵"，也与这对女才子相见。通过一番交谈，两位女才子对"侯爵"与"子爵"颇有好感。马斯加里尔打算办个舞会，两位女才子对此充满期待，谁知拉格朗士和杜克拉西突然现身，揭穿这场令人啼笑皆非的骗局。两位女才子非常羞愧。

《可笑的女才子》引发了观众的热情，剧场一片欢腾。池座观众不仅哄堂大笑，还用手指点着坐在包厢里的出入沙龙的贵族们。这是一部描写当下巴黎习俗风尚的闹剧，而这些习俗的享受者和风尚的创造者，此刻在公众面前被嘲弄得斯文扫地。观众交头接耳地疯传戏中的"卡多丝""玛德隆"就是当时的德·朗布耶侯爵夫人和玛德莱娜·斯居戴利。

原来当时在巴黎有一个快活的所在，那就是德·朗布耶夫人召集的文化沙龙，因客厅挂的是淡蓝色的天鹅绒，也叫天空色沙龙。德·朗布耶夫人曾是法国前驻罗马公使的女儿，酷爱文学，推崇风雅，出嫁后便定居在巴黎。她认为巴黎的社会有些粗俗不雅，为了使自己的生活精致典雅，她要把首都的社会精英都吸纳到自己身边，因此她决定在自己的府邸搞一个文学沙龙。起初她的文学沙龙气氛甚浓，有形形色色的上流社会作家、神父，还有失意的思想家，也有诗人。一些贵族的太太小姐们也成群结队地蜂拥而至。为了对侯爵夫人表示敬重，有人写诗、吟诵，还有人说俏皮话。由于过于追求风雅，他们交流的内容和形式，越发诡谲奇巧，比如将普通的化妆镜说成是"娴雅的顾问"等等。这件事儿很快就传开了,这种沙龙的模式也在被效仿。其中就有戏剧家乔治·斯居戴利的妹妹玛德莱娜·斯居戴利,她起初是朗布耶沙龙的客人,后来自己办了一个沙龙,还写了一本小说《罗马史》,其中的人物被写得极其风雅,以致有虚假,浮夸之感,可这样的胡言乱语书竟成了当时文人手头的时尚之物。这让法兰西文学的文学奖情何以堪。莫里哀敏锐地抓住这个时代的症结,创作了《可笑的女才子》这个剧本。

此剧首场演出后的第二天,莫里哀就接到了巴黎行政当局的正式通知:《可笑的女才子》一剧禁演。这是因为莫里哀创作的《可笑的女才子》讽刺了社会上弥漫着的矫揉造作的贵族风气,刺激了贵族阶层的痛感神经,触碰了贵族的切身利益,所以遭到了贵族的联手阻挠。只上演了一场的《可笑的女才子》就这样被禁演了,莫里哀是不甘心的,气愤之余,他找到了有权势的保护人予以通融。权势人物让他稍加修改一下剧本,以便搪塞一下那些贵族人物。结果不出两周,莫里哀便得到许可公演这出喜剧的通知。

《可笑的女才子》一剧被禁演的消息迅速传遍了巴黎的大街小巷,接着,巴黎城外的人们也知道了这个消息。这出有针对性的喜剧被人们广泛议论着,这反倒让人们都想一睹这部嘲笑上层社会的喜剧了。

12月2日是《可笑的女才子》解禁开演日,小波旁剧场门前热闹非凡。通常一场门票收入约为400利弗尔,可这一晚竟卖了1400利弗尔。这时候,一个名叫德·柳烟的书商弄到了《可笑的女才子》手稿的副本,于是他通知莫里哀要出版此书,并请求莫里哀写一篇序。书商的目的很快达到了,手稿出版了。书商因为莫里哀的剧本赚了一笔钱,莫里哀因为该书的发行更加声名远播。

正当巴黎的沙龙文人们怒骂《可笑的女才子》一剧作者的时候，莫里哀正在写一个独幕诗体喜剧《斯卡纳赖尔》。1660年5月28日，莫里哀剧团演出了这出剧。当时国王不在巴黎，许多名人显贵也都不在巴黎，但这次演出还是深深地吸引了众多观众。最可笑的是，有个资产者慷慨陈词，当众声称剧中的人物写的就是自己，说演出这个人物的演员披露了自己家庭生活的隐私，威胁着说要去警察局告发这个演员。经此人这么一闹，观众席一片嘈杂，观众更加开心。其实莫里哀在创作这个人物形象时并没有想要指定某个具体的资产者个人，他描写的不过是一个爱吃醋的、贪婪的一般典型人物而已，只是那个资产者在这个角色身上看到了自己的影子罢了。自从有了这个插曲，接下来的每场演出效果更好了，观众们边看边比较，边比画边私语，现场的气氛十分热烈。这剧本后来被一个叫涅夫－维利的年轻人默写出来，他给莫里哀写信说，他在剧本的每一行文字的旁边都加上了自己的评注，准备将附有评注的剧本交给出版商出版。

1660年7月29日，莫里哀终于有机会给正在巴黎近郊休养的年轻国王演出《可笑的女才子》了。路易十四特别喜欢戏剧，对喜剧尤为偏爱。莫里哀剧团的演出自然得到了国王的赞赏，演出圆满成功。8月30日，莫里哀在卢浮宫为奥尔良公爵及其侍从演出《可笑的女才子》又获得了巨大成功。从此，这个曾经的流浪剧团迎来了他们的高光时刻，无论上演的是喜剧还是悲剧，他们的票房收入都超过在巴黎的其他剧团。

《可笑的女才子》的演出虽然有些波折，但这部戏开创了风俗喜剧的先河，后来被载入欧洲文学史册。

2. 帕莱·罗亚尔剧院《丈夫学堂》公演

1660年10月11日，由于要扩建卢浮宫，小波旁剧院要被拆毁，莫里哀急忙求助剧团的保护人奥尔良公爵。奥尔良公爵马上禀告国王。国王将过去黎塞留红衣主教宫——帕莱·罗亚尔剧院（也叫王宫剧场）提供给奥尔良公爵的御弟剧团使用。由于该宫闲置过久，需要维修后才能使用。在剧院大厅修复期间，莫里哀就带领剧团到显贵人家中演出，比如德·拉麦列元帅、德·罗克廖尔公爵、德·麦尔克尔公爵和德·瓦克瓦伯爵等，演出受到了他们的欢迎，取得了极大的成功。坐在病椅上的国王监护人、法国首相、红衣主教尤里·马扎然声称很想看那部引起轰动的新戏。于是在1660年10月26日，莫里哀在他的宫中演出了《可笑的女才子》，还演出了《冒失鬼》。红衣主教露出满意的笑容，在主教椅子后面坐着一个年轻人更是兴致勃勃，原来这个人就是乔装打扮的国王陛下。

1661年1月20日，莫里哀剧团乔迁帕莱·罗亚尔剧院。返回巴黎的意大利剧团也随之搬来，与莫里哀剧团共用王宫剧场。这次装修剧场，因国库支付的修理费不足，莫里哀为了剧场的演出效果花费了一大笔钱，意大利剧团也拿出一笔款项补偿莫里哀。

观众们期盼着莫里哀的戏，一切似乎都很顺利。2月4日，

《嫉妒的王子》

莫里哀剧团演出了五幕诗体喜剧《嫉妒的王子》。《嫉妒的王子》是一出英雄喜剧。莫里哀想以此剧向质疑他只会滑稽表演，没有能力出演严肃题材的人证明自己。可当莫里哀饰演的嘉尔席王子开始了那辞藻华丽的冗长独白时，观众的眼睛离开了舞台，看向了蔚蓝的天花板和剧院里的镶金装饰。演出结束了，稀稀拉拉的掌声让莫里哀慌了。莫里哀急忙加演了《斯卡纳赖尔》来扭转一下场面。接下来的几天里，该剧的售票情况越来越糟。2月17日，在第七次公演《嫉妒的王子》时，收入仅有70利弗尔。这一切无情地表明，《嫉妒的王子》剧本和他扮演的王子嘉尔席彻底失败了。莫里哀把这次演出的失败归结为观众对艺术一窍不通，他想在皇宫里演出，可能会好一些。结果过了一年，他在皇宫演出的时候，同样也失败了。

他明白了，他决定永远不再演出《嫉妒的王子》。

1661年3月9日，红衣主教马扎然逝世了。第二天，23岁的国王路易十四发表独立执政宣言。路易十四的言辞威严又严厉，每个人都感到新执政者的气场不凡。

《丈夫学堂》

这年的春天，莫里哀完成了一部三幕诗体喜剧《丈夫学堂》。这个剧本描写的是一对兄弟斯卡纳赖尔和阿利斯特分别收养了一对姐妹伊莎比萝和莱奥诺尔。这对兄弟有着各不相同的婚姻观念，阿利斯特收养莱奥诺尔希望她健康成长，无论最后选不选择自己作为她的丈夫，他都听从她的意愿。但斯卡纳赖尔就不同了，他收养伊莎比萝希望她成为自己的妻子，而且是一个绝对服从他意愿的妻子，并把她关在家里。聪明的伊莎比萝用计谋让斯卡纳赖尔成了她与青年瓦赖尔传递爱情信息的工具。最终，两个相爱的年轻人克服了阻碍他们的一切屏障，取得了胜利。这部喜剧批判了封建男权制度对于女性自由的荼毒，表现了莫里哀的人文主义情怀和民主主义思想。

1661年6月24日，《丈夫学堂》首次公演。莫里哀扮演斯卡纳赖尔，拉格兰日扮演青年瓦赖尔，演出成功。该剧在演剧季上一连上演了58场，打破了这一季的全部上演戏剧的记录。这部喜剧也在后来付印成书，莫里哀在书中向剧团的保护人奥尔良公爵写下了献词，表达了自己的忠诚之意和感激之情。

3. 《讨厌鬼》，法国芭蕾舞喜剧的诞生

1661年8月17日，莫里哀的第一个芭蕾三幕诗体喜剧《讨厌鬼》在时任法兰西财政总监尼古拉·富凯的府邸花园首演。这是一部集喜剧和芭蕾舞剧于一身的作品，是一系列互相分离的、没有内在联系的，对上层社会的典型形象进行讽刺的戏剧。当时的富凯要邀请国王来他的府邸举行沃府建成盛典，要求莫里哀在15天之内写出剧本并上演。由于莫里哀了解国王路易十四对法国贵族的态度，了解他对上层贵族的谋略，即控制他们的野心和行为，所以他才敢在这出戏中对贵族阶级的丑陋行为进行讽刺嘲弄。同时他摸准了国王的兴趣，喜欢喜剧，爱好芭蕾舞剧，所以他创作了平生的第一部芭蕾喜剧。

该剧突破宫廷芭蕾惯例，采用中世纪宗教戏剧的道德寓意手法，为戏剧情节服务。表现手法上，以舞蹈为手段，刻画了现实生活中

形形色色的讨厌鬼，以音乐为视听，烘托了戏剧的气氛和情节的节奏。这种演出方式产生了良好的效果。

演出之后，国王把莫里哀叫到跟前，指着狩猎官苏埃库尔，微笑着悄悄地说："瞧，这个原型你还没复制出来呢。"莫里哀小声说："陛下明察秋毫，我怎能放过这个典型呢？"他一夜之间就在剧中增添了一个新场面，剧中描写了一个狂热的狩猎人朵朗托，醉心于当时的著名马贩子的马匹，演绎出骁勇战绩。8月25日，在第二次演出时，所有在场的人都认出了朵朗托就是那个可怜的宫廷狩猎官，大家都会心地笑着。

莫里哀借机向国王上书，他在信中说了许多奉承话，他感谢国王，说这出喜剧的成功是因为国王称赞它，大家才一致称赞它。奉陛下之命在戏中加的那个猎马的场面，无疑是最好的戏份。他写这场戏，是怀着愉悦的心情，这是在过去写任何一出戏时都没有过的感觉。

11月4日，《讨厌鬼》在王宫剧场公演，同样受到观众的欢迎。

莫里哀的芭蕾舞喜剧成功了。

沃里公园另一出戏也开演了，只不过这是一个悲剧。因为国王掌握了富凯不仅大肆侵吞国库公款，建造自己的别墅和岛屿的证据，而且还掌握了他给国王的情妇写私信，所以，富凯被捕并被判刑，最后死在了监狱中。莫里哀之后出版的《讨厌鬼》的前言里，提及该剧是献给佩利松先生的，而保罗·佩利松先生当时是富凯的秘书兼密友。莫里哀以此暗示这部诗剧的创作背景。

此后，莫里哀一共创作了12部芭蕾喜剧，其中最为著名有《醉心贵族的小市民》（1670）、《逼婚》（1664），它们都以舞蹈作为刻画人物性格的手段，烘托戏剧气氛。音乐、舞蹈与喜剧的有机结合，构成了莫里哀的芭蕾喜剧的独特魅力,也为后世的舞蹈编导提供了可贵的经验。

4. 莫里哀的婚姻

1662年2月20日,在圣日耳曼·德奥克塞鲁阿教堂里,正举行着一场婚礼。新郎是有些驼背、时时咳嗽的莫里哀。新娘是一位20岁左右的女郎,容貌并不漂亮,大嘴小眼睛,身材不高,但她衣着时髦,风姿绰约,非常迷人。参加婚礼的有莫里哀的父亲——老态龙钟、白发苍苍的老波克兰,新娘的母亲玛丽·艾尔维·贝扎尔,新郎的妹夫安德烈·布德,新娘的姐姐玛德莱娜·贝扎尔和哥哥路易·贝扎尔。曾经的恋人玛德莱娜表情麻木地站在那儿。原来这位新娘就是前面提到的那个9岁的小女孩麦努小姐,是玛德莱娜一直带大的那个女孩。她叫阿尔芒德·贝扎尔,是玛丽·艾尔维·贝扎尔太太和她已故丈夫德·贝利维尔先生的最小的女儿。

在阿尔芒德16岁的时候,也就是莫里哀在1659年11月成功演出《可笑的女才子》的时候,一个寒气逼人的夜晚,莫里哀身上裹着斗篷,手里提着灯笼,咳嗽着奔向玛德莱娜·贝扎尔的住处。他急于想见的是玛德莱娜照顾长大的妹妹,那个6年前在里昂时来到剧团登台演出的麦努,他爱上这个比自己小20多岁的女孩。玛德莱娜眼里充满着不悦,可又能怎样呢?

阿尔芒德·贝扎尔

之前莫里哀与其他女演员之间传出的绯闻，她不也没有办法制止吗？尽管如此，他们两人的合作仍然是坚定的、友好的，他们共同的演剧事业没有因为个人感情问题而受到影响。

可以说，莫里哀正与一个少女举办结婚典礼。婚约是1月23日签订的，双方按照夫妻共有财产制结婚，双方婚前所欠的债务互不负责。玛丽·艾尔维给女儿1000利弗尔作为嫁妆，其中只有三分之一成为夫妻共同财产。婚后的莫里哀夫妇在圣-托马斯-迪-卢浮尔街（卢浮宫区圣福玛大街）居住，后来在圣-奥诺雷街居住一段时间，又搬回福玛大街。最后搬到黎塞留大街居住。

婚后的阿尔芒德继续当演员，她很聪颖，舞台形象自然、姿态优美，擅长用手势表达思想感情。她饰演了很多光彩照人的美女角色，如吕散德、吕赛特、吕席耳；还饰演了很多性格突出的角色，如《答尔丢夫》中的埃米尔，《愤世嫉俗》中的赛丽曼娜，《怪吝人》中的玛丽亚娜。她在《无病呻吟》中扮演央诺丽格，与拉格兰日一起唱歌舞蹈，表演收放自如，赢得了大家的好评。

阿尔芒德为莫里哀生了三个孩子。第一个孩子是男孩，1664年1月19日出生，2月28日接受了洗礼，名字叫路易·波克兰。路易十四主动做路易·波克兰的教父，奥尔良公爵夫人亨利埃特·当格勒代尔做他的教母。可惜的是，路易在11月份时就夭折了。第二个孩子是女孩，1665年8月4日出生，8月10日受洗礼，名字叫埃斯普里·玛德莱娜。玛德莱娜·贝扎尔做她的教母，玛德莱娜从前的情夫埃斯普里·列蒙·德·莫登做她的教父。第三个孩子是男孩，1672年9月15日出生，10月1日受洗礼，叫皮埃尔·波克兰，他活了不到一个月就夭折了。

阿尔芒德像所有的年轻漂亮聪明的女演员一样，喜欢打扮得漂漂亮亮，喜欢听别人的夸奖，喜欢被人们追捧。然而莫里哀对那些向他妻子献殷勤的风流男子非常不满，特别是在宫廷里演出，每一场下来，看到那些年轻贵族的行为，他都非常恼火。由于莫里哀的猜疑和嫉妒，再加上《伪君子》被禁演等事情，以至于两人分居了一段时间。

阿尔芒德与莫里哀共同生活了 11 年。

莫里哀逝世时，阿尔芒德才 31 岁。她一直到死都竭力维护着莫里哀和他的作品的尊严。

5.《太太学堂》之战

1662 年复活节的演出季平平静静地过去了，因为莫里哀在演出季上演的戏观众已经看过了，他的一些新的短小的喜剧已经无法满足观众对他的期盼了，而演出悲剧更难以引起观众的热情。4 月 20 日，莫里哀剧团在索瓦松夫人家里演了一场《丈夫学堂》。21 日也就是星期五，在王家剧场上演了《桑丘·潘萨》和《疑心自己当王八的人》。这一天和后来几天，剧场中有一半的位子是空着的。进入 6 月份的中下旬，《冒死鬼》再次演出，16 日收入 215 利弗尔，18 日收入 105 利弗尔。30 日演出了《讨厌鬼》，收入略好些，达到 709 利弗尔。《丈夫学堂》和布瓦耶神父的《托纳克萨尔》两剧还能引起人们的兴趣，但整体的票房收入是大不如前了。好在国王给剧团派出了演出任务，5 月 8 日，剧团在圣日耳曼庄园为宫廷人员演出了 6 天。在 6 月份至 8 月份期间，剧团大约有 8 个星期的时间在圣日耳曼庄园演出。国王给了将近 17000 利弗尔的费用，外加 15428 利弗尔的剧团车马费、服装费。剧团的困境被国王拯救了。

《太太学堂》

面对剧场演出的窘状，莫里哀清楚地知道，剧团不能靠演悲剧过活，只能依靠自己创作的喜剧来振兴。

到了12月，莫里哀终于推出了一个新的剧本——五幕诗体喜剧《太太学堂》。

《太太学堂》既不是《丈夫学堂》的继续，也不是与它对应的戏，两者没有关联。该剧写的是一个善妒的、专横的、封建的阿尔诺尔弗想找个完全顺从他的妻子，便买下4岁的幼女阿涅斯，从小就开始对她进行培养，以便使她成为愚昧无知的女人。他认为妻子无才便是德，只要信仰上帝，疼爱丈夫和懂得女工即可，其他的都不重要。于是，他把阿涅斯送到修道院学习。果然，"太太学堂"培养出了一位如他设想那样的温文尔雅、贤淑顺从的女子。出人意料的是，阿涅斯爱上了青年贺拉斯，是爱情使她的思想开了窍，为了爱情，两个人计划出逃。贺拉斯是阿尔诺尔弗朋友的儿子，他并不知道阿涅斯就是阿尔诺尔弗买来的妻子，便将自己的爱情和出逃计划对阿尔诺尔弗都和盘托出了。阿尔诺尔弗一边防止贺拉斯接近阿涅斯，一边对阿涅斯进行"爱的教育"。最终两个年轻人逃出了阿尔诺尔弗的家园。这出戏包含了大量可笑的喜剧因素，这个极端滑稽可笑的、又令人厌恶的阿尔诺尔弗，剧终时突然变得可怜慈祥起来，令人遐想无限。莫里哀在剧中饰演阿尔诺尔弗这个角色，德布里小姐扮演阿涅斯，拉格兰日扮演贺拉斯。

12月26日，星期二，《太太学堂》首场演出成功。在接下来的18场演出中，看戏的人如潮水般涌来，现场异常火爆，每场收入在1500利弗尔左右，创前所未有的收入记录。有时演员们一天要赶演两场，一场在剧场演出，另一场在某位公爵或某位大臣家里演出。国王还邀请他们到卢浮宫去演出。

这出打击夫权主义的封建道德思想，提出妇女有权自主选择爱情的喜剧引起了社会的强烈反响，甚至发生了一些有趣的事情。比如，一个热衷于巴黎沙龙的名叫普拉皮松的人，对演出的内容深感不满，他坐在戏台上开始挑衅闹事。每当听到剧中人的俏皮话和噱头时，他便将气得发紫的脸庞转向池座的观众，对着大笑的观众挥舞拳头，大声喊叫。观众看到他的样子更是笑得前仰后合。这件事令人们津津乐道，帕莱·罗亚尔剧院的气氛又火爆起来，莫里哀剧团的收入大增。

整个巴黎都在谈论这出喜剧。又有一些资产者自己对号入座了，他们认为莫里哀塑造的阿尔诺尔弗正是自己，开始愤愤不平。一些文学家和戏剧家对这出剧的名称和内容也开始非议，进而斥责。当时的大作家高乃依看到了莫里哀的喜剧在宫廷里比悲剧受欢迎，看着王宫剧场门前潮涌般的观众，而自己的《索弗尼斯伯》演出时，观众寥寥无几，心里很难过，再加上莫里哀在《太太学堂》的末尾引用了他的悲剧《塞尔托里尤斯》中的一行小诗，通过阿尔诺尔弗的口念出来，"够了，我是主人，走吧，服从吧"，场面显得有些滑稽，心里更加气愤。莫里哀本没有任何恶意，不过是为了戏谑而已，但高乃依对莫里哀这样对待自己的悲剧感到十分恼火，他与莫里哀的关系破裂了。

《太太学堂》上演几场之后，布高尼府剧团的门票收入就急剧下降了。给布高尼府剧团提供剧本的作家们和布高尼府的演员们最先挑起了批评、诽谤和谩骂《太太学堂》的事端。其中的一位作家，名叫让·多诺·德·维泽的年轻人，他出版了三卷本的《小说与新闻》，其中的第三卷是关于文学和戏剧的评论。他在这里发表了《为高乃依先生的〈索弗尼斯伯〉辩护》和关于莫里哀的一大段文章。关于莫里哀的那一段文字，无不嘲讽。德·维泽采用的是一位叫帕朗特先生与两位专家对答方式来攻击莫里哀。帕朗特先生提出了人们都在颂扬莫里哀剧本引起轰动的话题。第一位专家露出轻蔑的高傲的神情，说，莫里哀是一位有心计的人，对于他获得的成功，我们采取的态度应当是既不反对潮水般的掌声，也不随声附和那些欣赏小玩意儿的人，未来会对这个事情做出正确的评价。第二位专家在谈论莫里哀时，使用了阴险恶毒的言论，说莫里哀抄袭别人的作品；他发广告做宣传，极尽组织能力，使自己的剧场内坐满达官贵人，但有些人并非想在那儿看戏，也不关心演的是什么，而是因为剧院有好多贵族习惯性地在那里坐着，他们到那儿是为了露面而已；莫里哀在利用贵族们的愚笨，贵族喜欢别人取笑他们，他们自己把自己圈子里的事儿和自身的缺点告诉他；《太太学堂》取材于博卡斯、斯卡隆和一本题为《斯特拉帕吕尔老爷滑稽可笑的夜晚》的书，大家都认为这书很恶毒，才跑去看戏是怎样表现的，促成了这出戏的成功；这个主题并没有写好，没有一场戏在表演中不是错误百出的，这是一个具有美丽外表的魔鬼；等等。第一位专家又说，莫里哀为什么在他的所有戏剧中，都描绘嫉妒的人，都嘲弄当了王八的人，那是因为他也是其中的一员。德·维泽在文章中指出，作者在写这个剧本的时候，他的灵魂已经撕为两半，剧本的主题不清晰，情节也不佳。剧中还有大量的淫秽语言，令人不爽。文章末尾还说不久布高尼府剧团将演出与莫里哀《太太学堂》有点儿瓜葛的新戏。

就这样，这个戏引起了一阵非同一般的喧嚣，而支持莫里哀的声音一时显得很微弱。但仍有法国当代思想家和文艺理论家尼古拉·布瓦洛·戴普雷奥、布瓦洛等有识之士认为《太太学堂》一剧包含着深刻的道理。布瓦洛在1663年1月写给莫里哀的诗中说，他那绝妙的喜剧，必将进入未来的世纪。

> 莫里哀，别理会千百个才子的嫉妒，
> 他们摆出轻蔑的态度，
> 竟敢指责你最优秀的名著，
> ……
> 任凭那些艳美之徒去品头论足，
> 他们枉然到处狂呼，
> 说什么你取悦于平庸之辈毫无益处，
> 说什么你的诗剧毫不赏心悦目，
> 你要是不怎么逗人欢笑，
> 也许就不会叫他们如此厌恶。
>
> （选自皮埃尔·加克索特的《莫里哀传》）

莫里哀不理会德·维泽等人的攻击。一个月以后，莫里哀发表了《太太学堂》这个剧本。他把剧本题赠给他的保护人奥尔良公爵的夫人——亨利埃特王妃。以此表达他对所得到的宠爱和支持的感谢。

1663年的复活节，国王授予莫里哀"优秀喜剧诗人"的头衔，并发给莫里哀每年1000利弗尔的津贴，这是对他宠爱的又一次表示。正当他的敌人疯狂地反对他，甚至于对他的名誉进行攻击的时候，他受到了国王的赞誉，这是他得到的最大的支持和肯定。莫里哀写了一首诗来答谢路易十四的恩赐：

> 我们这位国王更是朝政繁忙，
> 没工夫听你的长篇演讲。
> 恭维和谄媚轻易不能打动他的心肠。
> 只要你唇启口张，
> 想对他的恩典善行加以颂扬，
> 他就知道你肚子里的文章。
> 他先是莞尔一笑，
> 怡悦的神情能在每个人心中引起
> 美妙的遐想。
> 然后像一阵风走过你的身旁，
> 你就该心满意足，
> 因为你的奉承已得到他的赞赏。
> （选自皮埃尔·加克索特的《莫里哀传》）

国王赏赐莫里哀，以表彰一个伟大喜剧作家的功绩。这又引起文学家们对莫里哀越来越强烈的嫉妒和憎恨。莫里哀不想在舞台之外表现出他的气愤，决意利用舞台向反对他的人进行回击。1663年6月1日，他创作并演出了一个名叫《〈太太学堂〉的批评》的独幕戏。他清楚地知道哪些人对他发起了攻击，这出戏的内容就是针对那些人的。他把那些批评言论收集起来，整理成戏文，让一些滑稽可笑的人表演攻击自己，然后自己再把那些人击败。值得称道的是，这出戏已不是一场简单的争论，而是一出真正的战斗喜剧，它体现了莫里哀喜剧创作的多样性，体现了莫里哀喜剧创作中的得心应手和聪明才智。观众在争战的喜剧中认出了剧中人物黎希达的原型德·维泽，还认出了活灵活现的年轻的埃德姆·布尔叟，这是一个对莫里哀进行过凶猛地反对和辱骂的文学家。

《〈太太学堂〉的批评》一剧演出后，反对者们气得咬牙切齿，德·维泽拿出了针对莫里哀个人的论战性剧本，剧名叫《泽兰德,〈太太学堂〉的批评家，批评的批评》。该剧的主人公叫"哀里莫"，写他在卖花边的店里偷听别人谈论《太太学堂》的事情。布高尼府剧团尽管很想演出这个戏，但经过审查，发现这个剧本太荒唐了，终究没有演出。于是德·维泽只得把这个作品印出来，在巴黎散发。埃德姆·布尔叟也写了一个剧本《画家的肖像》，并于1663年10月初公演。

而这时莫里哀已经在万森为国王演出了《太太学堂》和《〈太太学堂〉的批评》，在尚蒂利城堡为招待亲王和夫人的孔代也演出了这两出戏。紧接着，又排演一个论战性质的独幕剧本《凡尔赛宫即兴》，并于1663年10月14日为国王演出。这次演出是莫里哀向敌对的布高尼府剧团的进攻，也回应了埃德姆·布尔叟的《画家的肖像》。在舞台上，演员公开说布尔叟是无聊文人。

年轻的布尔叟败下阵去，又有一

贵族沙龙在读莫里哀的作品

个老才子叫罗比内的,写了一个小册子《〈太太学堂〉的颂词或关于莫里哀作品诙谐的谈话》,指责莫里哀的剧本亵渎宗教,内容淫秽不堪;说莫里哀文笔格调低,仇视女人,把女人变成傻瓜;说莫里哀是个蹩脚演员,令人厌恶,等等。德·维泽仓促间又写了一个毫无才气的剧本,叫《侯爵们的复仇》。全篇都是关于仇恨和艳羡的表白,说莫里哀抄袭、好虚荣、不信教,大骂他是个可恶的演员,是王八,还暗指莫里哀的夫妻生活不幸。文章不忘对侯爵们进行无耻的吹捧。在这纷纷扰扰中,沼泽剧团也卷入了这场论战。

这年11月份的日子对莫里哀来说是昏暗的,尽管有国王对他大加赞赏,但那些文人仍在各种报刊及小册子上发表谎话连篇的文章,甚至对莫里哀进行人身攻击。曾有人上书给国王,指责莫里哀同自己的私生女结婚。路易十四将这个无聊的请愿书丢进火里,以示对莫里哀的支持和宠爱。

一个名叫菲利普·德·拉克鲁瓦的人写了一个剧本《维护〈太太学堂〉》。这个剧本是以莫姆和阿波罗的一段诗体对话开始。拉克鲁瓦公正地指出,当阿波罗还住在天堂的时候,作家们和演员们就同猎狗一样互相撕咬。然而,他承认并用阿波罗的话来说明,引起论战的那个戏《太太学堂》,是一出好戏。他对莫里哀本人及其全部作品予以维护和赞扬。之后,莫里哀和他敌人之间的这场大论战,慢慢地平息下来了。

莫里哀在这场《太太学堂》的论战中获得全胜,只是他的咳嗽突然加重了,这是身心疲劳和心理压力造成的,那两个小作家德·维泽和埃德姆·布尔叟在他的心里留下了阴影。有些平庸的人渴望成名,想让别人读他们写的东西,就以种种手段吸引公众注目,其实是很不光彩的。德·维泽、埃德姆·布尔叟等人确实凭借莫里哀得到了名声，如果没有莫里哀同他们进行论战，人们很可能不会记得住他们的名字。

四、戏剧创作的全盛阶段

在《太太学堂》论战期间，莫里哀剧团的演出收入相当好，喜事也多起来。1664年初，他结交了喜欢文学的圣－埃尼昂公爵，埃尼昂公爵被选进了法兰西学术院，成了宫廷娱乐的组织人，这对莫里哀来说有着莫大的好处。

1664年1月19日，莫里哀夫妇的第一个孩子降生，是个男孩。2月28日，在圣日耳曼·德奥克塞鲁阿教堂里，莫里哀的长子领洗。在圣水盘旁边，站着一个手持长柄斧的近卫军兵士，神父的脸上流露出不寻常的神情，原来法兰西国王允诺做这个孩子的教父，代表陛下出席的是德·克列基公爵；亨利埃特——奥尔良公爵夫人做这个孩子的教母，代表奥尔良公爵夫人出席的是杜·普列希元帅夫人。孩子被命名为路易。这个洗礼仪式给当时的巴黎人留下了深刻的印象，莫里哀为此感到十分荣幸，同时，他也迎来了他的戏剧创作的全盛阶段。

1. 豪华芭蕾舞喜剧《逼婚》 路易十四登台参演

在婴儿出生和受洗礼中间的一段时间里，莫里哀写成一个新的喜剧《逼婚》（也译为《强迫的婚姻》），起初这是一出散文体独幕喜剧，为了迎合国王喜欢芭蕾舞的趣味，于是决定在这个戏中加入

舞蹈把它扩大成了三幕芭蕾豪华喜剧。才华出众的宫廷作曲家古奥瓦尼·巴普季斯特·吕利为《逼婚》配了乐曲；皇家芭蕾舞导演鲍尚为该剧编舞。这是一出豪华的芭蕾舞喜剧，它需要很多复杂的装置，演出成本很大。莫里哀为了发泄前阶段论战的情绪，在喜剧中塞进了两个可笑迂腐的学究。一个是潘克拉斯，信口雌黄的人，亚里士多德学派的门徒；另一个是马尔富里乌斯，怀疑主义者，古代波浪主义派的信徒。

《逼婚》

据说《逼婚》一剧是根据前不久轰动巴黎的菲利别尔·德·格拉蒙伯爵奇遇的素材进行创作的。该剧讲的是这个伯爵以能博得妇女的欢心而名噪一时，国王对他十分厌烦，即命令他去英国出差。伯爵一到英国，就征服了一位高贵的女郎哈米利顿小姐的心。当地的人们都以为伯爵会与哈米利顿小姐结婚，然而他却要回法国了，他同这位小姐告别时也没有提及结婚。伯爵来到了多弗尔的港口，突然看到了哈米利顿小姐的两位哥哥。这两个哥哥佩着剑、戴着手枪，问他在伦敦忘记什么事没有。伯爵谦恭地回答道，我忘记同你们的妹妹结婚了。于是马上与哈米利顿小姐回伦敦结婚。

1664 年 1 月 29 日，莫里哀在卢浮宫的国王寝殿上首演了芭蕾舞三幕豪华喜剧《逼婚》。莫里哀巧妙地把大段的歌唱和许多芭蕾舞掺进闹剧中去了，很好地表现了戏剧人物形象。路易十四对这个芭蕾舞剧很是欣赏，还亲自上场扮演了一个埃及人与演员们对舞。御弟和宫廷几个侍从官员也参加到演出队伍中。

31日，该剧在卢浮宫演出，2月4日、9日在亲王家里演出。15日，莫里哀开始在帕莱·罗亚尔剧院——王宫剧场公演，好评如潮，收入甚丰。但因是豪华芭蕾舞喜剧，演出成本也很大，该剧只演出了12场。4月22日又开始在王宫剧场演出，但只演了4场戏。因为莫里哀即将要为国王在凡尔赛宫举行狂欢庆祝活动进行准备，剧团将于30日前往凡尔赛宫，所以《逼婚》就没有档期演出了。后来，在1668年这出戏重新上演，去掉了耗资最多的芭蕾舞，做了一些必要的改动，压缩成一幕喜剧，结果没有获得特别好的效果。

因为国王总是在莫里哀身边出现，那些对莫里哀有微词的人也就渐渐地不发声了。此时的莫里哀已然是戏剧界的传奇人物，他的戏剧创作已经进入了全盛的阶段。

2.《伪君子》遭遇禁演，莫里哀一上陈情表

莫里哀编排的芭蕾舞剧深受国王赞赏，兴奋中的他在给国王的奏禀中说，现在正在写一部关于假仁假义伪君子的喜剧。

这一年，路易十四要在凡尔赛宫举行"仙岛狂欢"游园活动。

1664年春天，凡尔赛宫的装修工作已竣工，大规模的庆祝活动开始了。

最初的凡尔赛宫是一个乡间别墅，是路易十三打猎时的暂时居住地，当时是用砖和石板建了一栋楼阁。后来又在两翼建楼，这就是今天的大理石塑像庭院两侧的建筑。路易十四又在这两翼的前后盖了两栋建筑，包括配膳食处、马厩、水泵房和储物库。房间里增

添了一些家具、镀金饰物和油画。对屋顶进行了一些美化,围绕整栋建筑,在二层楼上加建了用铸铁围成的阳台。对花园进行了扩大和整修,新建了一些水池,还建了动物园。最主要的是皇家园丁们在绿色的园林中建起了一个由花瓣和花朵图案装饰着的剧场,剧场里面安装了许多当时最先进的机械装置。

在庆祝活动的日子里,每到晚上,凡尔赛宫花园里就会燃放五颜六色的焰火。

路易十四在凡尔赛宫举行的娱乐活动,不仅仅有摆排场、讲虚荣的意味,更是巩固统治的一种手段。他要以他的财富、他的威武镇住那些总爱捣乱、反叛的贵族们。当然这些狂欢活动也为法兰西的艺术提供了展示的平台,是艺术家们释放其能量、积累其经验和宣传其才能的机会。

为了这个盛大的活动,莫里哀在4月30日就来到了凡尔赛宫,在很短时间内写了一个剧本《艾丽德公主》,然后开始排演。王室成员5月5日到达凡尔赛宫,还有600多位特邀的来宾。国王要在

凡尔赛宫外观全景

这里设宴席款待他们，请他们看戏。8日，莫里哀演出了《艾丽德公主》。国王对《艾丽德公主》一剧很满意。接下来的日子，莫里哀剧团还将演出三部喜剧，分别在11日、12日、13日演出《讨厌鬼》《伪君子》《逼婚》。

由于莫里哀夫人阿尔芒德扮演的艾丽德公主令大家为之倾倒，宫廷里的青年们崇拜着阿尔芒德，纷纷蜂拥在她的周围，有关阿尔芒德的流言蜚语不胫而走，莫里哀为此很是烦恼。可更大的烦恼和悲伤即将接踵而至，他的前三幕诗体喜剧《伪君子》一剧遭到非议，他的长子路易在《艾丽德公主》演出后不久便离开了人世。

迷人岛上的乐趣

5月12日，莫里哀把完成了前三幕的《伪君子》剧本演给国王、王后和宫廷大臣们看，许多高级宗教人士和僧侣也跟着一起观看。在《伪君子》里，莫里哀刻画了一个彻头彻尾的宗教骗子答尔丢夫，一个十足的撒谎者、告密者、色鬼。他的身份是一个神职人员、道德教师，他做的每一件令人不齿的事情，都会从圣书中引经据典地加以论证，以证明自己的正确、至高和伟大。喜剧刚开始时，观者给予了普遍的赞扬，但是这一切很快就发生了变化，变化之快令莫里哀和演员们吃惊了。当身穿黑色僧袍的宗教大骗子答尔丢夫在舞台上淋漓尽致地表现着他的虚伪、贪婪、欺骗时，陪同国王观看的教士僧侣们却如坐针毡，观看此剧的王太后此刻也脸色大变。王太后来自天主教势力很强的西班牙，她笃信宗教。宫廷大臣们中也有些人是早期宗教团体"圣体会"的成员，他们似乎芒刺在背。所以在第三幕结束的时候，观剧的人们简直不知道莫里哀是怎么想的，有些人甚至认为莫里哀的精神不太正常。

王太后离开了凡尔赛宫表示抗议，事情陡然变得十分严重起来。

此次来观剧的宗教界人士中有各种各样的人，比如罗克特神父，莫里哀早年在朗格多克演出时就认识他，那时候他在全体信徒面前表现的行为极其下流，后来成了奥登地区的主教；还有传教士沙尔皮，他过去是律师，曾勾引过宫廷药剂师的妻子；另外还有一位著名的波尔多地区的圣芳济派神父伊季耶，他在投石党运动时期以骇人听闻的出卖行为而臭名昭著。当他们发现莫里哀笔下的答尔丢夫是个披着"良心导师"外衣的恶棍时，不禁怒火中烧。让他们最为恐惧的是，眼前这个骗子穿和他们一样的教服，说跟他们一样的言辞，举手投足令人联想到"圣体会"成员，于是开始私下串联抵制该剧的演出。此次来观剧的上流社会的侯爵们，已经沦为国王的附属品，对于国王放纵莫里哀任意讥讽辱骂自己的阶层已经习以为常了，但是《伪君子》中的答尔丢夫的没落贵族身份还是引发了这些人的愤怒。

巴黎大主教阿尔杜延·德·鲍蒙·德·佩列菲克斯十分坚决而严肃地请求国王立即禁演《伪君子》一剧，说莫里哀诋毁宗教的神圣。接着圣体会的人说莫里哀是一个非常危险的人物，扰乱了社会的和谐。贵族们说莫里哀侮辱了本阶层的智商。面对这些指责和要求，观剧后的国王第一次有了惴惴不安之感。

一天，国王与莫里哀单独会面，说话一向简短明了的路易十四斜眼望着这位面色发青的莫里哀，突然觉得有些话说不出口。可眼前的这个莫里哀先生竟在这时候恭请国王恩准上演《伪君子》。国王说，大家指责这个剧本里有讥讽宗教和诋毁神祇的地方，看在上帝的面上，请你不要上演这个剧了。本来对国王抱有希望的莫里哀无奈地接受了国王的指示。

凡尔赛宫的游园活动终止了。

5月16日，国王驾临枫丹白露宫，莫里哀率剧团随驾前往。可《伪君子》禁演事件却在日益发酵。

后来，莫里哀在枫丹白露宫演出《艾丽德公主》一剧，观剧者有罗马教皇的特使，还有前来法国谈判的他的亲戚基治主教。主教很喜欢《艾丽德公主》这个戏，于是莫里哀跟主教通融了一番，使主教邀请莫里哀朗诵《伪君子》剧本。莫里哀朗诵完毕，教皇特使很客气地说，他在这个喜剧里没有发现亵渎宗教的东西。教皇特使的评价让莫里哀受到很大的鼓舞，他觉得似乎有可能从神职人员那里获得对《伪君子》剧本的庇护，但他没有如愿以偿。

8月15日，国王在枫丹白露宫刚刚安顿下来，就有人向国王递交了圣·瓦尔福洛梅教堂的教士皮耶尔·鲁列神父控告莫里哀的呈文。鲁列神父言辞激烈，大意是：应该把这个莫里哀连同《伪君子》剧本当众一起用火埋葬。路易十四是不能容忍他人对自己指手画脚的，鲁列神父的荒谬呈文受到极大的冷遇。

8月31日，莫里哀也急忙向国王递交一个呈子，也就是第一陈情表。他陈述自己创作的动机，表明自己创作这部喜剧的目的，就是在娱乐中改正人们的弊病，伪善可能是最普遍、滥行于世的恶行，并且义正词严地驳斥了鲁列之流的诽谤，恳请国王支持正义，保护自己，恩准这部喜剧的公演。路易十四对莫里哀的第一陈情表既不采纳也不反驳，对莫里哀的请求，他也不正面答复。但他不阻止莫里哀在私人家里朗读或表演《伪君子》。

路易十四的反应如此微妙是有原因的。当时的天主教被定为国教，僧侣是社会的"第一等级"，权势显赫。天主教自中世纪以来就是欧洲封建制度的精神支柱，教会在精神领域占有绝对的统治地位，与王权之间存在着权力之争。在王权逐步加强的过程中，教会和高级僧侣始终拥有举足轻重的作用。红衣主教黎塞留和马扎然相继是路易十三和路易十四的首相。路易十四对于教会那种超然于政权之上的独立地位和控制政权的欲望十分不满，然而目前他又离不开教会的支持。况且当时许多王公贵族，包括王太后和大主教都是"圣体会"秘密组织的成员，他们在帮助天主教削弱国王的绝对权威。所以，莫里哀揭发宗教伪善的戏正符合他的心意，但面对教会的强烈反应，他又有所顾忌。

《伪君子》一剧中的场面

除了罗马主教以外，还有一个人庇护着《伪君子》及莫里哀，这就是待人接物粗暴的、讨人嫌的，然而聪明好学的孔代亲王。当时意大利剧团在《伪君子》被禁演后不久上演了一出滑稽闹剧《斯卡拉穆什隐士》，该剧以断然否定的手法描写了一个僧人。国王观看后对《伪君子》遭遇宗教界反对的事情感到迷惑不解，对孔代亲王说，《斯卡拉穆什隐士》的内容比《伪君子》

要尖锐得多呢。孔代亲王回答说，陛下，那是因为《斯卡拉穆什隐士》的作者讥笑的只有上天和宗教，而莫里哀的《伪君子》讥笑的正是他们本人，这就是他们大发雷霆的原因。然而孔代辩护词也没能帮上莫里哀的忙。

莫里哀的支持者奥尔良公爵指名要看《伪君子》。于是，那年夏天，莫里哀在维利耶·科特莱城堡为他演出了前三幕的《伪君子》。

莫里哀在这吵吵嚷嚷中又写出了《伪君子》的第四幕和第五幕，接近年底的时候，在孔代亲王府邸将此剧完整推出。

《伪君子》被禁演了，但是谁也没办法阻止剧本传播。剧本越被压制，人们就越想看它的真容。《伪君子》剧本以抄本的形式在法国广为流传，并且它的名声远播欧洲各国。当时在罗马刚加入天主教的瑞典女王赫丽斯京娜曾正式向法国提出请求，想要一份《伪君子》剧本的抄本。看到瑞典女王有意在她的国家上演此剧，法国权贵们陷入了颇为难堪的境地，但是他们还是想出了一些借口拒绝了女王的请求。

莫里哀病了，他一直生闷气，不断地咳嗽，这时帕莱·罗亚尔剧团的收入也在下降。虽然《艾丽德公主》在王宫剧场的演出是成功的，但演出的成本也是很大的。这期间剧团上演了一流剧作家让·拉辛的剧本《费瓦伊德》，也不太上座。由于新剧《伪君子》遭遇禁演，又没有合适剧本等诸多原因，莫里哀的剧团陷入了困境。加上小路易在11月10日夭折，莫里哀的情感跌落到了低谷。

莫里哀又开始了苦思冥想，他要写一个新剧本来扭转剧团的现状，更是为了替代《伪君子》。

3. 突破古典主义戏剧创作规则的《唐璜》

莫里哀坐在书房里研究西班牙民间传说已有好多个不眠之夜了，终于，一个富有诱惑力的人物的形象——唐璜·特诺里奥在他的脑海里呈现出来。

唐璜是西班牙传说中的中世纪人物，是一个英俊潇洒、风流倜傥的贵族花花公子。他仰仗着国王对其家族的庇护，肆意行骗、为所欲为，迫害对他不满的人。他的一生都周旋在无数贵族妇女之间，以诱惑、奸淫妇女为乐。最终，他因诱奸塞维利亚城驻军司令的女儿，又刺死上门质问的司令，而被司令手下的士兵们杀死。社会上传言他被恶魔带入地狱。在后世的文学作品中，唐璜多以纨绔子弟的形象出现，他的故事成了后世文学创作的重要素材之一。

这个题材在世界各地广为流行，尤其受意大利人的欢迎。在意大利，吉利贝蒂于1652年对唐璜进行改编；在法国，多里蒙和德维尼耶于1658年、1659年先后推出关于这个传奇人物的剧本。不久前，法国人在里昂和巴黎演出了话剧《唐璜》。莫里哀反复阅读了笔名为提索·德·莫林的修道士加勃里埃·台里埃的剧本，以及意大利人所写的一些有关唐璜的剧本，开始专心致志地以自己的方式塑造与众不同的唐璜形象。他打乱原有的情节，突破时间、地点和情节的一律性的限制，将各种风格、剧种、腔调和语言混搭在一起，编写了一个非常出色的五幕喜剧《唐璜》，塑造了一个充满诱人魅力，又厚颜无耻的西班牙贵族唐璜。剧中的唐璜仪表文雅、行为潇洒，但品行极其恶劣，他到处勾引良家妇女，而且始乱终弃。情场上的频频得手，让他丧失了爱的感觉和人性。最终他恶贯满盈，在仇人石像前遭到雷击，陷进崩裂的大地里，被地狱之火吞没了。莫里哀描述作为贵族的主人公唐璜身上的阶级本性，进而展现了法国贵族在生活和道德上的腐败和堕落，他为唐璜安排了一个古怪而又荒诞的结局，以荒诞的人生诠释着生命的终极意义，打破古典主义戏剧的创作规则。

莫里哀看到了巴黎上流社会贵族阶层豪华外表下的腐败本质，看到了一种普遍流行的伪善风气。他在《唐璜》中这样来谈论伪善，"虚伪是一种时髦的恶习，而任何时髦的恶习，都可以冒充道德。在所有的角色里面，道德高尚的人是今天人们所能扮演的最好的角色，而伪君子这种职业也有无上的便利。这是一种艺术，伪装在这里永远受到尊重；即使被人看破，也没有人敢说什么话反对。别的恶习，桩桩难逃公论，人人有自由口诛笔伐；可是虚伪是享有特权的恶习，钳制众口，逍遥自在，不受任何处分。"[1] 这段台词，表达了对《伪君子》被禁演的愤怒。

1665 年 2 月 15 日，五幕散文体喜剧《唐璜》(又名《石宴》)首次演出，拉格兰日扮演唐璜，莫里哀扮演唐璜的仆人斯卡纳赖尔。首场票房收入 1800 利弗尔，尔后持续上升，一直升到 2400 利弗尔。《唐璜》的成功上演，让上流社会的人们大为震惊，那些贵族原以为莫里哀由于《伪君子》一剧遭到沉重打击后不会再触及社会问题了，结果《唐璜》的战斗性更强。特别是唐璜与乞丐之间对话那一场，引起的反响最为强烈。唐璜问乞丐在做什么事情，乞丐回答说自己整天为那些赏给他点儿什么的施主们祈祷，愿他们平安康顺。唐璜说一个整天祈祷的人不可能生活得不好。然而乞丐承认自己是很穷苦的。于是唐璜说，可见你的一片苦心并没有得到上天的护佑。

---

[1] 莫里哀. 莫里哀喜剧（第二集）[M]. 李健吾, 译. 长沙: 湖南人民出版社, 1982: 335.

唐璜表示愿意给乞丐一个路易多尔（法国十六、十七世纪的货币），但要求他必须咒骂神。乞丐拒绝这样做。唐璜出于仁爱之心还是给了他一个路易多尔。可见，莫里哀塑造的主人公唐璜也是一个无神论者。这个无神论者虽说行为放荡，却是一个勇敢无畏、思想自由的人，他的谈吐总是出其不意、令人吃惊，体现了以唐璜为代表的贵族阶级身上明显的矛盾性和复杂性。在这里，莫里哀在抨击了荒淫无耻的封建贵族的同时，也巧妙地攻击了宗教的欺骗性。

《唐璜》（又名《石宴》）

《唐璜》的演出，让评论家们感到棘手，也让贵族们不知所云，更让笃信宗教的信徒大喊大叫，以示抗议。不久，有一个律师，大概是冉森教派一个叫巴比耶·德·奥库尔的人以笔名洛士蒙发表了《对莫里哀的一出题为〈石宴〉的戏剧的观察》的小册子，说莫里哀把喜剧引入无神论的深渊，使人堕落，使人头脑中充满肮脏的思想，这是推翻宗教的根基，是魔鬼。说奥古斯丁大帝曾经处死了嘲笑丘比特的侍从小丑，罗马皇帝费奥罗多西希亚把类似莫里哀一类的作者都处于裂刑，要求国王对莫里哀先生加以惩戒。之后，另一位作家发表评论，说希望《唐璜》的作者能和他的主人公唐璜一起被天上的雷击死。这时，莫里哀的老相识，笃信宗教的孔提亲王也发声了。他在《依照教会的传统论喜剧》的专论中指责莫里哀创立了一个无神论的新流派。让唐璜发表的藐视一切演说,而让一个傻瓜仆人来捍卫宗教和神的原则,这个仆人究竟有多大本事能与他的卓越的论敌相抗衡呢?不管怎样,莫里哀让贵族身份的主人公唐璜遭受雷击,被地狱之火吞噬,是大家所不能接受的,即使是与他比较友好的人也难以接受。

《伪君子》毕竟是在王室的圈子里演出,而《唐璜》是在剧院里公开演出,观众面更广。莫里哀遭到了呼声甚嚣的保守势力的攻击,巴黎学术界的人士对他进行了毫不留情的嘲讽。《唐璜》遭到了和《伪君子》一样的命运,只上演了15场就被禁演了。

莫里哀剧团的演出进入了萧条时期。

这个夏天变得有些漫长,莫里哀心绪极端不宁,简直到了难以忍受的程度。他经常无缘无故地发火,与怀孕的妻子争吵。他的同学克劳德·夏佩尔以及拉丹封、波阿洛和正在走红的新秀让·拉辛经常拉着莫里哀到下等酒馆儿喝酒消愁。

1665年8月4日,阿尔芒德为莫里哀生了一个女儿。这给莫里哀的沉闷生活带来了一些喜庆。玛德莱娜做了女孩儿的教母,她的老相识埃斯普里·列蒙·德·莫登做了女孩子的教父。现在的玛德莱娜和莫登之间保持着一种默契的友好关系。为了表示对这旧时的恋人、现在的教父教母的尊重,莫里哀特意把他们两个人的名字结合起来,给小女孩儿取名为埃斯普里·玛德莱娜。

4. 透视医学至暗的《爱情是医生》

1665年8月14日,也就是莫里哀喜得女儿之后的第十天,莫里哀又得到了一件令全团兴奋的大喜事。国王向莫里哀宣布了他的诏命:剧团改归国王个人管辖,并加封其为"国王剧团"。与此同时,还规定剧团每年的薪俸为6 000利弗尔。这一切显然是为了让世人明白在《伪君子》一事上他对莫里哀的态度。莫里哀剧团有一种拨云见日之感,连续两部喜剧被禁演的情绪首次有了一个释放。演员们欢欣雀跃,欣喜若狂,决心尽力报答国王的恩典。

莫里哀剧团摆脱了危机,可莫里哀的病情加重了,他的咳嗽越来越厉害,胃部也经常剧痛,有一天竟咯血了。经过医生治疗症状减轻后,他又投入到创作中去了。莫里哀用了五天的时间,排演出了一台加有序幕的三幕芭蕾舞喜剧,这个剧取名《爱情是医生》,他要在戏剧舞台上进行大胆的试验。

《爱情是医生》于1665年9月15日(一说14日),在凡尔赛宫为国王演出。国王观后十分满意。后来该剧又在帕莱·罗亚尔剧院公演,演出成功,卖座率相当高,票房收入大增。

《爱情是医生》

　　这是一部抨击医学界现状的戏剧。莫里哀将视线聚焦到医生身上可能与自己经常生病、看病,又没有治愈有关。他到处求医问药,然而医生们都束手无策。他看到了医学的现状,也看到了与他同样忍受疾病的人们。莫里哀所处的时代,正是法国医学历史上最黑暗的时期，医生的治病方法令人生疑，病人大都没被治好。莫里哀的导师伽桑狄就是被医生放血断送生命的。莫里哀的一个好朋友也是被灌了三次与病症不符的催吐剂离开人间的。红衣主教马扎然临终前，曾有四位医生为他会诊，结果四个人竟然有四种不同的诊断结果和施救方式。

莫里哀在《爱情是医生》中，就写了四位医生，个个都是地地道道不学无术的骗子：第一位医生叫德·佛南得莱斯，是杀人凶手；第二位叫巴伊斯，是狂喊乱叫的人；第三位叫马克洛东，是说话慢声慢语的人；第四位叫陶麦斯，则是放血的人。四个招摇撞骗的医生被斯嘎纳耐勒请来为自己的女儿吕散德看病。其实吕散德是因为父亲贪心要把自己留在身边，不准出嫁而装病。在女仆莉赛特的帮助下，吕散德假装昏了过去。父亲情急之下请了四个医生前来会诊。在医生没有上场之前，女仆莉赛特说："先生，你请了四个医生，要那么多干什么？把人害死，一个医生不就够了？"[1] 表明了对医生的不信及对医生的嘲讽态度。在会诊之后，这四个医生对于同一个病人分别发表了不同的意见。陶麦斯认为应该放血，德·佛南得莱斯主张服呕吐剂，马克洛东和巴伊斯要先进行一些止痛的治疗，然后再进行清洗放血。他们互相吹捧对方的做法，把一个健康人诊断成各种疾病缠身的患者，惹得观众捧腹大笑。

人们从这四个人物形象中认出了四位宫廷御医：埃利·贝德·德·福若莱、让·埃斯普里、格诺和瓦洛。瓦洛不仅是宫廷御医，还是国王的首席医官。在该剧公演四年后，就是这位瓦洛治死

---

[1] 莫里哀. 莫里哀喜剧全集（第二卷）[M]. 李健吾, 译. 长沙：湖南文艺出版社, 1992：361.

了奥尔良公爵的夫人亨利埃特，他给病人开了一服对她的病症是绝对禁忌的鸦片酊剂。

这部喜剧让法国整个医学界遭遇了最严重的侮辱，医生们对莫里哀的仇恨达到了前所未有的程度。对于莫里哀来说，已经熟悉的那种攻击诽谤又在观众的笑声中接踵而来了。

这期间，莫里哀还排演了让·多诺·德·维泽的剧本《卖弄风情的母亲》，演出获得了成功，增加了票房收入。莫里哀已经与他过去的论敌德·维泽言归于好了，却与他的好朋友年轻的让·拉辛拉开了距离。原来这期间，莫里哀排演了让·拉辛的剧本《亚历山大大公》，并计划于1665年12月4日在帕莱·罗亚尔剧院首演。他很看重这个剧本，花费了很多心血。临近演出时，莫里哀才知晓拉辛将剧本也交给布高尼府剧团排演了。莫里哀对拉辛的背信弃义气愤不已。1666年1月，拉辛竟为布高尼府剧团挖走了莫里哀剧团的演员。莫里哀异常气愤，又病倒了，他与拉辛的友谊结束了。

莫里哀的保健医生莫维兰来看望他。莫维兰医生的医术还是比较高的，然而，就是很难确诊莫里哀的病症。莫里哀除了身体上的病痛之外，他的精神状态也很不好，他多疑，把自己的病情想得很严重，经常处于一种压抑忧郁的状态中。他的眼睛无光，眉头紧皱，身体时而抽搐，时而僵硬，整个人无精打采。他总是请求医生给他开各种各样的药，然而他又不按医嘱规定服药。

5.《恨世者》的孤独，莫里哀的烦恼

1666年2月末，莫里哀身体总算恢复一些，他又开始创作了。他用了一个春天的时间写出了一部五幕诗体喜剧《恨世者》（也译

为《恼怒的恋人》《愤世嫉俗》)。此剧是莫里哀最优秀的作品之一，是古典主义喜剧的完美典范。该剧鲜明生动地展示了17世纪法国上流社会风貌，对当时的社会作了深刻的批判。他通过塑造一个高尚正直、在贵族社会显得滑稽可笑的愤世嫉俗者的典型形象，尽情地抨击贵族社会的庸俗无聊、自私自利、口是心非、欺世盗名的恶劣风习，表现了一个愤世嫉俗者的孤独，也反映了此刻他的心情。

1666年6月4日，《恨世者》在帕莱·罗亚尔剧院首演，又引起了一场风波。巴黎观众已然养成了一种观剧的习惯，他们一边看剧一边寻找舞台上所描写的人物原型。有一个人认为剧中的主人翁是太子的老师德·蒙托杰公爵，便到处散布自己的想法。公爵听到后大发雷霆，在对莫里哀的剧本没有了解的情况下，凭借想象认为自己一定是被丑化了，扬言要用棍子把莫里哀打死。莫里哀异常惊恐，千方百计地避免与蒙托杰相遇。一次，莫里哀剧团给国王演出《恨世者》的时候，蒙托杰公爵也来看戏了。演出一结束，就有人通知他说蒙托杰公爵请他过去说话。莫里哀吓得脸色都变了，来人向他担保蒙托杰公爵没有任何恶意。于是，脸色苍白双手哆嗦的莫里哀来到公爵面前，蒙托杰公爵拥抱了他并向他表示感谢，声称他为自己能是阿尔赛斯特这样高

《恨世者》一剧中的场面

尚的人的原型而感到无上荣幸，同时公爵还对他讲了许多恭维的话。可事实上，莫里哀在塑造阿尔赛斯特这个形象时根本就从未想到过这位蒙托杰公爵。这真是一场戏外之戏，对莫里哀来说，这场风波终于尘埃落定了。

虽然《恨世者》在宫廷演出获得了成功，但这部优秀的剧本，在帕莱·罗亚尔剧院的演出收入一般。观众的欣赏水平是很难跟上这位杰出人物的杰出作品的，这部喜剧的深刻内涵和社会意义只有社会的精英们体会得到，可又有谁敢于说出其精髓所在呢。

演员们纷纷要求莫里哀创作新的剧本。

1666年8月6日，莫里哀新编的三幕散文体喜剧《屈打成医》（也译为《打出来的医生》）公演了。尽管莫里哀认为这不过是一出闹剧，不值得一提，然而却深受巴黎观众的喜爱，因此取得了可观的收入。演出季节中盈利近17 000利弗尔。

莫里哀在《屈打成医》中扮演斯嘎纳耐勒

12月，路易十四将在圣日耳曼庄园举行盛大的庆典活动，莫里哀准备了两幕英雄诗体剧《梅里赛尔特》，其中的男主角米尔季勒由布高尼府剧团前喜剧演员安德烈·巴朗的儿子米舍尔·巴朗出演。巴朗曾在一家儿童剧院演戏，他长得非常秀美，演技也非常出众，莫里哀非常喜欢这个13岁的孩子，将他从那个儿童剧团解救出来，收留在自己的家中，悉心培养他做有品质的演员。当时，孤独又爱猜疑的莫里哀与妻子分居了，但他们还住在一个房子里。巴朗的到来让阿尔芒德很烦恼，所以在演出的时候，阿尔芒德与巴朗配合得不好，该剧于12月2日演出一次就停演了。巴朗又回到了他原来的剧团，莫里哀陷入了不可名状的痛苦之中。后来，莫里哀又创作了一个毫无价值的田园诗作品《科里顿》和独幕芭蕾舞喜剧《西西里人》（又叫《画家的爱情》），以上的3部作品都列入了宫廷庆祝会"芭蕾之神"戏剧活动剧目。

在圣日耳曼节日活动结束后，莫里哀病倒了，咯血症状严重了。他的亲朋们极度不安，他的医生也叮嘱莫里哀要静养。人们把莫里哀送到乡下，让他服用牛奶增强免疫力。1667年6月份，莫里哀的身体状况终于恢复了一些，就回到剧院参加夏季演出的排演工作。他背负着剧团的生存重任，他不在剧团的日子里，剧团景象萧条。

6.《骗子》遭禁演，莫里哀二上陈情表

《伪君子》一剧不能上演，莫里哀心里是万般的不甘。为取得上演权利，莫里哀对剧本《伪君子》的手稿进行修改。首先，他把剧名改为《骗子》，把答尔丢夫改名为巴纽尔夫，接着又给巴纽尔夫脱去僧侣的外衣，把他变成一个非宗教人士。还删去了许多引自圣经的语言，把那些过于尖刻的地方改得和缓些，又在结局上下了一番功夫，原戏的结尾以答尔丢夫阴谋得逞结束，修改后的戏以揭穿巴纽尔夫的伪善面目和颂扬路易十四结束。当骗子巴纽尔夫，也就是原来的答尔丢夫的阴谋即将得逞的关键时刻，国王出现了并解救了人们。警官们也仿佛从天而降，抓住了恶棍，而且发出威严有力的独白来颂扬国王的仁德。

莫里哀改完剧本，就寻求国王开禁。此时国王正在准备发动一场战争。因为路易十四的夫人玛丽·泰莱丝是西班牙国王菲利普四世的女儿，菲利普四世两年前去世了，夫人拥有一块位于荷兰境内的西班牙领地的继承权，国王正在研究怎样将这块领地归属自己。莫里哀认为这是一个有利的时机，他向国王讲述自己怎样修改剧本，演员们怎样怀着崇高的心情抓紧排练这部更名为《骗子》的剧本。国王欣赏地看着莫里哀，顺口说了些什么，意思是自己不反对这个剧本。莫里哀以为国王同意了，非常高兴。

1667年8月5日，五幕喜剧《骗子》在帕莱·罗亚尔剧院首演。因为之前禁演的缘故，如今观众如潮，票房收入达1890利弗尔，演出空前成功。

第二天，一个巴黎议会的警察来到了剧院，交给莫里哀先生一张首席议长基廖姆·德·拉穆安尼签署的官方命令：立刻停止演出《骗子》。

莫里哀急忙求助奥尔良公爵夫人。公爵夫人派了她的一个心腹去找议长说情。议长说，非常抱歉，因为国王不允许上演《骗子》。莫里哀又拉着他的好朋友波阿洛去找议长，因为波阿洛与议长的关系很好。议长非常客气地接待了莫里哀先生，对莫里哀先生的才华给予了恭维，但谈到《骗子》演出一事，他表示，在未经国王批

《骗子》

准之前，他绝对不允许恢复公演。

莫里哀为了《伪君子》剧本能够公演，不惜大幅度地修改剧本，多次地与敌对势力据理抗争，多次觐见国王申诉，这对他来说是从来没有过的事情。自1664年《伪君子》首次在凡尔赛宫上演被禁后，面对来势汹汹的教会和贵族，8月，莫里哀给国王写了第一份陈情书。三年后，修改后的《骗子》又被禁演，莫里哀义愤填膺。8月8日，他写就了第二份长长的陈情表，指出嘲讽伪善完全符合喜剧移风易俗的要求，而"答尔丢夫之流暗中施展伎俩"，若得逞，那自己就无须再写喜剧了。他要求路易十四主持正义，请求国王开禁。同时表达了自己的剧本能让国王在出征之后娱乐身心。他让可靠的朋友拉格兰日和拉·托里利埃先生将信送到佛兰格尔国王的大本营。

《骗子》被禁演的事情成了巴黎街头巷尾议论的话题。

> 8月11日，巴黎大主教佩列菲克斯的告示贴了出来。
> 据行政监事官报告：于本月5日，星期五，市内一剧院公演了一出取名《骗子》的最危险的喜剧。该剧对宗教十分有害，它借口谴责伪善和伪装的虔诚，却为谴责所有真正笃信宗教的人提供了口实。……[1]

大主教在告示中不但禁止演出，而且禁止当众或在某些私人集会上公开朗读或者去听这个剧本的朗诵。有违反者一律开除教籍。

人们都在读这个爆炸性新闻。

巴黎的人们惊叹不已，纷纷为没在5日那天去剧院看《骗子》

---

[1] 布尔加科夫. 莫里哀传[M]. 臧传真，孔延庚，谭思同，译. 天津：南开大学出版社，1985：185.

感到懊丧。

帕莱·罗亚尔剧团停止了演出。

8月20日,莫里哀在巴黎近郊奥台尔村庄租了一所住宅。这里有厨房、餐厅、卧室和两个阁楼。他和阿尔芒德商定,将女儿带在身边,并把她送进奥台尔的一所私立寄宿学校上学。莫里哀的好朋友夏佩尔、波阿洛、拉封丹等人经常来看他,其中夏佩尔是常客,有时住在这里。他们陪莫里哀在一片秋黄色的花园里散步、聊天。9月份,拉格兰日和托里利埃风尘仆仆地来到了奥台尔,汇报了此行的情况。国王陛下身体健康,战事胜利在望。国王非常客气地接受了莫里哀请求开禁《骗子》一剧的陈情表,说等战争结束,他回宫后再处理。

莫里哀为了《骗子》能重新上演,不惜改编剧名和剧情,不惜上下求人,不惜千里奔波二次呈递陈情表,但仍旧失败了。这个剧的生命虽然只存在1667年8月5日的一个晚上,但巴黎人对这部戏的渴盼让莫里哀很欣慰。事实也确实如此,它在17世纪的欧洲文学史上熠熠生辉。

7. 越挫越勇　创作的高点来了

(1) 举世无双的瑰宝《昂菲特里翁》

奥台尔的空气比巴黎清新,这对莫里哀病情的好转起到了很大的作用。

莫里哀在这里创作了三幕诗体喜剧《昂菲特里翁》,并于1668年1月13日首次在王宫剧场演出。这是一个有关朱庇特神假扮成女人的丈夫来到人间的民间传说故事,古罗马作家普劳图斯曾加工过这个题材。法国戏剧家罗特鲁在1636年也根据这个传说编了一个剧本，剧名叫《索兹》。莫里哀借鉴上述作家的成果来表现新时代的精神，表达着人们的各自真爱。他用优美的诗句、独特的韵律再次创作了这个题材的剧本，取名为《昂菲特里翁》。他把这个剧本题献给德高望重的波旁王朝嫡系孔代亲王。因为孔代亲王是极有权势的贵胄，他全力支持莫里哀的剧作《伪君子》，莫里哀得到孔代亲王家族的支持和保护。

《昂菲特里翁》一剧的演出服饰华丽，机关布景神奇，神在舞台上飞来飞去，制作成本极高。该剧讲的是神朱庇特爱上了将军昂菲特里翁的妻子阿尔克墨涅，化身昂菲特里翁经常来昂菲特里翁的家中。不久，真正的昂菲特里翁从战场上回来了，结果出现了一系列喜剧场面。其中有一场，在昂菲特里翁的家中出现了3人仆人，克莱昂蒂和两个索西。莫里哀在剧中扮演索西，假索西是由神墨丘利扮的。这个真索西试图说服昂菲特里翁相信有一个假索西占了他的家，替代了自己。莫里哀运用那无与伦比的口才和表演艺术，把索西令人惊讶的怯懦表现得非常滑稽，剧中的索西越演越离奇，以至于在那个假索西面前，竟怀疑自己是否真的存在。观众看得哈哈大笑，演出获得成功。在演出季，《昂菲特里翁》共演

《昂菲特里翁》一剧中的场面

出了29场，创造了最高的票房收入，其风头远远高于当时德·维泽的《风流寡妇》、自己的《西西里人》以及高乃依老人的《阿季拉》，在巴黎引起极大的反响。

（2）无奈的资产者《乔治·唐丹》

为了庆祝和平条约的签订和佛兰德尔地区并入法兰西版图，王室在凡尔赛宫新开辟的花园里举行了庆典。当时正值7月中旬，莫里哀作为宫廷戏剧家创作了三幕散文体喜剧《乔治·唐丹》（也译为《被愚弄的丈夫》），18日，在凡尔赛宫的绿色舞台上首演。

剧中主人公唐丹是一个资产者，他平庸、愚蠢又虚荣，他幻想和贵族联姻提高自己的身份，遂花费了大笔的金钱娶了一位贵族小姐为妻，结果他的妻子不仅嫌弃他的身份，而且背叛了他，使他成为一个不幸的人。该剧在宫廷里的演出获得了成功。结果，又有人对号入座了，现在的莫里哀已经能够坦然接受这些对号入座者的敌对行为了。莫里哀在演出时遇到了那位认为唐丹就是他自己的资产者。莫里哀彬彬有礼地走到他跟前询问他什么时候有空，想去他家为他宣读自己新写的一个剧本。那位资产者十分震惊，表示第二天晚上就可以。散场之后，那位资产者就邀请客人明天晚

《乔治·唐丹》一剧中的场面

上到自己的家中去，听莫里哀宣读他的新剧本。第二天，莫里哀到了那位资产者的客厅里，这里已经聚集了好多人，他来到小桌旁边为大家朗读，就这样，莫里哀轻松地化解了对号入座者的敌对态度，还成了那位资产者的崇拜对象。

该剧于11月份在剧院演出。《乔治·唐丹》这部剧中的人物难以引起观众的好感。引起观众发笑的原因，无非是闹剧的成分多了一些。莫里哀想创作一部性格喜剧，有些庄重感的喜剧，叩问人性中的最深层的问题。

（3）世界文学史画廊上的《悭吝人》

1668年9月9日，五幕散文体喜剧《悭吝人》问世了。

《悭吝人》（也译为《吝啬鬼》）取材于普劳图斯的剧著《一罐黄金》，讲的是高利贷者阿巴贡吝啬贪婪的故事。

阿巴贡是一个滑稽可笑又可恨的人，贪婪和吝啬是他性格的全部特征。他视钱如命，吝啬到了丧失人性的地步，他不仅克扣子女的钱，还吞没他们继承的母亲的遗产。为了省钱，他让儿子克雷央特娶一个有钱的寡妇，其实他的儿子爱上了漂亮的姑娘玛丽亚娜；让女儿爱丽丝嫁给一个不要陪嫁的老头，其实他的女儿已和管家瓦莱尔相爱；为了少花钱，他要娶一个年轻漂亮的穷姑娘，其实他娶的姑娘是他儿子的

《悭吝人》中阿巴贡的剧照

《悭吝人》剧中可怜的爱丽丝

情人。他的子女也不敢跟父亲阿巴贡说自己恋爱的事情,只能是强烈地反对。阿巴贡全然不顾儿女的反对一意孤行,因为他爱钱胜过爱名声和道德。他吝啬,总是唉声叹气,看见有人向他伸手,他就浑身哆嗦,好像挖他的五脏;他多疑,他不相信任何人,看每个人都像是偷他钱的人。他虚伪,为了掩饰自己的贪婪,放高利贷时总不忘披上仁慈的外衣。莫里哀把阿巴贡的吝啬和贪欲看作是一种可恶的"恶习"来加以谴责。

克雷央特和爱丽丝兄妹俩曾想离开这个可恶的父亲,摆脱他的压制,甚至认为父亲死去对他们是一种解脱,所有这些都是以一种欲望强烈,且难以实现的口气说出来。兄妹俩的性格显示了父亲的性格,都是鬼迷心窍,这不禁让喜剧的内容有了一些悲剧的色彩。可见,儿子克雷央特和女儿爱丽丝与父亲阿巴贡之间没有了亲情,只有憎恶。他们不仅在家庭关系上是对立的双方,在经济活动中也是对立的双方。比如,儿子是借债人,父亲是儿子痛恨的举债人,父子两人的唇枪舌剑,不仅使阿巴贡这个守财奴的人物形象跃然纸上,而且反映了金钱在资本主义发展过程中破坏了天然的伦理道德。歌德说,"他的《悭吝人》使利欲消灭了父子间的恩爱,是特别伟大的,带有高度悲剧性的。"[1]

莫里哀在这里讽刺了高利贷者爱财如命的心理，刻画了资产者贪婪吝啬的本质，展现了许多笑料中充满悲戚的场面。最后经过一番遭偷窃的波折，悲喜得以转圜，有情人才终成眷属。

1668年9月9日，《悭吝人》首场演出收入1069利弗尔，但是观众很快就不喜欢这戏了。10月9日，上演了9场的《悭吝人》从演出海报上撤下来。路易十四又一次帮到了莫里哀，10月2日至7日，莫里哀应国王派遣到圣日耳曼去演出，国王支付了剧团3000利弗尔。

《悭吝人》在当时演出没有引起轰动，但莫里哀在创作该剧时付出了相当多的精力，它所蕴含的社会意义非同寻常，是莫里哀作品中最杰出的代表作之一。阿巴贡这个人物形象也成为世界文学史上一个不朽的艺术典型，与莎士比亚笔下的夏洛克、巴尔扎克笔下的葛朗台和果戈理笔下的泼留希金一起，被誉为世界文坛四大吝啬鬼形象。

1668年是莫里哀创作硕果累累的一年。

五、晚期创作

这个时期莫里哀的戏剧创作倾向和创作手法更具人民的视角，更注重对社会罪恶的抨击，注重对封建贵族的腐朽、资产者的恶习以及司法机构的丑陋的揭露，体现了民主主义倾向的创作立场。

---

[1] 爱克曼. 歌德谈话录[M]. 朱光潜, 译. 南京: 译林出版社, 2021: 93.

1. 莫里哀三上陈情表,《伪君子》传世

1668年，天主教内派系斗争加剧。1669年1月，路易十四和罗马教皇克雷曼九世决定缔结"教皇和平条约"。1月19日，教皇颁发敕书，冉森教派的争执暂时平息下来，部分主教的宗教迫害行为也有所收敛。"圣体会"已是强弩之末，巴黎大主教佩列菲克斯的那个看《骗子》开除教籍的告示也悄悄解除了。莫里哀看准时机向国王呈递了第三份陈情书，请求撤销禁演《伪君子》。这一次，国王接见了莫里哀并允许他公开演出《伪君子》一剧。

《伪君子》1664年被禁演，《骗子》1667年又被禁演，这是莫里哀心中一直以来的块垒。五年来，他抗争过，努力过，愤怒过，除了各种心酸，也就只有无奈了。如今《伪君子》终于获得了公演，他无比激动地向国王恭恭敬敬地鞠了一躬。

莫里哀回到剧团马上开始排练《伪君子》，这是经过三次修改成的五幕诗体喜剧《伪君子》，主人公的名字改回原来的答尔丢夫，剧名也修改为《答尔丢夫》。他饰演奥尔恭，杜克鲁阿西饰演答尔丢夫，呈现给观众的剧情是这样的：

巴黎富商奥尔恭在教堂遇见破落贵族答尔丢夫。当时的答尔丢夫形容枯槁，他

《伪君子》中的藏人情景

披着宗教信徒的外衣,显示出和善虔诚的样子,骗得了愚钝而固执的奥尔恭的信任。奥尔恭对答尔丢夫伪装的虔诚崇拜得五体投地,不仅把他接到家里来,还把他当作"道德君子""精神导师"来崇拜,并让全家人信奉他的教导。家中只有奥尔恭的母亲在对待答尔丢夫的态度上是和他一致的,奥尔恭的妻子埃米尔、儿子达米斯、女儿玛丽亚娜及女仆桃丽娜都非常讨厌答尔丢夫。被蒙骗的奥尔恭不听众人的劝说,一意孤行地把答尔丢夫奉为心中的偶像,为他可以献出一切,甚至要把已经订婚的女儿嫁给他。可是卑鄙、贪婪的答尔丢夫却欲壑难填,在追求玛丽亚娜的同时,还企图勾引奥尔恭的妻子埃米尔,遭到了奥尔恭的儿子达米斯的痛斥。执迷不悟的奥尔恭怒斥陈述事实的儿子,还剥夺了儿子的继承权,并立下契约,把全部财产和家当赠送给答尔丢夫。后来,在埃米尔的巧妙安排下,奥尔恭看到答尔丢夫调戏埃米尔的情景方才醒悟。但这时答尔丢夫已有恃无恐,他不但成了这个家的主人,而且掌握奥尔恭在投石党运动中支持过一个政治犯的证据,告发了奥尔恭。最后英明的国王宽恕了奥尔恭,把答尔丢夫送进了监狱。

被禁演五年的《伪君子》即将在帕莱·罗亚尔剧院公演是巴黎戏剧界的一件大事情。1669年2月5日,《伪君子》再次演出的消息轰动全城,当晚的演出票房收入达到了前所未有的惊人数字——2860利弗尔。这部堪称古典主义喜剧典范的五幕喜戏,演出取

莫里哀时代的戏院海报

得了空前的成功,在演出季上共演出37场,收入竟达45000利弗尔,打破了票房纪录。

紧随其后的是莫里哀的《悭吝人》收入15000利弗尔,《乔治·唐丹》的演出收入6000利弗尔,《昂菲特里翁》的演出收入2130利弗尔,《恨世者》的演出收入2000利弗尔。而皮埃尔·高乃依的《罗多古娜》只有88利弗尔。可见,《伪君子》一剧带动了莫里哀喜剧的空前繁荣。

2月25日,在《伪君子》再次面世之后20天,莫里哀的父亲去世了。陷入困境的老父亲得到了儿子的一片孝心,无论是经济上还是情感上,父亲对自己的长子都很满意。

2. 宫廷庆典中的芭蕾舞喜剧

(1) 被嘲笑和愚弄的《德·浦尔叟雅克先生》

1669年秋季,路易十四要在沙姆鲍尔举行宫廷庆典,莫里哀应庆典的要求编写了三幕芭蕾舞喜剧《德·浦尔叟雅克先生》。

该剧讲的是一个利摩日城的贵族德·浦尔叟雅克先生来到巴黎,迎娶富翁奥隆特的女儿、年轻的巴黎小姐朱丽为妻,受到朱丽的情人艾拉斯特等人嘲笑和愚弄的故事。奥隆特因不同意女儿与艾拉斯特相爱,故要让女儿远嫁外省的贵族德·浦尔叟雅克先生。艾拉斯特决定好好地戏弄一下浦尔叟雅克,破坏他的结婚计划,故花钱雇来两个谋士那不勒斯的佣人斯布里嘎尼和足智多谋的女人赖利娜。赖利娜和斯布里嘎尼实施种种诡计,让浦尔叟雅克落入了他们设计的圈套。浦尔叟雅克不仅被诊断为精神病,还无端地冒出两个前妻,结果,他将因重婚罪被逮捕。两个捣蛋鬼的阴谋让浦尔叟雅克的钱财丢尽，还被巴黎的医生、药剂师、律师、警察轮番出动骚扰。经过此劫的浦尔叟雅克讨厌奥隆特，讨厌朱丽，也讨厌巴黎，最终不得不装扮成女人狼狈不堪地坐上了返回利摩日的马车逃出巴黎。

莫里哀在剧中善于使用笑料，他曾在医学界找到了大量的医生素材，就在《德·浦尔叟雅克先生》剧中描写了滑稽可笑的

《德·浦尔叟雅克先生》中的场面

医生为浦尔叟雅克先生看精神方面的病，却让药剂师开始了洗肠子的治疗。莫里哀曾经学习过法学，专业知识也被他用来嘲笑剧中的法学家。在莫里哀之前有很多作家都嘲弄过利摩日人，这是因为许多利摩日人有令人厌恶的、滑稽可笑的做事方式，甚至有不文明的言谈举止，这对于那些很尖刻的巴黎人来说，谈论这个话题是很有市场的。

《德·浦尔叟雅克先生》一剧排演顺利，吕利负责该剧的作曲并安排幕间的歌舞节目。在两个星期的时间里，演员们完成了排练，并怀着极大的热情期待演出的成功。

该芭蕾喜剧于1669年10月6日首次在沙姆鲍尔（也译为尚堡尔）庄园为国王首演，接下来11月15日在巴黎的帕莱·罗亚尔剧院公演，都取得了空前的成功。莫里哀又火了。

在演出季的30个上演剧目中，有12个是莫里哀创作的。其中《德·浦尔叟雅克先生》一剧创下了超过《伪君子》最高收入的记录。

1669年也是莫里哀演出收入硕果累累的一年。

（2）路易十四参演的《豪华的爱人》

1670年初，国王要在圣日耳曼庄园举行盛大庆典。莫里哀的王家剧团于1月30日就来到圣日耳曼庄园，以便在那里排演五幕芭蕾舞剧《豪华的爱人》（也译为《讲排场的情人们》）。该剧的情节是国王提供给莫里哀的。2月4日，在富丽堂皇的喜剧和幕间剧中，出场的人物不仅有郡主、王妃、军事长官、祭司术士，同时也有希腊神话中的水泽女神、人面鱼身的海神特里顿。莫里哀本人在《豪华的爱人》一剧中扮演丑角侍从克利季达斯。许多宫廷内侍参演芭蕾舞部分，他们坐在岩石上，扮演各种海神。在喇叭的轰鸣声和贝壳的敲击声中，海面上缓缓浮起古罗马海神尼普顿，大家认出来了，这是国王装扮的海神。接着国王换上希腊服装，作为太阳神阿波罗出现在最后一出幕间剧的舞台上。一时间，赞美国王的颂歌和诗歌不绝于耳。

《豪华的爱人》一剧中的场面

第二天，也就是在第一场演出之后，赞美国王的声音突然听不到了，反映宫廷生活的杂志对国王参加演出《豪华的爱人》一事竟没有提及。这桩完全想不到的怪事，令莫里哀感到格外疑惑。原来，国王收到了拉辛刚刚完成的悲剧《布里塔尼居斯》，其中有几行关于罗马皇帝耐隆的诗：

> 他当着罗马的观众演戏，
> 在剧院里毫不珍惜自己的声音，
> 他高声朗诵诗歌，想要人们都热爱那些诗句，
> 虽然战士们对他报以热烈的掌声！……

莫里哀愤愤地咒骂着拉辛。

圣日耳曼庆祝活动一结束，莫里哀又要全力以赴地张罗夏季的演出了。

4月份，路易·贝扎尔因为身体原因离开了剧团。这个跛脚的演员和莫里哀共事了25年，当他还是个小孩子的时候，就和自己的哥哥、姐姐与莫里哀一起在外省流浪演出。他曾在《悭吝人》等剧中扮演仆人角色，现在的他感到力不从心了。莫里哀跟剧团的人员商定：只要剧团存在，就保证支付路易·贝扎尔养老金，每年1000利弗尔。为了给剧团增添新的力量，莫里哀聘请了外省的一对夫妇演员，并教给他们本剧团出演喜剧的技巧，以摆脱他们的民间表演方式。

（3）为丑化土耳其人创作的《醉心贵族的小市民》

国王计划在他的官邸举办各种娱乐和庆祝活动。然而，奥尔良的妻子亨利埃特去世了，是死于宫廷御医之手，活动只好等宫廷规定的治丧日子结束再进行。奥尔良的妻子亨利埃特对莫里哀的戏剧事业很是支持，她的去世让莫里哀很难过。那位叫瓦洛的御医给亨利埃特开了一服对她的病症绝对禁忌的鸦片酊剂，这让莫里哀更加

痛恨医学界的无知。

一系列的娱乐活动开始举行了。莫里哀受命和宫廷作曲家吕利为沙姆鲍尔的庆祝活动写了一部配乐的滑稽喜剧，并被要求在剧本中塑造几个土耳其人的丑陋形象。

原来，在去年秋天，国王在凡尔赛宫接见了一个以索利曼-阿加为首的土耳其使团。为了表现法王高高在上的姿态，国王让土耳其人等了很久，才在富丽堂皇的"新王宫回廊"接见了土耳其人。国王坐在宝座上，穿了一件缀满价值1400万利弗尔的珠宝钻石的奢华朝服，以显示国家的强盛。老练的外交官索利曼-阿加尽管看到法国宫廷比他所预想的还要豪华，但他的脸上却露出一种傲慢的神情，没有任何的赞赏，仿佛土耳其服装豪华和漂亮的程度不在法国国王身上这样的礼服之下。

土耳其代表团的态度让国王很不高兴。那些察言观色的宫廷侍人，要求作曲家和剧作家在他们创作的剧本中一定要有丑化土耳其人的情节。他们还派来一名曾经在东方居住过的官员劳兰·德·阿尔维耶，向作曲家和剧作家提供有关土耳其的风俗习惯和道德风尚等情况。

莫里哀、吕利和德·阿尔维耶三人在奥台尔制定了剧本的创作方案。莫里哀认为音乐和芭蕾舞部分应作为喜剧的主要部分，因为吕利的音乐会给国王留下强烈的印象，而他创作的喜剧部分则应退居其次。这种情况下，他写成了五幕芭蕾舞喜剧《醉心贵族的小市民》（也译为《贵人迷》）。

《醉心贵族的小市民》描写了一个靠布匹生意发了财的资产者茹尔丹，向往贵族那样的生活，于是，他千方百计地跻身上流社会，更想成为一个贵族。为了过上梦想中的生活，他努力学习贵族的礼仪，学习音乐、舞蹈技能，学习哲学等方面的知识，试图以此作为进身之阶。茹尔丹频频与贵族交朋友，结果引来了无赖朵朗托侯爵和他的性格多疑的情妇。两人骗吃骗喝，茹尔丹竟浑然不觉。平民克里央特爱上其女儿来求婚，遭到茹尔丹无情的拒绝。克里央特在仆人的帮助下，装扮成土耳其王子，又来向他女儿求婚。茹尔丹看其是王子，一口答应这门婚事，把信仰、国籍等统统抛到脑后。

为了达到丑化土耳其人的目的，莫里哀把根本不存在的爵位"玛玛慕齐"骑士爵位授予茹尔丹。在授爵仪式上，茹尔丹没缠头巾就被人带了出来，装扮成土耳其人的演员也在音乐的伴奏下走上台来。土耳其人在授爵仪式上装腔作势，一会儿跪下，一会儿站起来，还莫名其妙地叫着。剧中有关土耳其人的部分没有产生任何令人发笑的效果。

《醉心贵族的小市民》于1670年10月14日在沙姆鲍尔庄园首演。演出之后，国王没有对剧本发表意见，莫里哀的心头笼罩了一

茹尔丹在授爵仪式上的场景

种模糊的恐怖感。散戏之后，莫里哀作为宫廷近侍侍候国王进晚膳，国王也默默无语，场面显得有些死气沉沉的。国王的沉默很快就产生了效果，宫廷里有很多人开始骂莫里哀的剧本，有的说莫里哀才气已尽该退出戏剧界了，有的说他的戏剧都是毫无意义的胡说八道。一时间，莫里哀感到前所未有的精神压力。

第二次演出是在10月16日，国王又来看戏了。演出结束后，他对莫里哀说，首场演出后，因为我对这个剧本还没有形成明确的意见，所以我没说什么。其实，你的演员们表演得非常出色。现在我清楚了，你写出了一个十分优秀的剧本，哪一部戏也没有像这一出戏使我感到如此高兴。国王刚离开，宫廷的人们立刻围住莫里哀，对他的剧本大加赞赏起来，吹捧最卖力的就是头一天说他才气已尽的人。这个人说莫里哀是无与伦比的，无论他写什么戏，都充满了不寻常的喜剧力量，云云。莫里哀已经看清了这帮人的嘴脸，他实在是不想说什么了。

《醉心贵族的小市民》在沙姆鲍尔庄园演出后，又到圣日耳曼演出。11月23日，莫里哀开始在帕莱·罗亚尔剧院上演，获得了巨大的成功。在1670年演出季中赚了24 000多利弗尔，票房收入跃居本演出季的第一位。

莫里哀在《醉心贵族的小市民》中塑造了茹尔丹这一资产者形象，反映了当时社会存在的

《贵人迷》中的茹尔丹

资产阶级贵族化的"怪异"现象,对"贵人迷"这种卑琐庸俗的恶习给予辛辣有力的嘲讽,结果,又引起一阵骚动。一个不知名的作者叫列·布兰热·德·沙柳斯,他在报刊上发表了《哀里莫——疑病患者》,借诽谤莫里哀炒作自己。莫里哀对他毫不理会。

1670年,在莫里哀的生活中,发生了一些悲喜交集的事情。当年资助莫里哀成立光耀剧团的玛德莱娜的母亲去世了,享年80岁,莫里哀心里很是悲哀。17岁的米舍尔·巴朗结束了四年的"皇太子滑稽剧团"外省流浪演出,在复活节的时候出现在莫里哀面前,成了莫里哀剧团的重要的台柱子演员,莫里斯心里很是欣喜。

3. 与高乃依、基诺共同创作的芭蕾舞悲剧《卜茜雪》

1671年的宫廷游园会又要开始了,这届游园会定在王宫旧址杜乐丽宫。国王命莫里哀创作一出豪华的芭蕾舞剧。莫里哀立即着手写作芭蕾舞悲剧《卜茜雪》。

这段时间里,莫里哀病情愈来愈重,他担心自己不能如期完成剧本,于是决定求皮埃尔·高乃依老人帮忙。莫里哀和高乃依已经重归于好了。当时,高乃依的名人光芒已渐渐暗淡下来,拉辛的作品在布高尼府频频上演,大有顶替高乃依之势,高乃依的心情很落寞,莫里哀就把高乃依的作品在自己的帕莱·罗亚尔剧院里上演,高乃依很是高兴。加之莫里哀对拉辛也没有好感,这种共同的情感让他们二人联系得更加密切起来。

莫里哀邀请高乃依共同创作《卜茜雪》,六十五岁高龄的高乃依很乐意合作。但要在大约十五天的时间内完成芭蕾舞剧的创作,两位戏剧大师还是担心不能按时完成任务。于是莫里哀又邀请了有才华的诗人和剧作家菲利浦·基诺。三人分工写作，基诺负责编写该剧的全部歌词；莫里哀设计该剧的结构及布局，并写出序幕、第一幕、第二幕以及第三幕的第一场；高乃依完成其余部分。作曲由吕利负责。

在这部作品中，莫里哀注重的不是戏剧的真实性，而是戏剧演出的华美和瑰丽。他使用了最高级的剧院机械设备和空中飞人装置。

1月17日，五幕芭蕾舞悲剧《卜茜雪》（也译为《浦西色》）在富丽堂皇、豪华壮观的杜乐丽宫首演，阿尔芒德扮演卜茜雪，巴朗扮演阿穆尔。他们二人的演技娴熟高超，观众皆为之倾倒，演出获得宫廷的一致好评。由于阿尔芒德与巴朗的关系由原来的敌对变得友好起来，一些传言也就出现了，说阿尔芒德爱上了巴朗，这令衰老多病的莫里哀心情有些不快。

莫里哀要把《卜茜雪》搬到帕莱·罗亚尔剧院演出。为此，剧场要进行一些改造。3月15日，剧场大规模的修缮开始了，楼座、厢座全部翻新，天花板上装饰了彩画，还安装了新型机械设备，制作了精美的布景。之前乐师和歌手在包厢里或躲在栅栏或帷幕后面演奏和伴唱，现在莫里哀让歌手和乐师们在舞台上面对观众演奏和伴唱，为此《卜茜雪》排练了将近一个半月。

宫廷游园动中的一个场面

7月24日,《卜茜雪》在帕莱·罗亚尔剧院举行了公演。豪华富丽的剧场令观众震惊和疯狂,人们潮水般涌来,一时间,莫里哀口碑载道。莫里哀在这出戏上的全身心投入得到了回报,该剧在演出季共上演50场,收入47 000利弗尔。

4. 平民英雄:《史嘉本的诡计》

1671年上半年,莫里哀剧团在宫廷演出《卜茜雪》的同期,莫里哀还创作了三幕散文体喜剧《史嘉本的诡计》。这是一出滑稽可笑、结构严谨的喜剧。史嘉本是那不勒斯贵族吉隆特家的仆人。史嘉本的少主雷昂德和他的朋友奥达可夫分别找到了自己中意的姑娘。可两位贵族家长不愿出钱让他们与自己喜爱的姑娘结婚。史嘉本要为两个青年人解忧,他实施了一个计策。他对奥达可夫的父亲阿尔康特说,奥达可夫被强迫订婚,女孩儿哥哥正要找他算账,只有阿尔康特出钱,对方才肯罢休。他又对吉隆特说少主雷昂德被骗上了土耳其商船,正被运往阿尔及利亚,急需出钱相救,不然,少主可能回不来了。两位家长只得乖乖地拿钱,两对青年男女的愿望得以实现。吉隆特私下诋毁史嘉本,史嘉本便设法将他骗进口袋,让他挨了一通棍打。该剧在5月首演。

《史嘉本的诡计》中的场景

在这部喜剧中,莫里哀把史嘉本塑造成一个有情有义,有胆有识、无所畏惧的平民英雄形象。史嘉本对遭遇痛苦的年轻人同情,对保守自私的老贵族憎恶,以平民的智慧帮助他人,体现了莫里哀民主主义的创作思想。史嘉本把贵族骗进口袋予以棍打,体现了莫里哀对封建社会等级观念的挑战。此外,剧本还抨击了司法机构。莫里哀的平民主义思想为封建社会正统的道德观念所不容,莫里哀因此或多或少受到了王权的冷落。也正因为如此,陈 先生说:"这出戏是莫里哀专为平民百姓写的,因此他完全不顾宫廷贵族的艺术趣味,放手大胆地向民间艺术学习,从内容到形式都投合下层人们的口味。这是莫里哀晚年创作中别具特色的好作品。演出时,深受巴黎市民的欢迎。"[1]

5. 最后的岁月:悲喜总是结伴而行

莫里哀在秋天的奥台尔花园散步,他有些驼背,显得有些疲惫,不时地咳嗽着。他想起了在福玛大街的日子,想起了妻子。阿尔芒德年轻活泼,演技又好,身边总簇拥着一群贵族,这让他的心里很不舒服。其实这是他的疑心病在作祟。可经历了离开妻子的日子,他过得很不好,现在总是想起妻子种种的好。

1671年的冬天,在朋友的开导下,他回到了巴黎,和妻子重归于好。

近一年来,莫里哀都没有时间很好地休息养病。年底国王要在圣日耳曼举行庆典,庆祝国王御弟的婚礼。莫里哀又接到了写作的

---

[1]陈惇.莫里哀和他的喜剧[M].北京:北京出版社,1981:85.

任务。他匆忙地写就喜剧《艾斯加巴尼司伯爵夫人》，剧中穿插了小型幕间剧和芭蕾舞。12月2日，该喜剧在圣日耳曼宫廷为国王演出，深得好评。

这期间，他还写完了五幕诗体喜剧《女学究》，此剧是断断续续写成的。因为玛德莱娜·贝扎尔病了，病得很重，就躺在莫里哀和阿尔芒德卧室楼上的一个小屋子里。

玛德莱娜在《德·浦尔叟雅克先生》一剧中扮演了她人生中的最后一个角色后，就告别了她热爱的舞台，开始信仰宗教，不再与周围的人来往。1672年1月初，她的体能已经耗尽了，她的眼睛一直看向挂在床头的耶稣受难十字架。1月9日，玛德莱娜口述遗嘱，把她一生积攒的全部财产都给了小妹妹阿尔芒德，把为数不多的养老金留给妹妹日涅维耶娃和弟弟路易。她还定好了自己死后的丧礼弥撒，并且嘱咐每天散发五个苏给五个穷人。之后，她把阿尔芒德和莫里哀叫到跟前，以主的名义恳求他们和睦相处。1672年2月9日，莫里哀奉国王命令带领剧团赶往圣日耳曼演出。2月中旬，莫里哀接到玛德莱娜病危消息，连忙赶回巴黎，跟自己的戏剧合作者、青年时的伴侣告别，并为她举行了殡葬。巴黎大主教同意按照基督教的仪式为玛德莱娜郑重其事地举行葬礼，理由是她为后世留下了喜剧演员的技艺，并已成为一个笃信宗教的人。之后，玛德莱娜被埋在圣保罗教堂的墓地里，埋在了她的兄长约瑟夫·贝扎尔和母亲玛丽·艾尔维的身边。

1672年3月11日，《女学究》在帕莱·罗亚尔剧院首次公演。

《女学究》讲的是17世纪法国一个中产阶级家庭里发生的故事。小女儿亨丽埃特与普通人克利唐德相爱，遭到了家中三个女学究的反对。姐姐阿耶芒德沉迷于研究哲学，崇尚柏拉图似的恋爱；姑姑贝利塞笃信具备精神的肉体才是有价值的；母亲菲拉曼特醉心于诗歌和各种学问，强迫亨丽埃特嫁给充满酸腐气、剽窃他人诗歌的伪学究特里索坦。而父亲克里沙尔软弱无能，无法决定小女儿的婚事。幸亏叔叔阿里斯特识破了特里索坦觊觎亨丽埃特家产的阴谋，最后有情人终成眷属。

在剧中，莫里哀嘲讽了贵族沙龙的附庸风雅，观剧的人们还是习惯在剧中人物身上捕捉生活中的人。

4月7日，法国爆发了与荷兰的战争，法兰西的军队又一次向东方进发。莫里哀却远离了战争的风暴，忙着自己的事。他在剧院工作期间积攒了一笔相当可观的财产，加上玛德莱娜留给妹妹阿尔芒德的遗产，现在他是一个富裕的人了。7月26日，莫里哀夫妇与房东签订了一个为期6年、年租金1300利弗尔的租房约定，10月1日开始生效。这是坐落在黎塞留大街上的一个两层楼房的住宅，离王家花园很近。大门内是一个很深、很宽的院子，院墙不高，构成一个平台，在平台上可以享受到王家花园的阴凉和纯净的空气。大门左侧有一个带顶棚的厨房和一间大厅，右侧有一间库房和一个马厩。莫里哀没有马和马车，只有一顶轿子。在左侧院子的底部有一个通向楼上的楼梯。整栋房子底部是三个小地窖、两个大地窖。二层是住宅，有三个房间朝向大街，一个房间朝向花园，一个房间在楼梯旁边。这些房间都配置着很好的家具。第三层有一个朝向楼梯的前厅，靠院子的另一侧有一间住房，再就是一间会客厅。厅内光线充足，三扇窗户均开向黎塞留街。莫里哀把住宅布置得非常豪华，莫里哀在楼上写作。

这儿离剧场也很近，通过右侧的一条通道走下十二三级台阶就能踏上小径，小径上有一口与邻居共用的井，继续走百步左右就可以到达他的剧场。1672年，音乐家吕利得到了国王的宠信，并获得了有他谱曲的戏剧作品的所有特权。这意味着吕利获得了莫里哀许多剧本的版权。一股寒意袭来，莫里哀感到国王疏远自己了，如今这个才疏学浅的音乐家吕利在宫廷中拥有了极强的权势。

莫里哀内忧外患，过得很不顺心。虽然莫里哀夫妇重新一起生活了，但夫妻之间再也没有当初的和谐融洽了。9月15日阿尔芒德生下一个儿子，可孩子活了不到一个月就夭折了，莫里哀的精神备受打击。

6.《无病呻吟》落幕——莫里哀之死

冬天来到了，莫里哀把自己关在楼上，写作三幕芭蕾舞喜剧《无病呻吟》，这是莫里哀最后的一部作品。他委托作曲家沙季潘先生来谱曲。

该剧描写主人公阿尔冈稍有不适就以为自己患病，不停地盲目求医问诊，无休止地纠缠医生和药剂师。为了方便给自己治病，阿尔冈想把女儿安杰丽珂嫁给一个愚笨而又可笑的年轻医生。后者的奸诈面目最后被阿尔冈的女仆唐乃特识破，安杰丽珂得以嫁给自己的心上人克雷昂特。这是一出关于生死的通俗剧，也是莫里哀的生死场，阿尔冈倒在了舞台上的扶手椅里，莫里哀也在这场戏后离开了人世。

莫里哀在该剧中嘲笑人们对理智和激情的丧失、对死亡的恐惧，以及可悲的神经过敏，嘲笑庸医的不学无术、因循守旧、自私自利、落后保守。莫里哀对庸医的憎恨达到了无以复加的程度，他们被描写成荒唐鬼。莫里哀希望路易十四从荷兰返回后，能够观看这出新的喜剧，他在序幕中这样写道："我们威武的国王辛勤远征，现已凯旋，凡能写作的人都应该写点文章来歌颂他的战绩或供他消遣娱乐。我也正是这样做了。"[1] 这一序幕是颂扬法国国王的一种尝试，同时也是《无病呻吟》这个喜剧的开场白。只是，以当时国王的战况和所遭遇的事情，接纳莫里哀这样的颂词，有些尴尬。

1673年2月10日，《无病呻吟》在帕莱·罗亚尔剧院首次上演，获得了巨大的成功，收入1992利弗尔，是莫里哀剧本首场演出收入最高的一出戏。在第二场和第三场演出时也是同样的盛况，第四场定于2月17日。

2月17日的早晨，在黎塞留大街的房子的二层楼上，莫里哀身穿一件薄绿色的晨衣，头上裹着一块睡觉时用的丝绸头巾，他咳嗽着、喘着粗气，在铺有地毯的书房里踱来踱去。壁炉里的木柴燃得很旺，他在壁炉旁的安乐椅上坐了一会儿，然后脱下睡鞋把两只脚伸向熊熊燃烧的火。他烘过脚之后，穿上鞋子，走到书橱旁边停了下来。书架子上放着一堆堆的书稿，其中一页稿子垂了下来。他把稿子抽了出来，看了看，想要撕掉它，可两手不听使唤，于是把它扔进壁炉里。

楼下的阿尔芒德和来这里看望莫里哀的巴朗朝楼上走去，这时楼上的门打开了，莫里哀走到楼梯上面的小平台处，看向楼梯上的阿尔芒德和巴朗。彼此问好后，莫里哀把胳膊肘支在栏杆上手托着腮向外张望，阿尔芒德和巴朗感到他想就这样跟他们说话，也就停下脚步了。他说现在清楚地意识到自己该退出舞台了，也不和各种伤脑筋的事儿争论了，快要死了。说着他的头垂到了栏杆上。巴朗

---

[1] 加克索特. 莫里哀传[M]. 朱延生，译. 北京：中国戏剧出版社，1986：363.

听他这番话皱了皱眉头向阿尔芒德瞥了一眼,然后说,老师,我认为你今天不要去演出了。阿尔芒德也劝说,身体不舒服今天就不要登台演出了吧。莫里哀为了剧团效益固执地回答说自己的身体好极了,又问,为什么有几个女修道士在我们家里走来走去?阿尔芒德说,她们是圣·克拉拉修道院来巴黎化缘的。圣·克拉拉……莫里哀重复了几遍,又叮嘱道,让她们在厨房里坐着吧,不要走动,不然总觉得房子里有一百个修女似的,另外再给她们五个利弗尔。说着,他转身进屋并关上了屋门。

当天晚上,《无病呻吟》在帕莱·罗亚尔剧院如期上演。剧场人头攒动,气氛热烈。莫里哀在观众的掌声中登场,他扮演的是一个没病装病的大学士阿尔冈,他控制着自己身体的不适,将剧中人物的手势、姿态表演得恰到好处,只是他不断地咳嗽。最后一场,几个可笑的戴着黑色顶尖帽的医生和几个擅长灌肠术的药剂师在向大学士阿尔冈传授做医生的秘诀:

《无病呻吟》一剧中的场面

假如病人奄奄一息,而且不能说话?
扮演大学士的莫里哀高声地回答:
聪明的医生立刻开出药方,
为这个可怜的人放血!

大学士两次向医学院宣誓表示忠诚，可是当院长要求他第三次宣誓时，大学士一言没发，突然呻吟一声，就倒在安乐椅上。台上的演员们一时不知所措，此刻，大学士却突然挺起身来，大笑一声，用拉丁语高喊："我宣誓！"观众没有发现其中的异样，只有舞台上的几个演员看到了大学士额头上的汗珠。医生们、药剂师们跳完了各自的芭蕾舞后，演出结束了。

莫里哀在演出时不断咳嗽，观众以为他在表演，还因其逼真而报以经久不息的掌声。他们不知道，莫里哀病了，连续几天的演出，他的病情越来越严重，刚刚他在舞台上咳破了动脉血管。扮演克雷央特的拉格兰日不安地询问他的老师莫里哀，莫里哀说，胸前突然觉得一下刺痛，现在已经没事儿了。拉格兰日去结账和处理剧院的一些事物了，没有担任角色的巴朗来到正在卸妆的莫里哀身边，关切地询问老师是不是觉得身体不舒服，莫里哀却关心观众对这个戏的反应。巴朗见莫里哀的脸色发白，身体打起了寒战，牙齿都碰得咯咯作响，赶紧招呼众人用椅轿将莫里哀抬回了家。

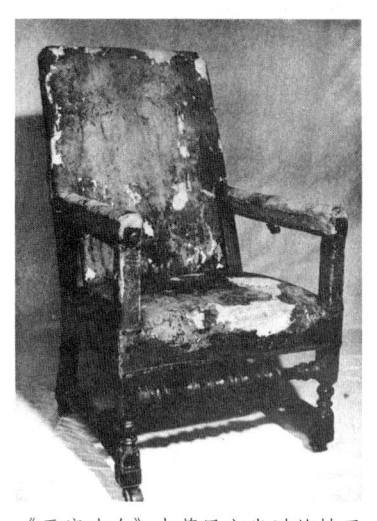

《无病呻吟》中莫里哀坐过的椅子

阿尔芒德今晚演央诺丽格，也刚刚从剧院回来，家里还一片漆黑呢。

巴朗告诉阿尔芒德老师感觉不舒服，阿尔芒德急忙派一个仆人去请医生。大家立即点起蜡烛，把莫里哀抬到楼上。巴朗和一个女仆给莫里哀脱掉衣服，把他安顿到床上去。巴朗又问老师，吃药吗？莫里哀回答，让我睡一会儿吧。不一会儿，莫里哀咳嗽起来，额头上布满汗珠，下眼睑暗黑，手绢上染上了血。

巴朗感觉情况不好，急急忙忙跑到楼下去，让日涅维耶娃·贝扎尔的丈夫让·奥勃里去请神父。可能怕出差池，他让阿尔芒德再请一位神父。巴朗又奔上楼来到老师的床前，用手帕给莫里哀擦额头上的汗，问老师要什么。莫里哀回答说，灯。

阿尔芒德颤抖着点燃了一根又一根蜡烛。

这时莫里哀全身痉挛起来，忽然哆嗦一下，一股鲜血从他的喉咙里涌了出来，染红了白衬衫和床铺。阿尔芒德带着女儿埃斯普里和修女们来到莫里哀的身边，她呼唤着莫里哀的名字，女儿也哭喊着，莫里哀再也没有回应了。巴朗从楼梯上直滑下去，一把抓住仆人胸前的衣服，问大夫在哪里？仆人绝望地回答说，巴朗先生，我有什么办法呢？没有一个医生愿意来给莫里哀先生看病，没有一个！

六、葬身之处

让·奥勃里那天夜里恳求圣耶夫斯塔菲的神父兰法和列什到临终者莫里哀这里来一趟，两个神父断然拒绝为莫里哀办敷圣油圣事。另外一个名叫佩赞的神父出于可怜陷于绝望的奥勃里，自愿来到莫里哀的住宅，可是太晚了，莫里哀已经在修女的臂弯里停止了呼吸。

因为莫里哀临终前没有做忏悔，也没有提出书面的忏悔，更没有放弃他那被教会视为不名誉的职业，任何一个巴黎的神父也不肯把莫里哀先生护送到墓地去，也可以说任何一座教堂公墓也不肯接受埋葬莫里哀的遗体。

莫里哀，这个曾经给人们带来笑声的当代大戏剧家，这个国家的国王御用剧团的领头人，今天竟面临无处葬身的境地，阿尔芒德陷入绝境。

莫里哀的好朋友奥台尔天主教教区的牧师弗兰苏阿·卢阿佐赶来了。他指导阿尔芒德写呈文给巴黎大主教，然后冒着职业风险陪同阿尔芒德去求见巴黎大主教。阿尔芒德递上呈文并在巴黎大主教阿尔列·德·沙恩瓦隆面前祈求说，莫里哀是作为一个善良的基督教徒死去的。在我们家里待过的圣·克拉拉·德·安奈西亚修道院的两位女修道士完全可以证明莫里哀的虔诚。去年复活节的时候，他还做了忏悔，进了圣餐。乞求教会开恩，安葬先夫。可是大主教盯着卢阿佐，对阿尔芒德说道，太太，你的丈夫是个喜剧演员，我不能签发安葬许可证，不能亵渎法律。阿尔芒德号啕大哭起来，难道只能把莫里哀埋在城外的路边吗？

然而忠诚的牧师卢阿佐又陪着阿尔芒德来到了圣日耳曼王室求见国王。国王接见了阿尔芒德。阿尔芒德还没张口说出一句话就跪了下去哭泣起来，求尊敬的国王陛下，向教会求得一块墓地埋葬莫里哀。国王答应了阿尔芒德的请求，让她回家去照料好莫里哀的遗体。

国王找来了大主教，问他关于莫里哀的事情。大主教说，法律禁止把他安葬在圣地上。国王说，圣地延伸处有多远？大主教回禀说，四英尺（1英尺等于30.48厘米）。国王说，大主教，把莫里哀埋在五英尺远的地方可以吧。又严肃地说，葬礼一定要办得妥当，既不要隆重，又避免闹事。于是，大主教在办公室里起草公文：

鉴于根据我们的指令查明的情况，我们特准圣耶夫斯塔菲教堂的神父按照教会的仪式安葬莫里哀的遗体，但必须遵守下列条件：安葬时不得使用任何仪仗，主持安葬的神父不得超过两人，而且不得在白天出殡；同时，无论是在上面指定的圣耶夫斯塔菲教堂，抑或在其他什么教堂，一概不得举行任何隆重的祝愿莫里哀灵魂安息的祈祷仪式。[1]

巴黎的装饰商行得知莫里哀逝世的消息，行会的代表就来到黎塞留大街莫里哀的家中，将一面绣着行会标志的旗帜覆盖在莫里哀的遗体上。

2月21日晚上9点，莫里哀的葬礼悄悄举行。在莫里哀住宅外有150多人聚集，他们情绪非常激动，高声叫喊着。阿尔芒德看到这么多陌生的面孔，非常惶恐。她打开窗子，面对他们说：诸位，你们为什么来侵扰我的亡夫，我不知道。但我可以使你们相信，他是一个善良的人，而且是以一个基督徒的方式死去的。也许，你们是出自爱戴，将护送他到墓地去吧。阿尔芒德向人群撒出去一些钱，人群出现一阵骚乱，很快就安静下来。

房子附近出现了很多火把，两名默不作声的神父走在前面，然后是装有莫里哀遗体的木头棺材。跟棺材并排走着的是一群穿着法衣的男孩子，他们手里举着很大的黄蜡烛。棺材后面行进着长长的火炬队伍。在送葬的人流中，有著名的艺术家皮埃尔·米尼亚尔、寓言家拉封丹、诗人波阿洛和夏佩尔，还有帕莱·罗亚尔剧团的喜剧演员们。他们都默默地高举着火炬。在队伍的最后，还有一些不断增加的人们。整个送葬队伍，按照"阿姆斯特丹杂志"的说法，

---

[1] 布尔加科夫. 莫里哀传 [M]. 臧传真，孔延庚，谭思同，译. 天津：南开大学出版社，1985：237.

有近800人，大多是一些平民百姓。

莫里哀被运到了圣约瑟墓地，安葬在埋葬自杀者和未受洗礼的孩子们的地界内。圣耶夫斯塔菲教堂里的一个登记簿上，这样记载：1673年2月21日，星期二，室内装饰商和国王的侍从让·巴蒂斯特·波克兰葬于圣约瑟墓地。

这是一个寒冷的冬天，阿尔芒德在莫里哀的坟墓上铺了一块大石板，并让人运来100捆柴火，以便那些无家可归的流浪者们得到温暖。后来，人们在这块石板上点燃了熊熊的篝火，石板由于炙热的烘烤崩裂了，碎片散落各处。

喜剧演员是一个下贱的职业，尽管他给人们带来了无限的欢乐，国王也喜欢莫里哀的剧本，宫廷也因此欢愉。他活着给人们带来欢乐，死时却无葬身之地，不能不承认，因为莫里哀揭露了教会的某些黑暗本质，所以遭到了假装虔诚的宗教徒们的疯狂报复。

1792年，正值法国大革命时期，也就是莫里哀逝世后的119年，人们追溯起这位民主的斗士。有些委员们来到这里想把莫里哀的遗骸移到陵墓区，竟然没有一个人能精准地指出莫里哀安葬的地点。又据一位曾是龙骑兵上尉，并当过布尔高涅公爵夫人府上的管家的

巴黎郊区拉雪兹神父公墓的莫里哀之墓

现在的法兰西喜剧院，亦称莫里哀之家

说法，这一年，人们从这附近的地方挖出遗骨，放在新的棺材里，停放在布鲁狄斯派集会的教堂里，为后人所敬仰。

拿破仑执政时期，莫里哀的遗骨被装进石棺送到法国纪念品博物馆。

1817年5月2日，莫里哀的石棺被移迁至拉雪兹公墓，与寓言家让·拉封丹为邻。

莫里哀被誉为17世纪法国文学界的代表人物，他所在时代的人们是怎样评价他的呢？路易十四曾问古典主义立法者布瓦洛，谁是当代最棒的剧作家。布瓦洛恭敬地回答：陛下，是莫里哀。

是的，因为莫里哀的心中有平民，"他太爱平民，常把精湛的画面用来演出那些扭捏难堪的嘴脸"[1]，那个时代的教会和那个时代的贵族，怎容得莫里哀有葬身之处，但莫里哀却活在了后世人们的心中。

1680年，莫里哀死后7年，路易十四正式颁布诏书宣布成立一

[1] 波瓦洛（即布瓦洛）. 诗的艺术[M]. 任典，译. 北京：人民文学出版社，1959：56.

座莫里哀剧院——法兰西大剧院，亦称"莫里哀之家"。莫里哀留给后世的大量戏剧作品，不断地被搬上法兰西大剧院，也搬上了欧洲世界舞台。

　　莫里哀是卢梭、雨果等人心目中最完美的喜剧作家，因为他的身上体现了高卢民族的"法兰西气质"。19世纪以来，"莫里哀的语言"成了法语的代名词。

第二部分 ｜ 艺术成就与艺术特色

语言是赐予人类表达思想的工具。

17世纪欧洲文坛的三大文学流派是人文主义文学、巴洛克文学和古典主义文学。人文主义文学起源于文艺复兴运动，渐趋沉落于17世纪初封建天主教会势力的反扑之下，但在思想上仍影响着欧洲各国人民的反封建斗争。巴洛克文学是介于文艺复兴与新古典主义之间的文学思潮，它既有文艺复兴的因素，又有反叛文艺复兴的理想，它推崇古代文化，在现实主义中又有一种虚无主义情绪，体现了意识上的混乱和精神上的消沉，是一对认知与价值标准的矛盾复杂体。古典主义文学在17世纪欧洲文坛占据着主导地位，它源于意大利、兴起于17世纪初的法国，随后扩展到欧洲其他国家，一直持续到19世纪初，有200余年的时间。

　　法国古典主义文学由宫廷倡导，由贵族沙龙弘扬开来，以高雅的文化趣味为核心，体现贵族阶级的审美情趣。它遵循以古希腊罗马的文艺作品和文艺理论为典范的创作倾向和理论观点，把理性看作是时代精神的核心和文学创作评论的最高标准，主张用理性克制情欲，反映了法国文坛对文艺复兴时期人文主义中放纵情感、追求绝对自由等思想内容的克制，主张个人利益服从国家的整体利益，建立了君主专制下的道德规范和创作标准。它是一种带有浓厚封建色彩的资产阶级文学思潮与流派。

　　在17世纪，法国古典主义文学以戏剧成就最为突出，悲剧作家高乃依、拉辛，喜剧作家莫里哀是当时的代表人物。在古典主义戏剧时代，悲剧被看作高雅的，而喜剧被看作卑俗的，莫里哀以其高超的艺术技巧和讽刺才能把喜剧艺术提升到了一个新的高度，把欧洲喜剧推向了一个新的重要阶段。

一、艺术成就

莫里哀一生写了 30 多部剧本。他的创作从资产阶级民主主义立场出发,揭露封建贵族阶级的腐化,抨击教会的伪善,鞭挞资产阶级的恶习,他以其独特的叙事风格表达了现实主义写作倾向。他是古典主义戏剧家,他的创作基本上遵守古典主义创作要求,但也经常突破古典主义的清规戒律,为戏剧的发展做出了巨大的贡献。他是继莎士比亚之后,欧洲戏剧史上成就最高、影响最大的喜剧作家之一,被后人称作"法国古典喜剧之父"。

1. 时代的弄潮人

(1) 在"王权即理性"的古典主义戏剧时代,左冲右突

法国古典主义文学是辐射全欧新兴资产阶级的、带有浓厚封建色彩的文学思潮或文学流派,它产生的政治基础是法国的中央集权制度,它是资产阶级对专制王权和封建贵族妥协的产物。它产生的思想基础是以法国哲学家笛卡尔为代表的唯理主义哲学的重视理智、规则和标准,它是一次自上而下的有组织的文艺运动。因其提倡学习古代作品和发扬古代理论,主张以古希腊罗马作品为典范,故名古典主义。早在古罗马时期,文艺理论家贺拉斯和朗吉努斯就提出过"向古代借鉴"的原则,这种思想被后世称为"古典主义"。为了与文艺复兴时期推崇古代文化的"古典主义"相区别,除法国之外,有些国家称之为"新古典主义"。

法国的君主政权在文艺复兴时期就已相当巩固,到 16 世纪末

胡格诺战争以后，各地封建大贵族的势力被大大削弱，波旁王朝重新建立了君主专制政权。17世纪上半叶，路易十三在首相黎塞留的辅助下，进行了几十年的治理，对内完成了政治、社会、宗教上的改革，国势蒸蒸日上；对外打垮了曾经无比强大的西班牙帝国和神圣罗马帝国，奠定了法国日后称霸欧陆的基础。在文化领域则加强了思想上的统治，1635年，首相黎塞留创立了古典主义最高文学机构——法兰西学术院。

法兰西学术院是具有社会政治倾向的古典主义思想的策源地，它干预作家的文学创作，制定了规范化的文化准则来约束全国文化的发展，要求作家把歌颂国王、维护国家利益、宣扬公民义务和责任作为自己的职责。因此，法国古典主义文学呈现出鲜明的时代特征：在政治上拥护王权，拥护国家统一；在思想上崇尚公益理性，压制个人情感；在艺术创作上模仿古典，重视规则。在这种政治重压下，加上文艺复兴研究古典学术的余波和笛卡尔哲学的影响，作家们多以古希腊、古罗马文学为典范，以此为旨衍生出崇尚理性、重视规则、运用民族规范语言创作等思想。古典主义文学理念和创作原则越加明晰，即创作题材大多以古代文学为典范，以古代君主、贵族人物或者神话中的人物为主，描写宫廷政治生活和爱情悲剧；戏剧体裁以高雅和卑俗区分悲剧和喜剧，悲剧是高雅的，作家高乃依、拉辛等创作的悲剧占据当时的戏剧舞台；艺术语言追求准确、精炼、华丽、典雅的宫廷趣味。当然，以此创做出来的人物形象难免类型化、概念化，缺乏个性和艺术魅力。

在诸多创作原则中，戏剧创作的"三一律"是17世纪古典主义戏剧创作必须遵循的律条。"三一律"最早是从古希腊理论家亚里士多德的《诗学》中引申出来的，《诗学》论述了戏剧行动的一致性，认为戏剧"所模仿的就只限于一个完整的行动"，提到"悲剧力图以太阳的一周为限"，但并不排斥使用次要的情节。16世纪，意大利理论家基拉尔底·钦提奥在1545年提出"太阳的一周"指的是剧情的时间。其后，洛德维加·卡斯特尔维屈罗在注释《诗学》时阐述了剧情时间与演出时间必须一致的观点，并认为戏剧"必须真正限于一个单一的地点"，此外，戏剧行动的一致性也被加上了只能有一条情节线的限制。莫里哀同时代的古典主义理论家布瓦洛据此在古典主义文艺理论著作《诗的艺术》（1674）中进行了完整的阐述，即一部戏剧只能有一条情节线索，故事只能发生在一个地点，时间不能超过一昼夜。其优点是舞台时空的高度凝练，戏剧情节的集中紧凑等，其弊端是人物性格的单一化、类型化，戏剧结构的绝对化、程式化等。"三一律"是王权专制在戏剧艺术上的反映，它影响了戏剧反映社会生活的广度和深度，束缚了作家的创作个性。

莫里哀生活在号称"太阳王"的路易十四的专制主义时代。路易十四时期的王权已拥有无限的权力，他统治下的"朕即国家"的法国成为当时欧洲最强大的中央集权的君主专制国家。为了制止贵族的分裂活动，增强国家的经济实力，路易十四在政治上采用拉拢资产阶级的政策。而资产阶级由于力量不够强大，也需要在王权的保护下发展。于是，出现了势均力敌的资产阶级与贵族阶层互相牵制和斗争，共同支持王权的局面，王权便成为这两个阶级之间的制衡者。在政治斗争取得基本胜利之后，路易十四开始从思想上和文化上钳制一切对其不利的活动，力图以文化的统治来保证政治上的稳定。他们一方面利用金钱、地位来网罗知名作家为其服务，另一方面设立作品检查制度，把作家的创作置于王权的监督之下。

这是"一个国王，一个法律，一个信仰"的社会，作家只有拥护王权、歌颂君主才有发展的空间，作品只有获得官方承认才有机会得以传播。一时间，作家们纷纷依附王权，师法古希腊、古罗马作家的文艺理论和创作思想，为王权服务。古典主义创作成为一种时尚，悲剧和史诗占据着主流舞台。可见，在莫里哀所处的时代，文学创作是完全被王权控制的。在外省流浪13年后，莫里哀回到巴黎并站稳了脚跟，无论是剧团的归属、命名，还是演出场地，也都与王室有或多或少的关联。

路易十四画像

1658年的夏天，莫里哀通过画家皮埃尔·米尼亚尔找到了权势显赫的红衣主教马扎然的门路，与国王路易十四的兄弟菲利普·奥尔良殿下取得联系，率领流浪剧团回到巴黎准备为宫廷演出。又几经曲折，才登上了巴黎的舞台。莫里哀创作并演出的滑稽剧《多情的医生》在宫廷演出时得到国王的赏识，因此，他的剧团以"御弟剧团"之名被允许留在巴黎，在小波旁宫演出。从此，莫里哀驻足法国的舞台。

莫里哀在人文主义传统思想和古代唯物论哲学家思想的影响下，特别在伽桑狄的直接影响下，以及在与下层人民接触中形成了民主主义思想。他对僧侣贵族、宗教权威、高利贷者深恶痛绝，这使他的创作突破了旧喜剧的框架，敢于触碰当时文人们望而生畏的题材，他以讽刺喜剧的笔触揭露、抨击教会和贵族阶级的欺骗性、虚伪性和反动性。他创作并演出的《可笑的女才子》《丈夫学堂》

《太太学堂》等几部喜剧，为新生资产阶级代言，具有强烈的战斗精神。这些喜剧满足了广大人民群众的愿望，在巴黎引起了强烈的反响。由于国王路易十四上台执政不久，为了稳固政权，独揽大权，他要限制和削弱教会及贵族的权势，而莫里哀的这些喜剧取材于当时社会的现实生活，都是以反对贵族阶级特权、揭露和抨击教会僧侣虚伪反动为主题思想的讽刺喜剧，迎合了君主专制政治的需要，因此莫里哀喜剧演出得到了王室的支持。渐渐地，莫里哀成为御用喜剧作家，为王朝的大型庆祝活动创作并展演了大量戏剧和游艺节目，风光一时。

莫里哀在戏剧文学和舞台上，创作了一系列描绘并讽刺上流社会风俗恶习和道德准则的风俗讽刺喜剧，探讨了爱情、婚姻、教育等方面存在的各种严肃的社会问题，揭露了资产阶级的罪恶，痛斥了贵族和教会的反动势力行为，同时他也不忘在批判教会和嘲讽贵族的喜剧中歌颂国王的英明。在他的戏剧作品中，国王甚至被描绘成"正确""贤明""仁慈""公正"的化身，比如《伪君子》中，国王挽救了奥尔恭家破人亡的命运。在《无病呻吟》中，莫里哀特地安排了一个序幕来颂扬国王路易十四出兵荷兰的武功，号召"凡能写作的人都应写点文章来歌颂他的战绩或供给他消遣娱乐"。[1]后来由于作品不适合当时的境况，这个序幕没有正式演出。

后来，莫里哀同国王路易十四的关系逐渐疏离。毕竟，路易十四是专制王权的领导者，他不仅希望莫里哀的喜剧娱乐自己及王室贵族，也希望莫里哀的喜剧作为一种文化武器满足其统治需要。但资产阶级出身的莫里哀希望自己的作品有助于资产阶级的独立发

---

[1] 加克索特. 莫里哀传 [M]. 朱延生，译. 北京：中国戏剧出版社，1986：363.

展，并满足民间人民需求，这与路易十四的王权政治中需要资产阶级贵族化是有分歧的，再加上宫廷内部的复杂关系等原因，莫里哀与保护他的国王产生了隔阂。特别是他为《伪君子》被禁演一事所写的三次陈情表迟迟没有得到答复，这种失落的心情在莫里哀后期写的《唐璜》中有所反映。

在莫里哀之前的法国古典主义著名戏剧家，基本上都是写悲剧的，皇家剧院上演的也都是悲剧。而莫里哀创作的批判现实的喜剧及为王朝创作的大型庆祝活动的戏剧，以令人耳目一新的姿态登上了巴黎的戏剧舞台，进入王宫的剧场和贵族的庭院。他率领的戏班，在17世纪的法国戏剧舞台及以后的时代留下了永远的喜剧艺术身影。他集写作、编导和表演于一身的舞台生涯，永远载入了欧洲戏剧史的史册。

（2）"抨击本世纪的恶习"

莫里哀指出："喜剧的责任即是在娱乐中改正人们的弊病，我认为执行这个任务最好莫过于通过令人发笑的描绘，抨击本世纪的恶习。"[1] 这是莫里哀的基本创作纲领。他反复强调："一本正经的教训，即使面面俱到，也往往不及讽刺有力；规劝大多数人，没有比描画他们的过失更见效了。把恶习变成人人的笑柄，对恶习是重大的打击。"[2]

在1645—1658年间，莫里哀率领流浪剧团走遍法国西南的大部分土地，接触了众多的底层人民、各地的官府官员和社会上的精

---

[1] 莫里哀. 莫里哀喜剧全集（第二卷）[M]. 李健吾，译. 长沙：湖南文艺出版社，1996：261.
[2] 郑克鲁. 外国文学简史[M]. 上海：华东师范大学出版社，2009：52.

英人士，深入地了解到当时法国社会各阶层的真实状况。他看到了封建贵族的贪赃枉法；看到了"贵人迷"式的正在上升的资产者的丑态；看到了吝啬贪财、黑心借贷的资本家的贪婪；看到了伪善的天主教徒的行骗把戏；也看到了教会思想对妇女的毒害以及维护贵族、夫权的虚伪行径。他要以幽默、嘲讽的方式对社会各个阶层的腐朽予以描述，对这些阶层的代表人物予以抨击。

当时的法国正处在一个特殊的历史发展时期，封建贵族虽然腐朽没落但仍在上流社会中占据着优势地位，资产阶级尽管处于上升期但力量尚显单薄，两者在社会发展过程中矛盾纷杂，专制王权就成了封建贵族和资产阶级之间的"调停人"。资产阶级为求得进一步发展，或依附王权，或购买贵族爵位，甚至与贵族联姻以提高地位，由此形成仰慕膜拜贵族的社会现象。

哲学大师和茹尔丹先生

莫里哀没有悲观地看待这些问题，他认为现实中人物的缺点、错误以及丑恶行为，是可以通过温和的劝谏、鄙弃的嘲笑、无情的鞭挞等艺术上的渲染和展示引起全社会反思的，即"喜剧的责任即是在娱乐中改正人们的弊病"，让他们在笑声中醒悟过来。为此，他塑造了唐丹、茹尔丹等一系列"贵人迷"形象，对资产阶级贵族化的"怪异"恶习给予辛辣有力的嘲讽。如《乔治·唐丹》中的主人公唐丹倾慕于贵族的殊荣，不惜斥巨资，娶了一位贵族小姐做妻子，结果自己不仅得不到尊重，还受到被戴绿帽子的耻辱。《醉心贵族的小市民》中的巴黎富商茹尔丹先生出身于平民家庭，却如痴如醉地迷恋起贵族的生活方式，不仅在服饰穿戴、言谈举止方面竭力模仿贵族，还不惜花重金请音乐老师为他排演音乐节目招待贵族，请舞蹈老师教他跳舞，请哲学老师教他各种知识，他煞有介事地生活在贵族圈子中，像贵族那样生活，向贵妇人鞠躬行礼，书写典雅规范的情书等，结果出尽了洋相。《可笑的女才子》中的两个乡下姑娘玛德隆和卡多丝，本是出身资产者家庭的闺秀，却一心一意追逐巴黎贵族社会的"风雅"时尚。她们心目中"情人"的言谈举止和风度，都必须符合沙龙"典雅"的规范，处处显示出名门贵族身份的高贵，结果被两个冒充贵族的仆人所迷倒。该剧讽刺了女才子的浅薄，也暴露了妄自尊大的贵族们的空虚和腐朽。上述这些人物心理上的"病态"，反映了17世纪法国资产者卑琐庸俗的社会恶习。

莫里哀出生并成长在一个中等富裕的资产者家庭，他洞悉资产者的思想观念，熟悉其经营方式，深知其阶级本性。他在寻找事物可笑性的同时，能洞察可笑现象背后严肃的悲剧性意蕴，比如他能够非常贴近地把握《悭吝人》中的主人公阿巴贡的吝啬鬼的典型特征：为了节食，阿巴贡半夜爬到马厩偷吃用来喂马的饲

阿巴贡的吝啬形象

料荞麦；为了省钱，阿巴贡在迎亲设宴时吩咐仆人做最难吃的饭菜，还让人往待客的酒中掺水；因为埋藏的钱箱丢失，他利令智昏逼问所有人，甚至抓住自己的胳膊喊"捉贼"。金钱的贪欲，让阿巴贡丧失了正常的理性和人情，父子、父女的亲情沦为金钱的关系，表现出资本主义原始积累时期资产者畸形变态的人格缺陷和人性恶习。

莫里哀更多的喜剧是以贵族、教士为讽刺对象，嘲笑他们内心的丑陋，揭露社会制度的腐朽，更是深挖植根于悖情逆理的社会恶习。在莫里哀写下的大量讽刺喜剧中，《太太学堂》《伪君子》是战斗性最强、艺术性最高的代表性作品。《太太学堂》具有划时代意义，表现的是女子教育和男女关系这一社会问题。该剧一上演就激起了法国社会学界的一场论战，引发了全社会的思考。严肃的思考升华了喜剧的性质，莫里哀的喜剧因此达到一个新顶点。此前的法国喜剧很少提出这样重大的主题，《太太学堂》可以说是近代社会问题剧的开端。《伪君子》标志着莫里哀的戏剧创作进入全盛时期，其强烈的战斗性和高度的艺术性，使它被誉为欧洲古典戏剧的杰作。莫里哀从法国现实生活中取材，用一个虔诚信徒、一个冒名上帝使者的言行呈现出一部赞美上帝的绝妙讽刺喜剧，把愚昧、鄙陋、伪善、无耻等恶习展现在人们面前。莫里哀以喜剧的形式、闹剧的氛围，嘲笑并揭露了教会的虚伪性和欺骗性，对当时这一最凶恶、最狠毒的恶习——教会的邪恶给予了致命的打击。莫里哀认为一本正经的教训即使最尖锐，也往往不及讽刺有力量，因为人宁可当恶棍，也不愿意当笑料，所以这种讽刺的力量是强大的，展现了时代的悲剧内涵。莫里哀揭开了教徒答尔丢夫伪善和欺骗的面目，将讽刺的矛头指向了天主教。因此，此剧首场为王室及上层社会精英演出后，引发了宗教界的强烈不满，受到封建顽固势力和天主教会的阻挠，结果被政府禁演。但莫里哀斗志不减,坚持抗争,三易其稿,三上陈情表,终于在五年后重新获得公演的权利。《伪君子》在法兰西剧院上演场次是最多的,是莫里哀作品中最受欢迎的剧目。它在法国文学史上留下了浓重的一笔,在人类思想进程中点亮了一束光。

答尔丢夫的丑陋嘴脸

莫里哀所写的喜剧既不同于旧喜剧的脱离现实,也有别于古典主义悲剧的影射现实。他以讽刺的喜剧手法直指时代的弊病,以生动的喜剧形式无情地揭露贵族、僧侣和高利贷者的嘴脸,展现封建统治各阶层人物的丑态,"抨击世纪的恶习"。莫里哀喜剧中的讽刺,是含笑的讽刺,是烧毁一切无价值的丑恶东西的武器,是引导人们去肯定和追求有价值的真善美,他的揶揄是精致的,他的取笑是微妙的。特别耐人寻味的是,被讽刺的人往往不仅不生气,反而自己也在笑那些以自己为原型的滑稽人物。

莫里哀以其特有的喜剧方式,对社会上流行的一些恶习予以抨击。他的喜剧揭露当下教会的虚伪和欺骗,嘲讽当下封建贵族阶级的腐败和没落,讽刺当下正处于上升阶段的资产阶级的妥协和自卑。由于莫里哀笔下的人物酷似现实中的某些人或某个人,触犯了他们的利益,所以,他的剧本经常遭到教会、贵族和资产者们的围攻,演出也屡屡被禁,甚至被临时告知剧场拆毁的政府令。莫里哀不卑不亢，在"王权即理性"的古典主义戏剧时代左冲右突，在时代的大潮中上下沉浮，其进步思想和执着勇气，为新兴的资产阶级革命早日到来起到了推动作用，欧洲喜剧也因此被推进到一个新的重要阶段。

2. 莫里哀喜剧艺术的贡献

莫里哀是17世纪法国古典主义喜剧的奠基人，也是欧洲近代戏剧史上仅次于莎士比亚的喜剧作家。他以高超的艺术技巧和讽刺才能把法国喜剧艺术提升到一个新的高度，无论是开创社会问题剧先河的《太太学堂》，还是揭露假虔诚、真伪善的教徒答尔丢夫的《伪君子》，或是挪揄贪财吝啬的阿巴贡的《悭吝人》，无不在人们的笑声中叙述着现实世界身边的那些事，表现了法国现实社会各个阶级的生活状况及他们之间的关系，从而创造出了具有真正社会文化意义的喜剧。17世纪也因此成为近代文学的开端。

莫里哀的喜剧取代了古代以娱乐为主的戏剧和中世纪以教育为宗旨的宗教戏剧，为古典主义戏剧时代的繁荣做出了卓越的贡献。

（1）现实主义的文学叙事

莫里哀打破了古典主义模仿古典、以古代文学为典范的限制，把叙事视角从古典的世界转移到现实的生活，把歌颂古代君主、贵族人物以及神话人物转移到普通平凡的小人物身上，建立了现代写实的文学叙事模式，成为近代文学的开拓者。这是莫里哀在文学史上的重大贡献。

西方文化的源头是古希腊罗马文化，而源头之"源"是希腊神话。希腊神话主要讲述的是奥林匹斯山上诸神追求权力和爱情的故事，宣扬的是诸神的七情六欲，如古希腊悲剧《被缚的普罗米修斯》、古罗马的《埃涅阿斯纪》以及中世纪的《神曲》等，其创作的立足点无一不是在写"神的故事""神的欲望""神的命运"以及"神的感情"，故事里面充满了诡异的神秘色彩。

蒙昧的中世纪后，终于迎来了思想艺术界的文艺复兴，在科学艺术思想领域，出现了哥白尼、布鲁诺、达·芬奇、米开朗琪罗、蒙田、培根等具有先锋思想的顶尖级的大人物，极大地冲击和转变了人们许久以来僵化的思想观念体系，人们开始对神的权威产生怀疑。17世纪，由于自然科学的发展和文艺复兴的影响，人们开始意识到人可以征服、改造世界。人们开始立足现实，努力追求现世的幸福，极力发挥人的潜能，以创造更多的财富和更美好的生活。

莫里哀敏锐地感受到了时代所发生的巨大变化，他紧紧地跟上了时代发展的脚步，把目光投向了现实世界，开始抒写本时代的社会风尚、社会问题及人的情感生活。如在《太太学堂》中塑造了阿尔诺尔弗——一个有着封建夫权思想的人物形象，他因为害怕被戴绿帽而不敢娶一个正常的女人做老婆，而把早在13年前从贫苦人家抱养的一个小女孩送进修道院，让修道院把她教育得又笨又傻，然后做自己的老婆。莫里哀对女孩的"被婚姻"这一社会现象深恶痛绝，对因噎废食的阿尔诺尔弗予以嘲讽和批判，指出女子也有接受教育和追求幸福婚姻的权利，严肃地提出了这个时代男女平等的社会问题；在《伪君子》中描写了富商奥尔恭狂热崇拜教会的行为，反映了其刚愎自用、独断专行、害怕自由思想的资产者形象，描述了宗教徒答尔丢夫的伪善，揭露了教会势力的虚伪性和欺骗性，反映了17世纪初期贵族反动势力与宗教势力相勾结的反动谍报机构

"圣体会"盛行的社会黑暗；在《悭吝人》中描述了阿巴贡这个早期资本主义原始积累时期金钱至上的资产者及其家庭关系，揭露了资产阶级拜金主义的本性，辛辣地揶揄了阿巴贡的吝啬贪财对家庭和社会带来的危害。

莫里哀倡导从现实出发描写生活中的人和事物，否则就是艺术上的失败。他指出："描画人的时候，就必须照自然描画。大家要求形象逼真；要是认不出是本世纪的人来，你就白干啦。"[1]他把这种观点切入喜剧的创作中，即"按照人们本来的样子去描绘他们，以便从而惩戒他们"（歌德评语），塑造了许多当下的典型人物形象。

人们从莫里哀的戏剧舞台人物身上能够捕捉到生活在身边的人的气息，而有些人自己也能"对号入座"。《伪君子》上演后，有些教士认为剧中的答尔丢夫就是他们自己。《斯卡纳赖尔》第一次演出时，池座中有一个资产者大肆喧闹，当众声明这个喜剧中的斯卡纳赖尔写的正是自己，从而使自己蒙受了耻辱。其实，莫里哀在创作答尔丢夫、斯卡纳赖尔等角色时，并没有确指哪一个宗教徒或哪一个资产者，他描写的不过是一些丑陋贪婪的教士或一般典型形象的资产者而已。还有好多聪明者可能在这些人物身上看到了自己的影子，只不过没有说出来罢了。

莫里哀的现实主义文学叙事在笑声中叙述现实世界中的那些人和事，具有极强的批判现实主义的意义。他在笑声中针砭时弊，"通过意味隽永的教训来指摘人的过失"，创造出了具有真正社会文化意义的喜剧，17世纪也因此成为近代文学的开端。

---

[1] 莫里哀. 莫里哀喜剧（第二集）[M]. 李健吾，译. 长沙：湖南人民出版社，1982：101.

（2）对古典主义喜剧的超越

17世纪的法国古典主义文学是适应君主专制需要而产生的文学流派，其突出特点是依附王权，为王权服务。当时的文学作品都以古典主义的形式呈现在世人面前，特别是悲剧和史诗被认为是高雅的体裁，而喜剧则被认为是卑俗的。又由于当时的法国处在新旧交替的历史时期，路易十四要在教会势力、贵族阶层、资产阶级势均力敌的较量中进行平衡，所以，他需要以喜剧来娱乐王室和社会上的精英人士，也需要以喜剧为武器来嘲笑和敲打某些膨胀势力。莫里哀的喜剧既符合路易十四对娱乐的要求，又能起到国王用之压制大贵族和教会的作用。由此，在有着丰富经验的滑稽喜剧作家兼演员莫里哀的改造之下，脱胎于民间祭祀的狂欢歌舞的喜剧有了登上大雅之堂的机会。莫里哀适时地抓住时机大展身手，并以创新的艺术手法实现了对古典主义喜剧的超越，主要表现在以下几个方面：

①莫里哀用自己丰富的创作实践改变了古典主义文学重悲剧而轻喜剧的偏见，打破古典主义关于喜剧低于悲剧的理论桎梏。他创作并演出的《多情的医生》首次在巴黎王宫为国王及贵族们演出时，就引起了他们的极大兴趣，爆发出长久的欢呼声和笑声，大大地惊讶了皇家剧院布高尼府的悲剧演员们，喜剧从此登上了被悲剧霸占多年的巴黎戏剧舞台。

②莫里哀的创作有着鲜明的民主倾向，他站在民主主义立场，以下层人民为剧本中的主人公，歌颂他们的智慧，讽刺了上层社会的保守、残暴，抨击了封建贵族的腐败和资产者的堕落，打破了戏剧雅俗贵贱的古典主义框子。在《史嘉本的诡计》中，莫里哀塑造了一个机智勇敢的、最底层仆人的形象，该剧可以说是抨击封建社

会的佳作。17世纪的法国，有着严格的社会等级制度，贵族和资产者家中都雇用仆人。主人可以任意惩罚和打骂仆人，仆人是无法摆脱受奴役的地位的。但在莫里哀的剧中，没有仆人的主人是无所适从的。因为莫里哀塑造了史嘉本这个底层人民的人物形象，并将仆人作为正面形象加以赞扬，触碰了古典主义戏剧的创作原则，古典主义文艺理论家布瓦洛代表王权劝他"少做人民的朋友"，这也恰好证明了莫里哀创作中鲜明的人民性。

③莫里哀的创作遵循忠于生活的现实主义原则，突破了古典主义在艺术创作上模仿古典，以古代文学为典范，取材于古希腊罗马时代的限制，以及重视规则的要求，反映了现实的社会生活和现存的社会问题。他就地取材，他的很多喜剧题材来自17世纪法国社会的现实生活，他把当时广阔的社会生活和复杂的文化背景纳入了其喜剧表现领域，扩大了喜剧范围，深化了喜剧内容。如《太太学堂》在符合古典主义关于"大喜剧"的规定——必须是诗体、必须是五幕的框架下，把女子教育和婚姻问题的不合理性展现出来，启发观众思考并引发了一场大辩论。此前的法国喜剧很少提出这样重大的近代主题，《太太学堂》可以说是近代社会问题剧的开端，具有划时代意义，喜剧也因此增添了严肃性和思考性的功能。同时代的夏尔·贝洛在《古今之争》中这样评价莫里哀："在喜剧中加上本世纪风俗，如此生动的形象和如此鲜明的性格，因此，演出时使人感到这好像不是在演喜剧，而是现实本身。"[1]

④莫里哀的创作突破了追求准确、精炼、华丽、典雅的宫廷趣味的古典主义文学的限制。他的喜剧不以高雅和卑俗区分戏剧主旨，

---

[1] 胡承伟. 论莫里哀的创作思想[C] // 中国社会科学院外国文学研究所. 外国文学研究集刊第九辑. 北京：中国社会科学出版社，1984：41-67.

不以语言高尚和质朴诠论人格，如《史嘉本的诡计》中的史嘉本，他聪明、灵活、快乐，他的智慧超过任何一个有地位的人，他以自己的聪明才智巧妙地帮助小主人反对家长的专制作风，表达了莫里哀对青年人的同情。莫里哀在该剧中继承了法国和意大利闹剧中戏剧性强、语言诙谐、动作夸张、情节突兀的传统，热情赞颂了下层人民的质朴和机智，蔑视了法国17世纪戏剧的高雅和卑俗之分，将底层人世间的烟火气都纳入喜剧表演范围，扩大并深化了喜剧主题思想。

⑤莫里哀的喜剧突破了古典主义对喜剧界定的艺术规范和标准。他将法国民间闹剧改造成具有深刻社会内容的风俗喜剧和性格喜剧，对社会矛盾和人性弱点进行深入挖掘，引发严肃的社会思考。莫里哀的喜剧彻底摆脱了民间闹剧的趣味，使喜剧艺术大大超越娱乐功能，并上升到哲理批判的高度。如《悭吝人》中的阿巴贡被莫里哀放在一种典型的环境和家庭关系中，与儿女产生一系列冲突，由此锁定了其贪财与吝啬的典型性格特征。莫里哀塑造的这个人物，不同于民间闹剧或意大利即兴喜剧中的人物，也不同于古罗马喜剧中的人物，而是把当时的社会生活和文化背景浓缩在单一的性格之中，这被高度概括的社会化人物形象，不仅突破了人物性格单一的限制，也突破了古典主义对喜剧艺术的限制。

⑥莫里哀对"三一律"这个古典主义创作原则，采取的是灵活的态度。当"三一律"不妨碍其创作表达时，他就遵守并充分发挥其紧凑严谨的优势，如《伪君子》严格体现了古典主义的戏剧原则，对"三一律"恪守不渝；但当"三一律"有碍其主题表达、人物塑造时，他就毫不犹豫地舍弃，如《屈打成医》和《唐璜》就突破了地点统一的藩篱，在几个不同的地点开展剧情。这不仅显示出莫里

哀驾驭艺术的非凡才能，还体现了其喜剧的创作思想。

⑦莫里哀的喜剧突破了宫廷芭蕾演技惯例，他创新地把喜剧、民间闹剧、宫廷芭蕾舞剧结合在一起，并把这种体裁叫作"新的混合品种"，为欧洲后来的歌舞剧提供了最早的范例，莫里哀也因此成为法国芭蕾舞喜剧的创始人。莫里哀的第一部芭蕾舞喜剧《讨厌鬼》（1661），采用中世纪宗教戏剧的道德寓意手法，以舞蹈为手段，将舞蹈与喜剧情节紧密地结合在一起，刻画了现实生活中形形色色的讨厌鬼，该剧演出时受到特别的欢迎。这部喜剧是舞蹈戏剧化的成功之作。此后，莫里哀又创作了12部喜剧芭蕾，其中最为著名的有《逼婚》（1664）、《醉心贵族的小市民》（1670）、《无病呻吟》（1672）等。以舞蹈来刻画人物性格，以舞蹈场面和音乐声效烘托戏剧气氛，并为戏剧情节作铺垫，三者有机地交织，是莫里哀芭蕾喜剧的独特魅力所在，也为后世的舞蹈编导提供了可贵的经验。

莫里哀的喜剧创作突破了古典主义戏剧创作的框子，把法国喜剧推向一个新顶点，他是古典主义喜剧当之无愧的奠基者。

（3）对法国及世界文学史的贡献

17世纪法国古典主义文学的突出成就体现在戏剧文学和戏剧舞台上。莫里哀运用古典主义美学理论，又不完全受古典主义的约束，创作了一系列描绘上流社会风俗习惯和道德准则的讽刺喜剧，探讨了爱情、婚姻、教育等方面各种严肃的社会问题，其现实的社会意义超过了当时的法国古典主义悲剧，莫里哀成为法国现实主义喜剧的首创者。

莫里哀的喜剧具有深刻的悲剧内涵，在法国的戏剧史上有着卓越的贡献。

莫里哀的喜剧不论在戏剧性质、戏剧冲突，还是在戏剧人物塑造上，对世界文学史的艺术贡献都是不可磨灭的。他秉持"以嘲笑惩戒邪恶"的喜剧理念，塑造了阿巴贡、答尔丢夫等一系列不朽的典型艺术形象，对当时社会最突出的现象——"虚伪"和"吝啬"进行了强烈的抨击。《伪君子》中的答尔丢夫身上几乎集中了一切伪善的特征，以至在世界语言中，答尔丢夫已成为虚伪的代名词；《悭吝人》中的阿巴贡身上几乎集合了全部的、绝对的贪欲，阿巴贡这个名字成为吝啬的代名词，成为世界文学史画廊上的四大"吝啬鬼"之一。

莫里哀的创作最重要的贡献是他的现实主义叙事方法，他善于吸收民间艺术的营养，善于使用民间生动的语言，使他的喜剧形式轻松活泼，剧情更贴近生活，直接反映社会生活的现实，具有时代气息，体现文学的真实性；他的创作突破了古典主义的重重禁锢，显示出其创作的民主倾向，他敢于以讽刺的手法揭露资产阶级的"原始罪恶"，揭示贵族阶层和教会势力的腐朽和反动，把讽刺和批判的矛头指向上流社会，其批判的深度和广度超出了同时代的作家；他塑造了众多生动鲜明的人物形象，不论是对白、独白、旁白，还是形体语言，都给人们留下深刻的印象，有的甚至成为流传至今的经典语段，在法国及世界文学史上写下了浓重的一笔。

莫里哀戏剧作品中的真实性对法国及欧洲戏剧史的贡献是巨大的，影响着后来者进一步把叙事视角拉向现实人生。18世纪到19世纪初，出现了突出真实感的书信体小说及亲身经历小说等感伤主义文学思潮，传达着现实世界中人的真实情感。比如华兹华斯的《序曲》，叙述了自己心灵发展各个阶段的印象、感受和思想。19世纪，出现了巴尔扎克、托尔斯泰、罗曼·罗兰等现实主义文学大师，他们都强调文学的真实性。如有着"社会百科全书"之称的巴尔扎克的《人间喜剧》，其中具体、详尽的环境描写和细节描写，真实地反映了当时的社会生活，指出了贵族阶级灭亡的趋势，揭露了资产阶级贪婪、掠夺的本性，描述了建立在金钱基础上的社会和社会关系。20世纪，出现了以弗吉尼亚·伍尔夫为代表的一批现代主义作家，他们的笔触向内寻找人类最真实的内心世界，如伍尔夫的意识流小说《墙上的斑点》，描写人心理的复杂变化，意识的飘逸流动所产生的一系列幻觉和遐想。可见，17世纪是近代文学的开端，而莫里哀则是17世纪法国古典主义文学最重要的作家，是法国喜剧的大宗师。

（4）对法国古典主义戏剧理论的挑战与丰富

莫里哀通过他的一些序言、论战性剧本等阐述了一套有创见性的现实主义喜剧理论和编导经验。他强调喜剧要反映现实，寓教于乐。在《<太太学堂>的批评》中，他指出喜剧是"公众的镜子"，"必须照自然描画"，"要求形象逼真"，强调喜剧是直接针对世风习俗的讽刺和一般性的批评。在1664年的陈情表中，他进一步说："喜剧的责任即是在娱乐中改正人们的弊病，我认为执行这个任务最好莫过于通过令人发笑的描绘抨击本世纪的恶习。"在《伪君子》的序言中，他阐明"恶习变成人人的笑柄，对恶习就是重大的致命打击"，他一向认为观众是喜剧的"唯一裁判"，观众的笑声就是对丧失理性的滑稽人最好的舆论制裁，可以迫使他们改正恶习，并使别人引以为戒。

在《伪君子》的序言中，他给喜剧作了这样的界定：喜剧是一首精美的诗，通过意味深长的教训，指责人的过失。这既是对喜剧独特的审美价值和审美特征的揭示，也是对古希腊以来，尤其是17世纪法国古典主义重悲剧轻喜剧的艺术倾向的批评。

自古希腊以来，西方传统的戏剧就存在着重悲剧轻喜剧的艺术倾向。柏拉图认为，人们平时让理性压制住本性中诙谐的欲念，但在看喜剧时，却尽量让这种欲望得到满足，结果就不免于无意中染到小丑习气。西方戏剧理论的奠基人亚里士多德把悲剧和喜剧都看作摹仿艺术，认为"喜剧摹仿卑劣的人物"，摹仿一种可笑的"无痛苦或无伤害的丑态……并不使人感到痛苦"，因而不能触动人们的灵魂，真正能净化人们灵魂的，是能够引起人们怜悯和恐惧的悲剧。可见，亚里士多德的喜剧观虽然涉及了喜剧的某些本质特征，但他对喜剧所具有的现实内容和教育作用没有进行阐释。文艺复兴时期，欧洲戏剧理论领域很是活跃，戏剧理论家们对古代戏剧理论进行了认真的发掘和研究，对现实的戏剧现象进行了分析和总结。这场戏剧理论活动从意大利开始，逐渐波及欧洲的其他国家，形成了各国的戏剧理论。16世纪，法国的戏剧理论家戴勒等人都在传播与亚里士多德和意大利戏剧理论家们类似的主张，戴勒在1572年发表的戏剧理论著作《论悲剧的艺术》中明确规定了戏剧的时间、地点限制，指出"剧情必须在一天之内、同一个时间、同一个地点进行"，还指出"法国今天还没有真正的悲剧作品"，这对后来的戏剧创作者来说是一种遵循和警示。产生于17世纪的法国古典主义文学，更是推崇悲剧。当时的官方文艺批评家夏普兰等人根据体裁、题材和审美趣味来评判文学的尊卑高下。他们认为，悲剧描写王公贵族的生活，表现宫廷的审美趣味，是"高雅的体裁"；而喜剧只能写市民百姓、破落贵族，迎合世俗趣味，是"卑俗的体裁"。在法兰西学术院的倡导下，法国悲剧在17世纪30年代就取得了显著成绩。1638年，由学院创始人之一沙波兰（1595—1674）执笔的《法兰西学术院对〈熙德〉的意见书》中宣告了古典主义戏剧的理论主张。法国悲剧成为当时法国的艺术风尚，而法国喜剧却没有得到很好地发展。

当时的喜剧大致有两类：一是沿袭中世纪市民剧的传统发展而来的通俗滑稽剧；二是对西班牙、意大利戏剧的翻译和仿作。莫里哀对这些粗劣杂乱地描写人们滑稽可笑的丑态的喜剧颇感无趣，更为这些缺少民族特色和现实生活内容的喜剧感到担忧。莫里哀认为喜剧创作就是要遵循忠于生活的现实主义原则，寓教于乐地反映社会生活和社会问题。早年的流浪剧团生涯让他了解到社会底层人民的生活现状，他要以民主主义的立场揭露贵族的腐败与堕落、教会的伪善与欺骗、资产阶级的妥协与贪欲。

莫里哀的创作背离古典主义文学中贵族不能充当喜剧讽刺对象的戏剧原则，这是对法国戏剧理论做出的重大贡献。他勇敢地站在资产阶级民主立场上无情地抨击贵族腐朽反动势力，他通过喜剧《唐璜》中花花公子唐璜的形象，尖锐地指出17世纪法国贵族在道德上的堕落，进而揭示其整个阶级衰颓没落的趋势。他通过《恨世者》《〈太太学堂〉的批评》《可笑的女才子》等作品，或揭露贵族社会内部的钩心斗角，或批判贵族反动、腐朽的封建思想，或讽刺贵族不学无术、讲究沙龙风气的装腔作势，有力地揭露了贵族阶级糜烂堕落的生活状态。

莫里哀的创作敢于将教会作为喜剧的讽刺对象，这是对法国戏剧创作理论的挑战，是与禁锢人们思想的传统戏剧观点的抗争。17世纪的法国，天主教会甚嚣尘上，以王太后为后台的圣体会，就是一个宗教组织，其成员常以良心导师的名义深入资产阶级家庭进行所谓的教化。莫里哀创作了喜剧《伪君子》，塑造了宗教骗子答尔丢夫这一典型形象，对宗教的伪善和欺骗做了淋漓尽致的揭露和批判，动摇了教会对人们的精神控制。

莫里哀把揭露社会恶习和人的过失作为其讽刺喜剧创作的出发点。17世纪的法国是君主专制的极盛时期，也是新旧过渡的时期，"那时旧封建等级趋于衰亡，中世纪市民等级正在形成现代资产阶级，斗争的任何一方尚未压倒另一方"[1]。在资本主义原始积累时期，新旧过渡时期的法国资产阶级处于上升阶段，尽管与贵族阶级有势均力敌的趋势，但他们中间相当一部分人并不能立即摆脱传统的封建观念的重扼，还自觉或不自觉地维护着现存的封建秩序，希望获得贵族身份，患有倾慕贵族的"时代的毛病"。法国资产阶级依附王权、向封建势力妥协的"时代的毛病"在莫里哀喜剧中得到了极其生动的展现：《可笑的女才子》中两位自命风雅的资产阶级姑娘，竭力模仿贵妇们的言谈举止，倾慕贵族的虚荣心使她们美丑不辨，真伪不分，令人发笑；《太太学堂》中的富商阿尔诺尔弗仅仅因为获得了一个带贵族称号的名字便洋洋自得；《伪君子》中的奥尔恭由于倾慕贵族而盲目地崇拜宗教骗子答尔丢夫；《乔治·唐丹》中的主人公唐丹、《醉心贵族的小市民》中的茹尔丹想通过与贵族联姻来进入贵族社会。在新旧过渡的时期，这些资产者却在攀附势力还强大的贵族，其结局往往是可笑可悲的。莫里哀对资产者向往贵族这一弊病及阴暗心理深恶痛绝，同时，又对他们寄予同情并抱有期望。他坚信喜剧在纠正恶习上极有效力，"一本正经的教训，即使面面俱到，也往往不及讽刺有力；规劝大多数人，没有比描画他们的过

---

[1] 马克思, 恩格斯. 马克思恩格斯全集（第四卷）[M]. 人民出版社, 1958: 340.

失更见效了。"[1]因此,"我所能做到的最好的事情,是通过可笑的刻画揭露我们这时代的毛病"[2]。他塑造了阿尔诺尔弗、阿巴贡、奥尔恭、乔治·唐丹、茹尔丹等形形色色的资产者形象,从不同侧面揭露了他们的本质特征和"时代的毛病",他要让观众的笑声对丧失理性的滑稽人予以舆论抨击,迫使他们改正恶习,并使他人引以为戒。

莫里哀喜剧创作,即使是取材于传统故事,也赋予其现实主义思想,对传统中的愚昧思想予以批判,对代表时代发展的事物予以赞扬,极大地发挥喜剧促进社会发展的作用。比如《屈打成医》取材于中世纪故事诗《农民医生》,但经莫里哀改造,便成为支持婚姻自主、批判顽固愚蠢的资产者的喜剧。《悭吝人》取材于古罗马喜剧《一坛黄金》,讽刺了法国资产阶级贪婪吝啬的拜金主义行为,赞颂法国青年男女反对封建包办婚姻的觉醒。

莫里哀认为喜剧未必比悲剧低下,因为喜剧最大的法则是叫人欢喜,也就是说,观众的直接快感比学院派制定的古典主义艺术法则更重要。喜剧中讽刺的锋芒,触及贵族的利益、资产阶级的道德以及社会风尚等重大社会问题,符合当下全社会发展的需要,是无害的、教育的娱乐,是对法国古典主义戏剧理论的挑战和丰富。莫里哀的喜剧创作贴近社会生活,反映了当下的社会发展态势,其创作思想和实践为17世纪法国戏剧理论的发展做出了重大贡献,为后来欧洲批判现实主义文学的发展提供了宝贵的艺术经验。

---

[1] 郑克鲁. 外国文学简史[M]. 上海:华东师范大学出版社,2009:52.
[2] 刘庆璋. 欧美文学理论史[M]. 福州:福建教育出版社,1995:143.

3. 莫里哀喜剧的历史地位及影响

17世纪初的法国，古典主义文学的戏剧舞台上大多是以古代君主、贵族人物或者神话中的人物为主，描写的是宫廷政治和爱情生活，艺术语言追求准确、精炼、华丽、典雅，这些都是为当时的政治统治及特权阶层服务的。而莫里哀将写作的目光投向了现实社会，把"喜剧的使命"定位为"纠正人的恶习"，他要描绘并讽刺上流社会的风俗习惯和道德准则，他要探讨爱情、婚姻、教育等方面各种严肃的社会问题，他要创造出具有真正社会文化意义的喜剧。莫里哀喜剧的思想内涵和社会意义超过了当时法国古典主义悲剧，在法国社会掀起了批评和讽刺贵族阶层和资产者的热潮，其社会影响逐渐扩展到欧洲大陆，其历史地位已彪炳欧洲戏剧史册。

（1）法国现实主义喜剧的首创者

在17世纪初的法国，看戏只是市民们的一种娱乐方式，虽然戏剧出现了繁荣的局面，但是戏剧艺术依然受到上层社会的歧视。法国天主教的各教派都把戏剧，特别是喜剧，看成是伤风败俗的媒介。到了17世纪中叶以后，路易十四鼓励戏剧创作，这是因为他喜好开展宫廷的喜庆活动，希望通过戏剧来树立自己的权威，所以贵族阶层和精英人士才逐渐到剧场去看戏，也才有了家族的私家剧场。在这样的政治背景和文化氛围中，莫里哀的喜剧创作生涯走上巅峰。

莫里哀继承了古罗马喜剧结构的完整性、语言的幽默性、手法的多样性等优长，继承了古希腊阿里斯托芬讽刺喜剧的传统，掌握了意大利即兴喜剧的风格,融合了法国风俗戏剧的特点,同时注意吸收民间艺术的营养,在古典主义规范化的文化准则下,追求绝对理想美,却又不受其约束,创作了富有生活气息和民族特色的独特的风格喜剧。他的喜剧取材于现实生活,描绘当代风俗,展现了17世纪中下半叶法国的社会状况和时代特点。

莫里哀创作的喜剧不同于前人的作品,而是以特有的喜剧手法针砭时弊。他用民间喜剧的搞笑方式塑造滑稽的人物形象,以嘲笑讽刺的方式抨击社会上的恶习,让人们在笑声中反思社会现象。比如在风俗喜剧《醉心贵族的小市民》中,对醉心贵族的资产者的嘲讽;在《太太学堂》中,对一贯坚持封建夫权的阿尔诺尔弗的嘲讽;在《伪君子》中,对善于假虔诚、真伪善的答尔丢夫的嘲讽;在《悭吝人》中,对有着极度欲望、无比吝啬的阿巴贡的辛辣揶揄。他认为这是喜剧的责任,"即是在娱乐中改正人们的弊病"。与高乃依等作家的悲剧相比,莫里哀的喜剧"基本倾向是维护君主专制秩序,鞭挞贵族和教会的反动势力,也揭露资产阶级的恶习,具有鲜明的思想性和强力的战斗性"[1]。

莫里哀的创作突破了古典主义文学创作的原则,展现了现实主义喜剧创作的创新思想。在法国古典主义时代,以古希腊罗马文学为典范,崇尚理性、重视规则,以及重悲剧、轻喜剧的戏剧创作倾向,不仅由来已久,而且被学院派明文规定,戏剧舞台上演的都是高乃依等作家创作的古典悲剧。莫里哀通过喜剧艺术形象塑造,让商人、小市民、仆人成为他喜剧中的正面人物形象,让宗教教徒、封建贵族及资产者成为他喜剧中被讽刺的人物形象。莫里哀的喜剧创作不

---

[1] 黄怀军,詹志和. 外国文学史[M]. 长沙:湖南师范大学出版社,2015:72.

仅突破了古典主义文学创作的原则，而且展现了现实生活中存在的社会现象和社会问题。"在莫里哀以前，法国的喜剧大都没有完全摆脱中世纪的笑剧形式，缺乏对于重大的现实社会问题的反映。除了高乃依和著名的喜剧作家斯加隆以外，阿希罗贝特和西哈诺等人也写喜剧，对于莫里哀都有一定程度的影响；但与莫里哀相比较，他们的创作成就是很小的了。"[1]

《史嘉本的诡计》中的场景

莫里哀打破戏剧创作的艺术边界，大胆地吸收各种艺术手法，丰富喜剧艺术的表达，用"笑里藏悲"的方式展现社会现实，让喜剧的笑声背后浮现悲剧内涵，积极引发人们对社会问题的思考和讨论，提升喜剧艺术的地位。

莫里哀的喜剧征服了广大的戏剧观众，也征服了主流文化圈子。莫里哀不仅让被古典主义歧视的喜剧登上"大雅之堂"，也让下层人民的艺术形象在戏剧艺术中有了重要的一席之地，比如《史嘉本的诡计》塑造了机智和敢于逾越等级观念的仆人形象。这种弥散着市民情态的、具有浓郁生活气息的艺术作品和极具生活质感的创作风格，体现了莫里哀喜剧的现实主义人民情怀，对后世的戏剧创作产生了巨大的影响。

---

[1] 廖可兑. 西欧戏剧史[M]. 北京：中国戏剧出版社，1981：152.

莫里哀把此前无人问津的、平庸的、粗俗的法国喜剧提高到与悲剧比肩的地位，既提高和巩固了法国喜剧艺术的文学地位，也成就了他法国现实主义喜剧首创者的地位。在法国文学史上，莫里哀不仅是天才的剧作家和杰出的舞台艺术家，而且是法国文学史上为期最早、成就极大、影响深远的现实主义作家、艺术家。他是法国古典主义文学的杰出代表，他在戏剧领域现实主义的辉煌成就，只有小说领域内的巴尔扎克能与之相比。

（2）莫里哀喜剧对欧洲喜剧的影响

在西方戏剧史上，莫里哀是继莎士比亚之后成就最大、影响最深的喜剧家，被公认为"欧洲近代喜剧的开山祖"。

莫里哀的喜剧上承文艺复兴人文主义文学的优良传统，汲取了莎士比亚、维加、瓜里尼戏剧中的营养，推动了17世纪法国戏剧事业的发展，把欧洲喜剧提升到真正的近代戏剧水平；莫里哀的喜剧下启18世纪启蒙文学思潮，后来许多戏剧家都从他的作品中汲取养分，几乎所有喜剧都是从他这里派生出来的。

莫里哀创作的现实主义喜剧不仅享誉法国，他的喜剧精神还得到后世许多戏剧家的认同，英国的德莱顿、哥尔斯密和谢里丹，法国的伏尔泰和博马舍，德国的歌德和莱辛，丹麦的霍尔堡，西班牙的莫拉丁以及意大利的哥尔多尼，无论是题材还是写作风格，他们的创作无一不受到莫里哀创作思想的影响。英国的约翰·德莱顿（1631—1700）是英国戏剧史上戏剧评论的鼻祖人物，写了30多部悲喜剧。奥里弗·哥尔斯密（1728—1774）的欢乐喜剧《委曲求全》，是英国戏剧史中最完美的喜剧之一。谢里丹（1751—1816）的喜剧《造谣学校》（1777）被推为18世纪三大喜剧之首。法国的伏尔泰

（1694—1778）提倡自然神论，批判天主教会，主张言论自由，写了 50 多部悲剧和喜剧；博马舍（1732—1799）的喜剧《塞维勒的理发师》《费加罗的婚姻》宣扬人类平等的启蒙思想，有着强烈的民主倾向和批判精神，被欧洲谱写成歌剧。德国歌德（1749—1832）的诗剧《浮士德》以其巨大的历史文化内涵屹立在世界文学之林，总结和反思了从文艺复兴到启蒙运动 300 多年西方知识分子追求探索的精神历程。莱辛（1729—1781）的喜剧《明娜·封·巴恩黑姆》带着市民文学的特征推动启蒙运动的发展并走上高潮。丹麦的霍尔堡（1684—1754）创作了 33 部喜剧，被称作"丹麦的莫里哀"，其中表现资产者兴起、贵族衰落的《贫穷与傲慢》在情节设置上深受莫里哀《醉心贵族的小市民》的影响。

莫里哀纪念碑

莫里哀对后世的影响还超出了戏剧范畴，延伸到了整个文学领域。许多著名的文学家，诸如雨果、歌德、巴尔扎克、萧伯纳、果戈理、托尔斯泰等，都曾将莫里哀视为学习的榜样。19 世纪法国批判现实主义作家巴尔扎克（1799—1850）在《欧也妮·葛朗台》中塑造的葛朗台老头明显受到《悭吝人》中的阿巴贡的影响。德国伟大诗人歌德是莫里哀的热烈崇拜者之一，他曾不止一次地说，"莫里哀是很伟大的,我们每次重温他的作品,每次都重新感到惊讶。"[1]歌德在谈及自己的创作体会时曾说:"我自幼就熟悉莫里哀,热爱他,并且毕生都在向他学习。我从来不放松,每年必读几部他的剧本,以便经常和优秀作品打交道。"[2]

(3) 莫里哀喜剧在中国的传播与研究

①莫里哀的戏剧作品传入中国

早在20世纪初,莫里哀的戏剧作品便传入中国。1908年,李煜瀛(字石曾)翻译的由巴黎万国美术研究社出版的《鸣不平》(今译为《恨世者》)是莫里哀作品首次在中国面世。

20世纪20年代,莫里哀的三部剧作被译成中文出版,分别是:高真常翻译、上海商务印书馆于1923年2月出版的《悭吝人》;朱维基据英译本转译,六社于1924年出版的《伪君子》,焦菊隐翻译、世界出版社(世界书局)于1926年出版的《伪君子》;曾朴翻译、上海真善美书店于1927年9月出版的《夫人学堂》(今译为《太太学堂》)。20世纪20年代,正是中国社会新旧变迁之际,白话文运动兴起之时,莫里哀用来抨击法国社会贵族阶级的喜剧剧本《伪君子》成了中国新文化运动表现新思想、批判旧思想的文化武器。

20世纪30年代,更多莫里哀的剧作被译成中文出版,如唐鸣时翻译、上海商务印书馆于1930年出版的《史嘉本的诡计》,邓琳翻译、上海商务印书馆于1933年出版的《心病者》(后来也被译

---

[1] 爱克曼. 歌德谈话录[M]. 朱光潜,译. 南京:译林出版社,2021:93.
[2] 爱克曼. 歌德谈话录[M]. 朱光潜,译. 杭州:浙江教育出版社,2021:193.

为《没病找病》《无病呻吟》),赵少侯翻译、南京正中书局于1934年出版的《恨世者》,陈古夫翻译、商务印书馆于1936年出版的《伪君子》,王力(王了一)翻译、南京国立编译馆于1935年出版的《莫里哀全集》第一卷(内收孙樟改编的莫里哀早期创作的《糊涂的人》《情仇》《装腔作势的女才子》《事加拿尔》《嘉尔西爵士》《丈夫学校》6个喜剧剧本),上海中国图书杂志公司于1939年出版的《理想夫人》。此外《悭吝人》《史嘉本的诡计》《心病者》《伪君子》等都有再版或重译本。这些作品生动形象地为中国读者展现了17世纪法国的社会风俗面貌,对中国的文化、文学、戏剧产生了很大的影响。

20世纪30年代莫里哀作品的中译本

20世纪40年代,以焦菊隐、李健吾等为代表的中国译者大量翻译了莫里哀的戏剧作品,因其喜剧的形式以及语言的反语符合当时国人的心理,符合当时我国话剧启蒙时代主流意识形态的需要,这对当时改造中国的旧戏,探讨

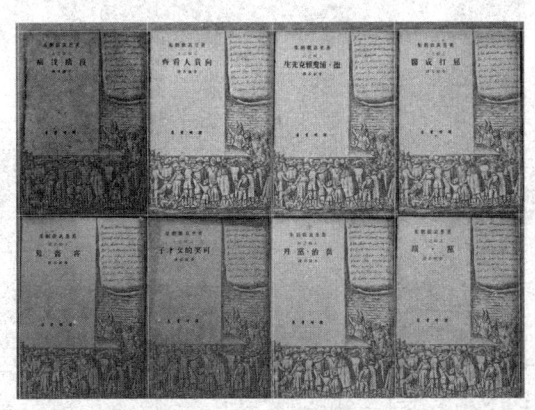

20世纪40年代莫里哀作品的中译本

新中国的新剧起到了参考范本的作用。上海开明书店于1949年6月出版了李健吾翻译的《莫里哀戏剧集》(上辑)共八本,分别是《可笑的女才子》《党·璜》《屈打成医》《乔治·党丹》《吝啬鬼》《德·浦叟雅克先生》《向贵人看齐》《没病找病》。李健吾将译作按诗语言和散文语言划分上下辑,散文语言的短剧《夫人学堂的批评》与《凡尔赛即兴》准备与七种诗剧收入中译本的"下辑",可惜这个计划未能实现。(因此开明书店版的《莫里哀戏剧集》只存"上辑",不见"下辑",是未竟版本。)李健吾在这8部中译本的"译文题记""序""跋"中,赞颂了莫里哀的大无畏战斗精神。

中华人民共和国成立后,莫里哀作品的翻译工作又掀起一个高

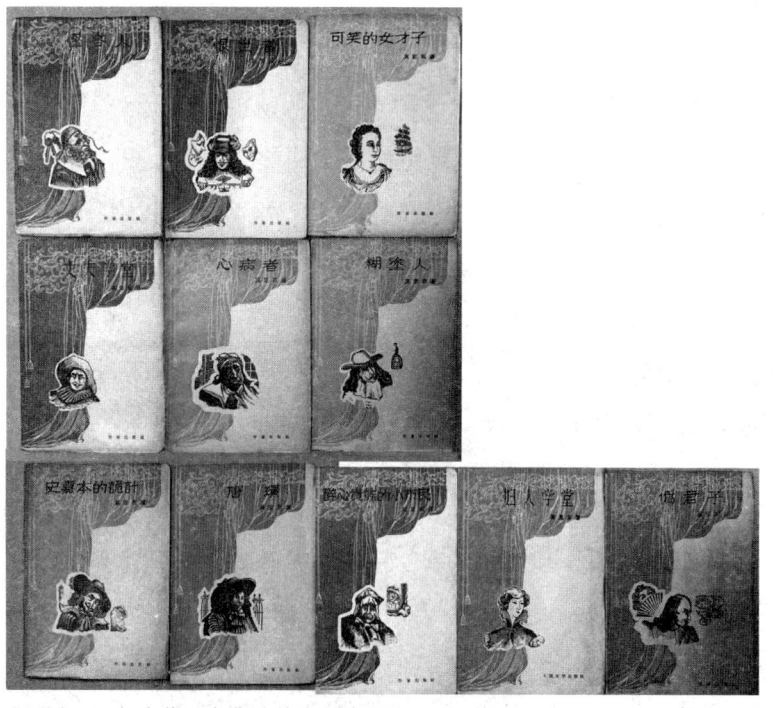

20世纪50年代莫里哀作品的中译本

潮，这是因为莫里哀作品中的现实主义斗争精神契合当时我国社会环境而被单品种多次重译或多品种翻译。20世纪50年代，作家出版社首先推出赵少侯译的《悭吝人》(1955)、《恨世者》(1955)、《伪君子》(1955)、《可笑的女才子》(1957)，邓琳译的《醉心贵族的小市民》(1956)、《心病者》(1955)，陈佶译的《唐璜》(1955)，王力（了一）译的《糊涂人》(1957)，万新译的《史嘉本的诡计》(1955)。人民文学出版社于1958年再次推出上述同名同译者的9个译本，增加了万新译的《妇人学堂》。1959年，人民文学出版社又推出赵少侯、王了一译的《莫里哀喜剧选》。

20世纪60年代初，上海文艺出版社出版了李健吾翻译的《莫里哀喜剧六种》(1963)，并于1978年再版印制发行。李健吾在他翻译的《莫里哀喜剧六种》译本序中，将莫里哀与莎士比亚和西班牙剧作家维加进行比较，认为莫里哀的战斗精神更高。20世纪80年代，湖南文艺出版社出版了李健吾翻译的《莫里哀喜剧》四卷本，该四卷本收录了27部作品，是目前国内最完整的译本。李健吾通过序、跋、题记和注释等方式介绍了剧作家所处时代的社会背景与文化氛围，便于读者接受和理解莫里哀的戏剧艺术。

②莫里哀喜剧在中国舞台上

莫里哀一生中创作的30多部喜剧作品，大多都被翻译成中文且在中国舞台上演出，其中《悭吝人》《伪君子》等剧目在中国长期上演。

《悭吝人》是在我国演出次数最多的剧目，"五四"时期就在北京、天津、上海的大中院校纷纷上演。该剧喜剧色彩浓郁，剧情简单，易于理解和诠释。1935年，曹禺将该剧改编成《财狂》《生财有道》《黄金迷》等,加深对资产阶级金钱至上本性的揭露和批判。因其剧情及舞台呈现了鲜明的本土特色,深受中国观众喜爱。

《伪君子》的演出情况也是如此。莫里哀的《伪君子》在20世纪二三十年代的中国先后出现了几个不同译本,分别是朱维基、焦菊隐、陈治策、陈古夫的译本。1930年,陈治策身兼编剧、导演和演员于一身,为国立北平大学艺术学院戏剧系第一届学生排演了毕业大戏《伪君子》,先后在北平小剧场与协和礼堂公演。这部具有时事讽刺意义的戏剧随着社会时局的变化,很快传播到陕西、山东、四川等地。《伪君子》在中国各地纷纷上演,特别是在抗战时期的1938年,在重庆、延安、桂林等地多次公演。《伪君子》堪称世界戏剧史上的经典之作,莫里哀以犀利的笔触揭开了蛊惑人心的伪君子和假圣人的画皮,暴露了其伪善、欺诈的真面目,这也体现了莫里哀强烈的战斗精神。

20世纪50年代,莫里哀的很多喜剧都被搬上了中国舞台,无论是学生业余剧团,还是专业戏剧院校,都将莫里哀喜剧视为重要的艺术实践项目。其中《悭吝人》《伪君子》已经成为艺术院校、专业院团的保留剧目。

1959年,中央戏剧学院表演系排演了《伪君子》,上海戏剧学院排演了《悭吝人》,北京人民艺术剧院排演了《悭吝人》,后该剧又多次作为教学实习剧目排演,随后被各地院团搬

1959年人民艺术剧院演出的《悭吝人》

上舞台。

20世纪80年代，莫里哀戏剧的演出剧目不断增多，除了《伪君子》《悭吝人》外，《醉心贵族的小市民》《史嘉本的诡计》《屈打成医》等多种戏剧剧目也被搬上中国舞台。

2014年，时值中法建交50周年，上海话剧艺术中心邀请法国导演文森特·考林来华执导莫里哀经典喜剧《太太学堂》；2015年乌镇戏剧节，意大利都灵国家剧院带来了《悭吝人》；2017年，由法国兰斯喜剧院排演的《悭吝人》在第十二届"中法文化之春"活动中亮相，为中国观众带来了对莫里哀喜剧的不同解读，为人们展开更为广阔的文化视野。

③莫里哀喜剧在中国的研究

中国对莫里哀的研究早在20世纪二三十年代就开始了。随着莫里哀作品在中国的传播，研究莫里哀喜剧的文章纷纷见诸报刊。1923年，张志超在《文哲学报》第三期发表了《法国大戏剧家毛里哀评传》(此处莫里哀的名字被译为"毛里哀")，介绍了莫里哀的生平和创作，对莫里哀的喜剧手法和戏剧的社会功能做出了评论。作者还将莫里哀与索福克勒斯、莎士比亚进行了比较，认为莫里哀的剧作更注重舞台效果，更具现代的性质。这是我国最早全面介绍莫里哀的文章。1926年11月22日，王瑞麟在《世界日报》上发表了评论文章《茉莉哀与悭吝人》(此处莫里哀的名字被译为"茉莉哀")；1927年6月20日，哲民在《世界日报》上发表了评论文章《莫里哀及其戏剧》；1928年4月16日，焦菊隐在《晨报副刊》上发表了《论莫里哀——〈伪君子〉序》(开始使用"莫里哀"的译法)，这是莫里哀研究中最有分量的研究性论文；1931年，商务印书馆出版杨润余撰写的《莫里哀》；1935年，王了一（王力）翻译了《莫里哀传》，文中谈到了莫里哀对欧洲戏剧发展的贡献。

　　莫里哀与我国明末清初著名戏剧家李渔、李玉处于同一时代，他们在喜剧观念及创作上有颇多相似之处，但也有很大差异。研究者们对莫里哀喜剧的研究，给中国戏剧的发展带来许多有益的启迪。

　　20世纪50年代，李健吾在《莫里哀的喜剧》（《文学研究集刊》第三期）中，指出莫里哀的喜剧向当时的人们提出了各种严肃的社会问题，他以滑稽的形式揭露宗教、封建与一切丑恶事物的反动面目，他的喜剧在逗笑中担负起了教育观众的任务。同时他也指出，莫里哀的喜剧向后人展现了当时的人情风俗，为后来者研究喜剧发展的社会性提供了切实的依据。

　　中国改革开放后，研究者们对莫里哀的研究范围则更深、更广，文章也层出不穷。因观点颇多，不再赘述，比如对莫里哀是古典主义作家还是现实主义作家的争论，等等。

二、艺术特色

1. 创作思想

（1）民族主义思想和民主主义精神

　　莫里哀一生写了30多部剧本，这些剧本大多取材于现实生活。小时候的莫里哀特别喜欢看那些在露天广场表演的俏皮辛辣的闹剧，不同于其他看客，他揣摩的是那些出自天然的表演技巧，体会的是讥讽带来的畅快通透、酣畅淋漓。他常常忘情于底层人们和表演者互动的艺术氛围中。年轻的莫里哀经历了初登舞台的失败，感受到了从事戏剧艺术的艰难和生存的艰辛。13年流浪演出的生涯，则让他深入地了解了民间生活和民间文学，汲取了民间艺术中的营养。面对源源不断的、生机勃勃的创作素材，他创作了大量贴近人们习焉不察的日常生活的喜剧。他已然站在了劳动人民的立场，他的作品体现出鲜明的现实性和浓郁的民族风格。

莫里哀是17世纪法国古典主义文学流派中具有较多民主思想的作家，他继承了文艺复兴时期人文主义反封建反教会的传统，站在民主立场上，把严肃的主题贯穿于滑稽可笑的故事情节中和人物动作上，以喜剧的精神戏弄贵族、僧侣、资产者阶层，扯下那些高高在上的贵族、僧侣、高利贷者的华美外衣。比如《伪君子》中的答尔丢夫被塑造成一个虚伪、狡猾和阴险的宗教骗子，他假装虔诚、苦修、慈善，俨然一个见色不淫、见财不昧的正人君子。当他骗得富商奥尔恭的信任，奥尔恭把女儿嫁给他，把财产继承权转给他，把政治秘密也托付给他后，他还贪恋奥尔恭的续弦埃米尔的美色。当他欺骗和掠夺的恶棍形象败露后，他撕下伪善的面具，诬陷迫害奥尔恭一家。《醉心贵族的小市民》中的资产者茹尔丹对贵族的高贵地位和爵衔着了迷，他身着贵族时装，模仿贵族礼仪，甚至盲目地相信自己成了"土耳其王子"的岳丈，并得了"码码慕齐"的爵位，出尽洋相。莫里哀将他们塑造成滑稽小丑，暴露出他们凶狠、伪善、愚昧、昏庸、可笑的本质，让广大观众在笑声中达到伸张正义，鞭挞丑恶的目的，进而得到智慧的启发和精神的释放。他赞扬那些被轻视的仆人、工匠和佃户的智慧和勇气，如《伪君子》中的桃丽娜大胆机智地揭露答尔丢夫伪善的真相。《悭吝人》中的拉弗赉史智取阿巴贡的钱箱，使阿巴贡的守财奴丑态暴露无遗。

莫里哀的作品揭示了封建社会贵族的腐朽和没落，揭露了宗教教会的伪善和欺诈，抨击了资产阶级的自卑和妥协，歌颂了劳动人民的勇敢和智慧，反映了底层人民生活的苦难与艰辛。莫里哀以其作品表现了更加深刻的现实社会人民的生存现状，体现了他鲜明的民主主义精神和战斗倾向，也表达了他的民族主义创作思想。

（2）戏剧的效用：嬉笑怒骂中的悲剧内涵

不同于布瓦洛"不能写悲剧性的痛苦"的喜剧，莫里哀的喜剧往往有着深刻的悲剧内涵。莫里哀善于通过人物的嬉笑怒骂传达出一种严肃的悲伤，尽管这些人物不是悲剧性人物，没有悲惨的命运，但就是在这样的嬉笑怒骂中，观众能够体味到一种对当下社会的、渗透到内心的悲凉。《伪君子》中的答尔丢夫身上的虚伪和残酷，集中体现了封建僧侣阶层人物的特点，映射出教会欺骗愚弄信众和屠戮信众信仰的反动性质。宗教本是带给人们光明和温暖的，是心灵的救赎，在这里却变成敛财的工具和欺骗的外衣，让人们的精神信仰跌进了困境，因而人们感到无所适从。《吝啬鬼》中的阿巴贡身上的贪婪与吝啬，代表了新生资产者的原始资本积累之恶，让亲情泯灭在金钱的泥沼中。家庭不再是温暖的港湾，而是心的荒野。剧本的内在充满了哀伤的元素，社会的风气、人性的真实、内心的苦楚被真切地描述，这是莫里哀喜剧的特点。焦菊隐的《论莫里哀》中说，"虽是件悲剧，在观众也会发笑的……笑完之后，还要使你往深处去推想……经过深想之后，会生出无限的悲哀，这是莫里哀戏剧真正的效用。"[1]

---

[1] 焦菊隐. 菊隐艺谭[M]. 天津：百花文艺出版社，2000：238.

莫里哀是当时法国社会的嘲弄者，是上流社会的挖苦者，还是一位对市民阶层劣根性的冷静观察者和批判者。《恨世者》（也译为《愤世嫉俗者》）中的阿尔赛斯特以极端理性的态度看待周围的世界，对身边人们的虚伪作风深恶痛绝，甚至厌恶整个人类，以致陷入孤独的窘境；疾恶如仇的他竟然深深地爱上了外表和蔼可亲，背

《恨世者》中的场景

地却说人坏话，有着虚荣、浮华恶习的寡妇色里曼娜，他将自己的行为解释为恋爱不需要理智，可当他的爱情幻想破灭后，他又陷入内心的困境。他的不合时宜，他的过于清醒，他的无力改变，被人嘲笑，饱受孤独。他要跳出这个罪恶的"渊薮"，在地球上找一个与世隔绝的地方做一个自由的"体面人"，最后成为名副其实的"恨世者"。作为一个喜剧人物，阿尔赛斯特过度遵行"理性"而导致其悲剧的性格格外突出。同时，剧中的亚勒细诺因为嫉妒色里曼娜身边总围绕着一些男人，把色里曼娜写给别人的情书交给阿尔赛斯特，也表现了一个得不到男人的爱的悲剧形象，可见悲情在剧中无所不在。歌德曾经评价过莫里哀："莫里哀是很伟大的，我们每次重温他的作品，每次都重新感到惊讶。他是个与众不同的人，他的喜剧作品跨到了悲剧界限边上，都写得很聪明，没有人有胆量去摹仿他。他的《悭吝人》使利欲消灭了父子间的恩爱，是特别伟大的，

带有高度悲剧性的。"[1]

莫里哀打破古典主义将喜剧和悲剧决然分开的框子，让喜剧因素与悲剧因素相互衬托，相得益彰，深化剧本的主题。他的喜剧首先要观众发笑，其次蕴含着一种严肃的悲伤感。这种悲伤感正是莫里哀想要传达的心声。《伪君子》中奥尔恭女儿的婚姻将遭破坏、奥尔恭将被拘押、家中的财产将被掠夺，家破人亡的悲情是对人们精神信仰切肤之痛的反思。2012年5月，法国导演雅克·拉萨勒曾经这样形容莫里哀的作品，他说，"看莫里哀的戏，我们笑是为了不让自己流泪。"可见，悲剧的意义和喜剧的格局在莫里哀的作品中得到和谐的统一。

（3）鲜明的阶级性与批判性

莫里哀的喜剧继承了古罗马喜剧中的现实主义精神。古罗马喜剧主要是以市民生活为题材的人情喜剧，代表人物是普劳图斯和泰伦提乌斯。他们的作品都具有改造现实的目的性，代表了希腊式喜剧发展的不同阶段，具有不同的思想倾向和艺术风格。普劳图斯的喜剧生动活泼，语言丰富多彩：有的很幽默诙谐，充满了滑稽的闹笑成分；有的很文雅庄严，反映了种种严肃的社会问题。普劳图斯以平民观点讽刺社会风习，特别对当时淫乱、贪婪、寄生等现象予以针砭，《一坛黄金》是其代表作。莫里哀根据《一坛黄金》创作了批判资产者贪婪和吝啬的《悭吝人》。泰伦提乌斯的喜剧具有固有的人物类型，如奔跑的奴隶、狡诈的妓女、贪嘴的食客、愚蠢的老人、怯懦的青年等，其结构严谨，剧情曲折紧凑，人物性格鲜明，

---

[1] 爱克曼. 歌德谈话录[M]. 朱光潜, 译. 南京：译林出版社, 2021：93.

有严肃文雅的风格,《福尔弥昂》《两兄弟》是其代表作。莫里哀仿照《福尔弥昂》创作了具有鲜明阶级性的《史嘉本的诡计》,用《两兄弟》的题材创作了批判贵族阶级腐朽和专制的《丈夫学堂》。

① 阶级性

莫里哀虽然出身商人家庭,但他并没有选择走经商之路,而是从事了演艺事业。他的经历是很艰辛的,他最初组建剧团在巴黎演出亏损严重,以致剧团无法生存,后来在外省流浪演戏,又饱受各地贵族势力和政府人员的刁难和排斥。他生活在法国最底层,体会过生存的艰辛和困苦,懂得底层人们的卑微心态。经历了13年的流浪生涯,莫里哀已经自觉地站在人民大众的一边,心中装满了底层人们的生活现状和生存智慧。在他的作品里,那些飞扬跋扈、外强中干的贵族人物总是被讽刺取笑的对象,热情正直、机智勇敢的仆人则是被歌颂的对象,这体现了他创作的鲜明阶级性。

把下层人物搬上舞台,展现他们的善良和聪慧,是莫里哀对古典主义文学创作的超越。他喜剧中的仆人、婢女,不仅聪明能干,而且说话做事正直公平,是那些贵族人物和新生资产者的对立面。比如《无病呻吟》中的婢女唐乃特就是一个聪明勇敢、机智过人的小人物,面对阿尔冈为方便自己看病定下女儿央若丽格与医生的儿子托玛贾法如的婚事,她假扮医生为阿尔冈治病,断定阿尔冈患了肺病,并批评主人这种牺牲女儿婚姻幸福来换取自身苟延残喘的不明智做法。她不仅谴责了自私自利的资产者,也揭露了不以治病为主,而以赚钱为目的的医生的本来面目。该剧批判了那个时代资产阶级的腐朽,展现了下层人物的勇敢与智慧。

再如《悭吝人》中的拉弗赉史为克雷央特偷主人阿巴贡的钱,

以便作为交换条件,不让阿巴贡娶他儿子克雷央特的情人。《唐璜》中的仆人斯卡纳赖尔对唐璜的批评直接,对他的评价恰当,表现了贵族唐璜的秉性及其臭名昭著的言行。《伪君子》中的女仆桃丽娜戳穿答尔丢夫伪善的真面目。《史嘉本的诡计》中的仆人史嘉本是剧中的主要人物,从而使下层人民在戏剧艺术中处于被歌颂和被赞扬的地位,这无疑将17世纪的欧洲戏剧向前推进了一大步。莫里哀的文坛好友、宫廷诗人布瓦洛曾在国王面前夸赞莫里哀,还在他的创作上给予大力支持。当他看到《史嘉本的诡计》中的下等人史嘉本把主人骗到一个口袋里用棍子痛打时,要求莫里哀"少和人民来往"。然而,莫里哀并未因他们的友谊而改变创作思想。在晚年作品中,其作品中的民主色彩愈加浓厚,以致布瓦洛极为不满。布瓦洛在文艺名著《诗的艺术》中公然斥责莫里哀对平民的偏爱:

> 可惜他太爱平民,常把精湛的画面
> 用来演出那些扭捏难堪的嘴脸,
> 可惜他专爱滑稽,丢开风雅与细致,
> 无聊地把塔巴兰硬结合上泰伦斯:
> 在那可笑的袋里史嘉本把他装下,
> 他哪还像一个写《恨世者》的作家![1]

②批判性

莫里哀生活在路易十四开始统治的年代。当时的上流社会,无

---

[1] 波瓦洛(即布瓦洛). 诗的艺术[M]. 任典,译. 北京:人民文学出版社,1959:56.

论是教会、贵族，还是资产者，都异常活跃，有的扩张权势，有的附庸风雅，有的寻求头衔。教会在寻求更大权势，没落贵族在投靠国王，企图把自己变成宫廷贵族，新生资产者希望成为贵族，一时间社会上恶习百出。

莫里哀看到有些人为了附庸风雅，大搞沙龙文学，使用所谓"典雅"的语言，来文饰他们腐朽的生活，创作了《可笑的女才子》，讽刺了资产阶级所谓的风流儒雅，抨击了贵族阶级腐朽糜烂的生活；莫里哀捕捉到封建教育对妇女的束缚和残害，创作了《太太学堂》，批评了资产者阿尔诺尔弗把养女阿涅丝禁锢在修道院十三年，学习《婚姻格言》必修课，企图把她培养成一个不谙世事的"体面太太"的做法，进而抨击了教会修道院的愚昧教育和腐朽的封建夫权思想；莫里哀看到封建王朝对能够麻醉人民思想的教会的依赖，看到教徒披着宗教的外衣在社会上坑蒙拐骗，创作了《伪君子》，揭露了教徒答尔丢夫伪善、欺骗和狠毒的面孔，进而对教会的虚伪予以批判；莫里哀看到法国资产阶级在资本原始积累时期爱财如命的丑恶嘴脸，创作了《悭吝人》，刻画了阿巴贡贪财吝啬的典型性格；莫里哀看到资产阶级通过金钱关系获得贵族头衔的风气，创作了《醉心贵族的小市民》，塑造了一个想钻营贵族的资产者茹尔丹的形象，嘲讽和调侃了醉心贵族的社会恶习。

莫里哀不仅对当时法国的宗教徒、贵族、资产者予以嘲笑、讽刺，甚至对国王的执法官吏和有关人员，也予以无情的控诉。莫里哀看到了当时法国一些无视现实的，动辄引经据典、搬弄教条、咬文嚼字的经院哲学的执法官吏，创作了《逼婚》这出独幕剧予以批评，对剧中的皮浪学派的博士马尔夫利屋斯保持心灵的恬静而"模棱两可"的不作为哲学进行了批判。

正是这种对社会丑恶现象的批判精神，反映了莫里哀反封建反教会的思想倾向。正如他自己所言："喜剧的责任即是在娱乐中改正人们的弊病，我认为执行这个任务最好莫过于通过令人发笑的描绘，抨击本世纪的恶习。"[1]

莫里哀喜剧能被当时的主流文化所接受，与专制君主的需要、支持和护佑有关，他的喜剧也不可避免地具有宫廷色彩。1669—1673年间，莫里哀为宫廷的喜庆活动创作了包括豪华芭蕾舞剧在内的一些戏剧，也写出了一些优秀的风俗喜剧。他在戏剧作品中，常常歌颂君主的英明，剧中君主往往是解决戏剧主要矛盾的关键人物，这是受古典主义理论的束缚和生活时代的历史局限所致，是古典主义作家的必然使命，也是莫里哀喜剧能够流传的必要条件。但莫里哀喜剧中所传达出来的对现实主义的批判性，并没有因此而减弱。他将法国民间闹剧改造成具有深刻社会内容的风俗喜剧和性格喜剧，对社会矛盾和人性弱点进行深入挖掘，将社会现象上升到哲理批判的高度，体现了文学创作的批判意义，很好地发挥了戏剧的效用。

（4）重视规则与勇于创新

①重视规则，在规则内的运筹帷幄

古典主义戏剧崇尚理性，蔑视情欲，强调规范化。其创作要遵守地点、时间和情节一致的"三一律"原则；创作体裁有高低尊卑之分，悲剧是"高雅的"，喜剧是"卑俗的"，在人物塑造上，高雅

---

[1] 莫里哀. 莫里哀喜剧全集（第二卷）[M]. 李健吾，译. 长沙：湖南文艺出版社，1996：261.

的人只能描写国王和贵族，卑俗的人只能描写市民和普通人；戏剧语言讲究准确、高雅、合乎逻辑，演员要按规定的程式来表现角色的情感；戏剧舞台场面追求对称、浮华和宁静；戏剧冲突主要是理智和情感的矛盾，并要以理性的胜利为结局，这里的理智多指对中央王权的拥护，对公民义务的履行，对个人情欲的克制。这是以笛卡尔为代表的唯理主义哲学在戏剧创作中的反映。

在诸多创作原则中，戏剧创作的"三一律"尤为重要。"三一律"是戏剧结构理论之一，是17世纪古典主义文学要求戏剧创作必须遵循的三个铁的律条，即一部戏剧只能有一条情节线索，故事只能发生在一个地点，时间不能超过一昼夜。"三一律"是专制王权在戏剧艺术上的反映，它束缚了作家的创作个性。

莫里哀是一位古典主义喜剧作家，要遵循古典主义至高无上的戏剧创作原则"三一律"和其他戏剧规则。在莫里哀的30余部剧作中，最杰出的讽刺喜剧《伪君子》就是遵循这些规则创作的。《伪君子》整个剧情的情节线索只有一条，符合"三一律"只能有一条情节线索的要求；故事发生在奥尔恭家中的一间内室，符合"三一律"剧情只能发生在一个地点的要求；这部剧的时间是从对答尔丢夫看法的纷争到答尔丢夫被绳之以法的一天之内，符合"三一律"剧情时间不能超过一昼夜的要求。该剧不仅结构严谨，层次分明，矛盾集中尖锐，而且人物语言个性鲜明。比如，仆人桃丽娜的语言明晰、朴素、生动，答尔丢夫的语言矫饰造作、词语堆砌等，这些都严格体现了莫里哀对古典主义戏剧原则的遵循和对"三一律"的恪守不渝。

可见这些"清规戒律"非但没有束缚莫里哀的手脚，反而成了他得心应手的艺术利器。莫里哀从性格喜剧的艺术构思出发，抓住富商奥尔恭一家与伪君子答尔丢夫的矛盾冲突，不断深化剧情，刻画人物性格。第一、二幕，莫里哀着重写了奥尔恭一家因答尔丢夫的行为所发生的激烈争论，从侧面交代了答尔丢夫的虚伪性。第三、四幕，莫里哀揭露了答尔丢夫的丑行，可谓淋漓尽致。第五幕则进一步揭露答尔丢夫的凶恶面目和危害性。这显示出莫里哀驾驭喜剧艺术的非凡才能，以及在古典主义戏剧创作规则下运筹帷幄的能力。

②勇于创新，强调喜剧的审美价值

莫里哀是一位古典主义喜剧作家，他的创作墨守着古典主义的创作戒律，但他并不完全是在古典主义所倡导的理性范围内创作。凡是阻碍其喜剧创作、影响其喜剧艺术表达时，他就敢于有所突破和创新。

"三一律"是古典主义戏剧一定要遵守的规则，即每出戏要求只有一个情节，剧情只能发生在同一地点，时间不得超过一昼夜。但在莫里哀的喜剧中，冲破了这些戒律的喜剧并不少，比如他用散文写成的《唐璜》，每幕的地点都做了改变，各等级的人物和生活场景相匹配，在真实的生活场景中还夹杂着超自然的景象，明显违背"三一律"中同一地点的要求；《屈打成医》也违背了同一地点的要求。

古典主义戏剧规定悲剧、喜剧成分不能混合在一起。但在莫里哀的喜剧中，喜剧因素与悲剧因素共存又相互衬托，相得益彰，悲喜结合加速了喜剧矛盾的发展。比如《唐璜》中的悲喜剧成分交替出现，让剧情的发展变化多样，产生了较好的艺术效果；即使是遵循"三一律"创作的《伪君子》，其中也有悲喜成分混合的场面，剧中奥尔恭的女儿婚事将遭破坏，奥尔恭将面临家破人亡，悲剧内涵显现，悲伤情绪飙升，最后在喜剧的氛围中引出沉重的社会问题。可见，莫里哀的创作打破了古典主义把喜剧和悲剧绝然分开的框子。

莫里哀的创新还体现在喜剧呈现形式上，他把喜剧、民间闹剧、宫廷芭蕾舞剧结合起来，综合展现喜剧的效果。他以舞蹈为手段刻画人物性格，将舞蹈与喜剧情节、音乐情感结合起来，力求喜剧中的歌、舞、剧相互渗透、交融，形成一个有机的整体。他也因此成为法国芭蕾舞喜剧的创始人。1661年，他成功地完成了喜剧、舞剧相结合的芭蕾舞喜剧《讨厌鬼》的创作和演出。此后，他写了歌、舞、剧结合的《逼婚》《爱情是医生》《西西里人》《德·浦尔叟雅克先生》《醉心贵族的小市民》《无病呻吟》等作品，为喜剧增添了生动活泼的色彩，为欧洲后来的歌舞剧提供了最早的范例。

《唐璜》中的场景

莫里哀的创作坚持以平民趣味为基础、宫廷趣味为样式，在风趣、粗犷之中表现出严肃的创作态度和独特的审美意识。在17世纪被赋予高雅体裁的悲剧和史诗剧的包围中，他以勇于创新的戏剧精神，创作了一系列与时俱进的喜剧剧本，跻身于戏剧的殿堂，为当时的上流社会所接受，扭转了古典主义文学的创作倾向，展现了喜剧的审美价值。

（5）强调喜剧的娱乐功能和教育功能

莫里哀所有的喜剧几乎都具有闹剧的娱乐因素，他考察了当时民间流行的意大利职业喜剧和法国民间闹剧的表现手法，吸收了前者的滑稽动作和后者的逗笑技巧，把喜剧和闹剧巧妙地结合在一起，开创了独树一帜的喜剧艺术形式，即集喜剧的娱乐和教育功能为一身。比如《太太学堂》中的阿尔诺尔弗追问自己的未婚妻阿涅丝，那个年轻人是不是从她那里拿走了什么？阿涅丝吞吞吐吐，欲言又止，一次次的延宕，让观众产生恶俗的联想，直到最后阿涅丝才说，他拿走了自己的丝带，这是闹剧的表现手法，塑造了阿尔诺尔弗有着严重封建夫权思想、担心戴绿帽子的人物形象。《史嘉本的诡计》中的史嘉本为了小主人的婚姻，用计骗取了老主人吉隆特的巨款，这场捉弄守财奴的剧情所产生的喜剧效果，是建立在反映正常的现实关系基础上的喜剧手法。后来，史嘉本骗吉隆特逃避"海盗"躲进口袋里而把他痛打一顿，以对守财奴进行"报复"，这场打闹嘲弄的表演又是闹剧手法。喜剧和闹剧手法结合的舞台效果，会令观者感到十分痛快。如《伪君子》中的奥尔恭爬到桌底下偷看答尔丢夫调戏自己的妻子埃米尔，似乎与他一家之长的身份不符，但却因此揭开了答尔丢夫的伪善面目。《悭吝人》中的阿巴贡因丢失钱箱要拷问家里所有的人，并抓住自己的胳膊当盗贼，也似乎不近人情，却反映了资产者的阶级本质和特征。《醉心贵族的小市民》中的茹尔丹有钱后的起居、饮食、待客等行为都模仿贵族，甚至以为受封爵位是真，他表现得越正经、越有尊严，观众看得就越可笑、越滑稽。笑声是对当时的"贵人迷"们最深刻的讽刺，反映了资产阶级极力想挤进贵族圈子的社会风尚和社会心理。这些都是把现实关系中的某一方面绝对化而产生的闹剧艺术效果,从而达到寓教于乐的目的。

可见,莫里哀的喜剧不仅强调了喜剧的娱乐性,而且还体现了喜剧的教育功能。

莫里哀的创作态度爱憎分明,他的喜剧一方面宣扬"下等人"的智慧,让被讽刺者在底层人民的智慧里展现出其本来的丑陋嘴脸;另一方面赞扬"下等人"的品德,肯定他们的行为对社会的教育作用。比如《伪君子》中的桃丽娜,举止大方,言谈泼辣,勇敢机智地揭露了答尔丢夫伪善的真相。《悭吝人》中的拉弗赛史,智取阿巴贡的钱箱,使守财奴的丑态暴露无遗。还有仆人史嘉本、唐乃特、妮果萝等,他们的行为被赋予了下层人民的性格特点和反抗精神。莫里哀肯定了这些没有社会地位的广大劳动人民的社会作用,他们是推动历史前进的主力军。

可见,莫里哀的喜剧把重大严肃的主题贯穿于滑稽可笑的情节和人物行为上,使人们在笑声中受到启发和教育,从而达到伸张正义、鞭挞丑恶的目的。

(6) 讽刺立场与思想内涵

莫里哀是一位讽刺艺术家,他在《可笑的女才子》《太太学堂》《伪君子》《悭吝人》《恨世者》《醉心贵族的小市民》等喜剧作品中,将虚荣的小市民、利欲熏心的吝啬鬼、宗教骗子和上流社会无聊的贵族们都列为讽刺对象,体现了他的写作立场。因为其作品的现实性和针对性,他的创作也就有了更大的社会意义。

莫里哀的讽刺立场是坚定的,讽刺态度是鲜明的。《可笑的女才子》中两个市民阶层的女子,对上流社会的生活方式充满向往,喜欢贵族式的谈吐,羡慕贵族沙龙艺术。结果,虚荣和无知的她们被冒充贵族的仆人戏弄。莫里哀借助作品中的父亲之口将社会上象征着文明和品位的沙龙艺术、调情艺术，以及服饰、化妆等时髦艺术视为"有害身心的无聊娱乐"，导致两位女子"发疯"。莫里哀对两位女子的行为只是挖苦，因为她们仅仅是无知而已。而《太太学堂》中的老男人阿尔诺尔弗把养女阿涅丝禁锢在修道院13年，要把她培养成一个不谙世事的"体面太太"，就是害怕自己被戴上绿帽子。他时刻担心自己的未婚妻被时尚腐蚀诱惑，对她严加看管，可最终年轻的阿涅丝还是和自己所恋的人跑掉了。莫里哀对阿尔诺尔弗的行为进行辛辣的讽刺，对他腐朽封建夫权思想予以重重的抨击。从上面两出戏中，可见莫里哀的讽刺立场。

《丈夫学堂》中阿尔诺尔弗在问话

为了达到讽刺的艺术效果，莫里哀从民间艺术中汲取艺术营养，学习希腊新喜剧的技巧和罗马民间喜剧的手法，着力打造喜剧讽刺的力度。罗马著名喜剧家普劳图斯的诸如计谋、换装、误会、相认等人们喜闻乐见的民间喜剧手法在莫里哀的喜剧中都得到了充分的体现，民间闹剧中的如打耳光、桌下藏人、逼婚、家庭吵架等情节和场面也经常出现在他的喜剧中。这些滑稽情境之下表现出的思想内涵却是值得人们深思的。如早期的喜剧《可笑的女才子》就是采用民间闹剧的手法写成的。之所以两个出身资产者家庭的乡下姑娘，却刻意追逐巴黎贵族社会的"风雅"时尚，寻找言谈举止符合"典雅"

沙龙的"情人",是因为社会上盛行的恶习已经影响到了偏远的乡村,该剧讽刺意味颇浓,剧情内涵深刻。如《伪君子》第三幕第二场中,答尔丢夫"耍手帕"这一滑稽可笑的动作,之所以引起了观众的极大兴趣,是因为它暴露了答尔丢夫心口不一的丑陋心态,伪君子形象突显,讽刺艺术效果强烈。

为了更有效地抨击社会的恶习,莫里哀创作的人物形象大多具象,讲述的大多是现实生活中身边发生的故事,而且剧中人物的台词和肢体动作都接近人们的日常生活,这让喜剧的讽刺更直接、更具针对性。比如《伪君子》中的奥尔恭一家争吵的情节,《悭吝人》中瓦莱尔和玛丽亚娜发生口角时拉拉扯扯的场面,都赋予喜剧更多的现实主义因素。正因如此,莫里哀的喜剧演出时,往往有些人通过戏剧舞台上的人物就能对号到身边那些活跃的人;有些人自己也能对号入座。有大闹剧场的,有笑看台上自己的,热闹极了。正如李健吾所说"他(指莫里哀)的揶揄是精致的,他取笑的方式十分微妙,尽管他在讽刺,对象不但不生气,反而自己也在笑那些根据他们构成的滑稽人。"[1]

莫里哀喜剧的讽刺不是对其表层上的揶揄,而是透过事物的内在矛盾和人物本身性格的外在举止探究其喜剧性,力求讽刺效果力透纸背。

莫里哀对贵族、教士及资产者的讽刺是极其到位的。由于他善于发现这些人植根于悖情逆理的恶习和畸形的人性缺陷,所以他的讽刺,无论是尖锐辛辣的嘲笑,还是温和含蓄的讥笑,或者轻松戏谑的逗笑,都可以让观众由开始嘲笑人物的外在行为,再一回味就

---

[1] 莫里哀. 莫里哀喜剧全集(第一卷)[M]. 李健吾, 译. 长沙: 湖南文艺出版社, 1982: 14.

上升到对人的精神世界以及社会秩序、制度的反思。比如《唐璜》中的唐璜是一位傲慢自大、风流成性、虚假伪善的贵族，但他又是具有一定思想道德行为的人。莫里哀通过这个特殊的双面人格的贵族，反映了当时社会统治阶层中一些人的阴暗和伪善，揭露了宗教的愚民本质，嘲讽了那个时代的法国贵族。《乔治·唐丹》中的主人公唐丹是一位资产者，他倾慕贵族的殊荣，不惜家财，娶了一位贵族小姐为妻，结果受尽被戴绿帽子的耻辱；《醉心贵族的小市民》中的巴黎富商茹尔丹如痴如醉地迷恋贵族生活方式，不惜重金雇佣乐队为自己营造贵族生活氛围，聘请舞蹈老师教自己跳舞，请哲学老师教自己各种知识。他学习上层社会的礼仪，在服饰穿戴、言谈举止诸方面竭力模仿贵族，结果出尽了洋相，落得人财两空。莫里哀以此辛辣地讽刺了资产者倾心仰慕、顶礼膜拜贵族之风的社会恶习。《悭吝人》中的阿巴贡由于节食饿得半夜爬到马厩偷吃喂马的饲料，迎亲设宴时吩咐仆人往酒里掺水、做难吃的饭菜，发现钱箱丢失时疯癫若狂抓住自己的胳膊当贼人。莫里哀在此讽刺了商人高利贷者阿巴贡言行举止的"怪诞"，揭露了资本主义原始积累时期资产者贪婪和吝啬的性格特征。

莫里哀的讽刺富有深刻思想内涵，不仅震撼了世人的内心，也从根本上扭转了喜剧庸俗、低俗的倾向。

2. 创作手法

（1）人物塑造

莫里哀喜剧中的人物形象塑造甚于情节，人物是核心，情节是为人物而设的。莫里哀塑造人物不是从外部去寻找人物的喜剧性，比如人物的生理缺陷，而是从人物本身的性格、思想、感情中去发现令人发噱的地方，比如某种怪僻、恶习。他塑造的迷恋典雅、醉心贵族、过分虔诚、伪善、疑心病、吝啬、愤世嫉俗等一系列人物形象，就是从生活本身发掘人物的性格特点，从根本上脱离了外在的、肤浅的插科打诨，脱离了为噱头而噱头的庸俗倾向，让喜剧产生深层次的喜剧艺术效果。

比如，《可笑的女才子》是莫里哀初到巴黎时的作品。当时法国新兴的资产阶级已经登上了历史舞台，但封建贵族的势力仍然强大，贵族上流社会迂腐庸俗、矫揉造作的习气根深蒂固，资产者崇拜贵族、追求虚荣、讲究浮华竟成为一种社会风尚。为此，莫里哀在《可笑的女才子》中塑造了资产者家庭出身的堂姐妹玛德隆和卡多丝的"女才子"形象。玛德隆和卡多丝向往和追求上流社会贵族般的生活，从外省来到她们崇尚的巴黎，以"女才子"自诩。她们整天梳妆打扮，从排场、穿着到语言、举止都模仿贵族的样子，一心想跟上流社会沙龙里出入的爵士攀亲，谈"典雅"的爱情。两位姑娘因向她们求婚的两位青年拉格朗士和杜克拉西不会使用高雅词语，认为他们没文化、没品位，而高傲地拒绝，却对乔装打扮成贵族的两个仆人若特莱、玛斯加理尔着了迷。在这里，莫里哀讽刺了这种所谓典雅的装腔作势的贵族习气；嘲笑了小市民一心想攀龙附凤、附庸风雅、崇拜贵族的浅薄庸俗；也挖苦了看似有着深奥莫测的派头、沙龙礼节、上流习俗实则并没有真正高深学问的贵族。《可笑的女才子》一剧开创了风俗喜剧的先河，剧中的人物形象立体，性格鲜明，上演后产生了强烈的喜剧艺术效果，甚至引起了一场激烈的斗争风波。

莫里哀在喜剧中塑造的人物形象，泾渭分明。他笔下的小人物大多是充满着机智与活力、闪耀着人性光辉的正直的人,是反封建反教会的斗士,是时代的代言人,是被肯定和赞赏的。如伶俐的桃丽娜、饶舌的雅克师傅、直言劝谏的斯卡纳赖尔、机灵的拉弗赉史等。他笔下的教徒、封建贵族、资产者大多是被讽刺和批判的人,是伪善虚伪、陈腐淫乱、荒唐无耻的代表人物。如伪善的答尔丢夫、吝啬的阿巴贡、没病找病的阿尔冈、荒淫的唐璜、爱慕虚荣的女才子、向往贵族的茹尔丹等。纵观莫里哀喜剧中的人物塑造,上述两组形象形成鲜明对比。

莫里哀在喜剧中不仅给小人物群体留有醒目的位置,而且通过这些人物揭露和嘲讽封建贵族的腐朽、宗教徒的反动和资产者的种种丑态,让喜剧效用更加鲜明。比如《伪君子》中的女仆桃丽娜对答尔丢夫既想得到主人的财产又垂涎于女主人的伪君子面目看得很清楚,她对婚事的理解也有真知灼见,认为爱情是不能由别人做主的。她义正词严地对主人奥尔恭说:"谁要把自己的女儿许配给一个她所厌恶的男子,那么她将来所犯的过失,在上帝面前是该由做父亲负责的。"表现了小人物勇于颠覆权威的精神,具有喜剧教育功能。

莫里哀还通过宗教徒、封建贵族、资产者这些被揭露者或被批判者的自我表现,突显其性格特征,使人物形象更加丰满。比如,在《伪君子》中,莫里哀是这样刻画答尔丢夫的"伪善"和奥尔恭的"愚蠢"的。答尔丢夫一看见桃丽娜,便炫耀自己"穿苦衣"和为囚犯"募钱"的事情,还拿出手绢让桃丽娜盖上胸脯后自己才能跟她讲话,妥妥一个心中满是贪婪却装出乐善好施的样子,满脑子的好色却将自己伪装成正人君子的形象。当他的伪君子面目被彻底揭穿时,他竟大言不惭地说:"这个家是我的家。"甚至还设计陷害缉拿奥尔恭。通过塑造答尔丢夫这个人物形象，莫里哀生动地概括了当时法国宗教骗子伪善、凶恶、残忍的反动本质。奥尔恭的愚蠢表现在把女儿嫁给伪君子答尔丢夫，剥夺儿子继承权转而给伪君子答尔丢夫，将产业赠给伪君子答尔丢夫，正是奥尔恭的"蠢"，让答尔丢夫的"伪善"暴露得更彻底、更全面。莫里哀在这出戏中对现实生活中的答尔丢夫的"伪善"、奥尔恭的"愚蠢"加以艺术夸张，使人物形象更鲜明生动，给人留下深刻印象，让喜剧的现实批判意义深入人心。

（2）戏剧样式、戏剧结构及戏剧冲突

莫里哀创作的喜剧样式是多样化的，有闹剧、散文体喜剧、诗体喜剧、歌舞喜剧、音乐喜剧、芭蕾舞喜剧。比如《可笑的女才子》《斯卡纳赖尔》，从主题、格调来看都是闹剧，前者是使用散文体创作的，后者则包括散文体与韵文。《乔治·唐丹》有些地方是真正的闹剧，该剧以牧人的合唱开始，莫里哀在节目单中称它为音乐喜剧。《史嘉本的诡计》是描述外省人的闹剧。上述喜剧都是莫里哀革新民间的闹剧，表现出风趣、粗犷但又严肃、深刻的喜剧形式。比如《可笑的女才子》中的两姐妹"典雅"的语言、《伪君子》中的奥尔恭爬到桌底下偷看答尔丢夫的场景、《悭吝人》中的阿巴贡抓住自己的胳膊当盗贼的行为，都是闹剧的成分和手法，却表达了深刻的社会内容，引发了人们大笑之后的深层思考。

从作品的容量上看，有符合当时"大型喜剧"规格的拉丁喜剧形式的五幕喜剧，有体现法国旧喜剧传统形式的三幕喜剧，也有创作灵活的独幕剧。莫里哀的风俗喜剧和性格喜剧大多是三幕剧和五幕剧，如《太太学堂》《伪君子》《唐璜》《恨世者》《悭吝人》《乔

治·唐丹》《史嘉本的诡计》《无病呻吟》等；独幕剧有《可笑的女才子》《斯卡纳赖尔》。

莫里哀还改革了宫廷的舞剧，巧妙地把大段的音乐、歌唱和芭蕾舞融合到他的喜剧故事情节中，比如《讨厌鬼》《逼婚》《醉心贵族的小市民》《无病呻吟》等，他把这种体裁叫作"新的混合品种"，也叫法国芭蕾舞喜剧。这不仅迎合了法国的宫廷传统趣味，也使得喜剧的荒诞性情节在芭蕾假面舞蹈中更生动有趣。宫廷的舞剧因之更具艺术性和思想性，喜剧性的芭蕾舞在法国呈广泛流传之势。

莫里哀喜剧的戏剧结构是单纯、完整、紧凑的。莫里哀是古典主义作家，必然受古典主义创作规则的束缚，他的喜剧一般采用单线发展的线性结构，在人物和场面铺排上呈现跳跃式进展的戏剧手法，但能顾及剧情发展的连贯性及紧凑性，能突出人物形象及人物性格特征，使观众的注意力集中，让一切冲突都围绕这个中心。这与他继承民间戏剧传统和长期的民间演出经验有关。比如《悭吝人》中阿巴贡对仆人抄身，挖空心思想捞回儿子请客时用的一点糖，这单纯的结构形式就已经体现出商人阿巴贡的本质特征。《伪君子》中答尔丢夫一出场就说自己穿苦衣、去布施，本想表现自己生性仁善，却欲盖弥彰，露出自己的真面目，对应上了之前奥尔恭一家人对他的评论，体现了结构的完整。《丈夫学堂》中主人公的命运变局是伊莎比萝和斯卡纳赖尔关系的发展，其情节和结构是完整的、紧凑的。莫里哀的戏剧内容和形式是统一的，每一个事件的发展都能够深深吸引观众并能让其对剧情发展保持兴趣。

莫里哀喜剧的戏剧冲突具有进程快速等特点。在法国古典主义"三一律"特别是时间不能超过一昼夜的情形下，完成戏剧冲突意味着从戏剧开端到顶点的过程要快，要采取步步激化的方法。独幕剧《可笑的女才子》《逼婚》都具有揭题快速的特点。多幕剧的矛盾冲突都是逐步激化、逐场推高的，比如风俗喜剧《丈夫学堂》和《太太学堂》中的戏剧冲突在于设计障碍和破除障碍，即让剧中青年男女的爱情充满阻碍，再冲破阻碍制胜对方。当突破最后一道障碍时，就是戏剧的顶点。《丈夫学堂》中的伊莎比萝受斯卡纳赖尔的封建干预，冲突的形式表现为伊莎比萝表面顺从斯卡纳赖尔，实则指使其为自己与情人传递消息。当斯卡纳赖尔要与伊莎比萝晚上成婚时，戏剧冲突达到高峰，一个金蝉脱壳让剧情大反转。《太太学堂》中的阿尔诺尔弗防范着阿涅丝与贺拉斯的爱情，而阿涅丝和贺拉斯却把自己的事情如实告诉了阿尔诺尔弗，阿尔诺尔弗对他们进行了严密防范，但被这对恋人突破了。如此往复几次，戏剧冲突就在这往复推移的过程中逐步激化，跌宕起伏的戏剧冲突在时间不能超过一昼夜的情形下很是精彩。《悭吝人》和《伪君子》的戏剧冲突高潮表现在矛盾最尖锐的当口，靠的是神来之笔的设计，快速扭转事态发展的趋势。《悭吝人》中的阿巴贡与自己的子女在婚事、金钱上展开的矛盾冲突，从第一幕到第四幕，父亲占有绝对的优势。当剧情发展到子女处在绝望的境地时，阿巴贡藏的钱被窃，这对吝啬鬼阿巴贡来说是致命的，这神奇的设计让整个局势立即改观。《伪君子》反映的是人道主义思想和封建、宗教思想的冲突，也就是宗教徒答尔丢夫与奥尔恭一家人矛盾的戏剧冲突。当答尔丢夫的阴谋在奥尔恭的盲目相信下即将得逞时，奥尔恭看到了答尔丢夫的真面目，但自己也面临着被官府缉拿、家破人亡的命运，戏剧冲突达到顶点，最后在国王的干预下矛盾才得到解决。

（3）丰富多彩的民间词汇与舞台语言表达形式

莫里哀善于选用丰富多彩的民间谚语、俗语、格言等，并将这些日常的生活用语提炼后搬上舞台，让不同身份和性格的剧中人物拥有相应的语言，这样的语言自然生动，人物的个性自然鲜明。比如《伪君子》中桃丽娜的语言犀利、朴素，处处显示出她爽朗的性格和民间的智慧；《可笑的女才子》中的女才子使用所谓的典雅语言登台亮相，呈现出其对贵族阶层的无限向往，女才子的语言滑稽可笑，取得了强烈的讽刺效果。

莫里哀的舞台语言表达方式多种多样，有对白、旁白、独白等，不同的语言表达方式呈现出不同的舞台艺术效果。

对白是指自己对他者说的话，有着极强的叙事作用。对白过长是戏剧所忌讳的，可莫里哀创作的长对白以及重复的对白，同时配有一些形体动作却很受观众欢迎。比如《伪君子》中的答尔丢夫矫揉造作地堆砌着辞藻，长篇大套地玩弄教义，为自己的卑劣行为进行诡辩，他的每一句话，都在刻意地装饰自己的假面具，掩藏自己虚伪欺骗的嘴脸，显示了人物的性格特征。

莫里哀的喜剧台词中经常出现重复，如《史嘉本的诡计》中的守财奴吉隆特听到儿子被"海盗"抓去、要钱赎领的传话时，开始喋喋不休地责怪儿子，"他干什么要跑到那只船上去呢？"这样重复五六遍之后，方肯解囊相救，吉隆特吝啬的性格因此由可笑变得可憎了。《伪君子》中的奥尔恭一出场时女仆桃丽娜向他汇报埃米尔太太的病情，他却像没听见似的只是接二连三地询问："答尔丢夫呢？"这种答非所问表明奥尔恭迷恋答尔丢夫已经到了思维混乱的状态。《太太学堂》中的阿涅丝向阿尔诺尔弗讲述与贺拉斯的交往情况时，故意卖关子，竟连用了十多次"他动了我的那个……"才说明原委，使急于知道他们情况的阿尔诺尔弗追问的窘态顿生谐趣。

旁白是说给自己听，更是让观众听的，它具有与观众互动的陈述作用。比如《悭吝人》第一幕第三场，当仆人被主人训斥"马上滚出去，不许你顶嘴，你这大骗子，该死的东西，我这儿再也容不得你了"时，仆人忍无可忍，愤怒地转向观众旁白："我从来没见过这么心狠的混账老头儿，说句不怕造孽的话，他大概是魔鬼附身了。"通过这段旁白，仆人表达了对主人的不满和愤怒。

独白是演员的自言自语，演员走到舞台中央，或走到某一个位置，向观众，或者上帝，或者幻想中的正义表露自己的心声。比如《悭吝人》第一幕第四场中守财奴阿巴贡的独白："的确，把一笔大款子放在家里，可不是一件省心的小事。谁要是能把全部钱财都妥妥帖帖地放出去，家里只留下日常开支必需的款项，那才真有福气呢。要想在一所房子里找一个保险可靠的藏钱地方，困难实在不小；因为钱柜这种东西我看是靠不住的，我也总不敢放心。我认为这恰恰是引贼上门的玩意儿，窃贼总是先从这儿下手。不过昨天人家归还我的一万埃居，我都把它埋在花园里了，也不知道这事办得对不对。一万个金埃居放在家里，这笔款是相当……（这时兄妹二人低声说着话走上来）哎哟，老天爷啊，我自己泄露了秘密啦，兴奋过头啦，一个人在这里想心事，却把心里的话都高声说了出来……"这段独白展示了阿巴贡内心的纠结，钱就是他的命根子，藏在何处都不放心，家中所有的人他都提防着，包括自己的儿子和女儿。这段独白将一个典型的惜钱如命的守财奴形象完好地树立起来，彰显了一个高利贷商人贪婪、吝啬的性格特征。

再如《乔治·唐丹》第一幕第一场中唐丹的独白："啊，娶一个贵族小姐为妻是件极其荒唐的事,我这门亲事对于所有那些像我做的一样,妄想通过与贵族家庭攀亲从而提高自己身份地位的所有农民来说,是个最有说服力的教训!我的婚姻是个沉痛的教训。贵族本身是好,贵族的确是种举足轻重的东西。但是,与贵族结亲会招来诸多的麻烦。最好不要去碰它。在这个问题上,我自己已经为此付出了昂贵的学费,学会了不少东西,认清了贵族的风格。当贵族把我们这些人领进他们的家庭时,他们与我们这些人结亲并不看我们的人品,他们嫁女儿也是冲着我们手中的财产。像我这样富有,我本该娶一位既善良又忠实的乡下姑娘为妻,而不应娶一个地位高于我的贵妇人,她自以为比我高出一等,对姓我的姓非常生气,并认为就是拿我的所有财产也不够买到做她丈夫的资格。唐丹啊,唐丹啊,你做了一件天大的蠢事,现在我的家简直就是恐怖的地方,我每次回到家都伤透了心。"这一段独白揭示了唐丹这个富商娶了一位乡下贵族的女儿为妻后的不幸遭遇,展示了朝夕梦想当贵族,结果令他懊悔不已、身心俱疲的心声。在当时的法国,随着经济贸易活动的增加,唐丹这样的一批资产者迅速崛起,而贵族或绅士阶层日趋没落。出身卑微的唐丹为了获取贵族称号情愿用巨资娶贵族小姐,贵族为了财富把自己的女儿嫁给唐丹,结果贵族的女儿因为冠以唐丹的姓而感到耻辱,甚至去偷情,使他受尽侮辱。莫里哀利用这段独白抨击了他那个时代的社会弊病,批判了法国社会资产阶级身上的虚伪性。

还有《悭吝人》中阿巴贡在第四幕第七场中的大段独白:

"捉贼!抓贼!抓凶手啊!抓杀人犯啊!法官啊,公正的老天爷!我完蛋了,我被人暗杀了,我让人抹脖子啦,我的钱叫人偷走啦!谁能干出这样的事啊?我的钱怎么样啦?它在哪儿啦?在哪儿躲着去啦？我得怎样办才能把它找回来呢？我往哪儿去追啊？我不往哪儿追才好啊？它没在那儿吗？它没在这儿吗？这是谁？快抓住他。还我的钱！混蛋……（一把抓住自己的胳膊）啊！原来是我自己：我神志不清了，我不知道我在哪儿、我是谁、我在干什么啦！哎哟！我可怜的钱，我可怜的钱，我亲爱的朋友！他们硬从我手里把你抢走了啦；你被人抢走，我就没有了依靠，没有了安慰、快乐，我完蛋了，我还活在世上干什么？没有你，我活不了啦。全完啦，我受不了啦；我要死，我死啦，我已经入土啦！难道没有一个人肯把我从死里救出来吗？只要把我亲爱的钱还了我，或者告诉我是谁偷去了，就算把我救活啦。喂！你说什么？原来并没有人。不管是谁下的手，他们是处心积虑地早把机会琢磨好了的；他们恰恰是拣我跟我那个吃里爬外的儿子谈话的时候。咱们出去吧。我要到法庭去控告，我要请法官来审问全家的人：女仆、男仆、儿子、闺女，全得审，连我也得审。"这一段独白，让我们看到了阿巴贡因财产被盗而精神崩溃到撕心裂肺、歇斯底里的人物形象。莫里哀用这一段独白展现了资产者视财如命的本质和守财奴形象。

（4）巧合、对比与夸张

莫里哀的喜剧常常有巧合的情节，比如《伪君子》中的伪君子答尔丢夫撕下伪善的面具，露出凶恶的本相，用奥尔恭的赠产契约招来执达吏，欲强迫奥尔恭一家迁出住宅，又向国王告发奥尔恭犯有窝藏秘密政治信件罪，并串通法院，亲自带人来逮捕奥尔恭。在这万分紧急的时刻，国王洞察一切，查清答尔丢夫是一个积案犯，并将他逮捕归案，而奥尔恭因过去勤王有功得到赦免，化悲为喜。如《悭吝人》中的阿巴贡不仅克扣子女的花费，吞并他们母亲的遗产，还为了不花钱，要把女儿嫁给一个不要陪嫁的老头，让儿子娶一个有钱的寡妇；而他自己却要娶一个美貌年轻的穷姑娘，结果他要娶的姑娘是儿子喜欢的姑娘；他放高利贷换取不义之财，没想到举债者是自己的儿子。这误会和巧合表现了阿巴贡吝啬和贪婪的阶级本性，其嗜钱如命、贪财好色的丑恶魔爪伸向有着血缘关系的子女，令人毛骨悚然。

莫里哀的喜剧创作擅于采用对比写作手法突出人物的本质。比如《德·浦尔叟雅克先生》中的小人物司卜里卡尼对贵族浦尔叟雅克先生的捉弄，使二人的性格形成鲜明的对比。司卜里卡尼先是取得浦尔叟雅克先生的信任，而后设计浦尔叟雅克犯重婚罪，导致浦尔叟雅克出逃，出尽洋相，极大地讽刺了贵族身份的浦尔叟雅克的又笨又蠢，表现了司卜里卡尼的机智。再比如《恨世者》中的阿尔赛斯特诚实、率真，憎恶伪善，他过分极端，不断地诅咒丑恶的社会现实和虚伪的伦理道德，甚至厌恶整个人类；他的朋友非兰德虽然也看到了社会的腐败和荒淫，可他认为既然生活在这样的社会中，就要尊重社会的习俗和礼仪，对人类的本性要多加宽恕。一个极度愤慨，一个十分平静，两者形成强烈对比。《伪君子》中的答尔丢夫表面上乐善好施，实则贪婪狠毒，其性格特征是伪善；奥尔恭盲目轻信宗教骗子，听不进家人的劝言，把女儿嫁给答尔丢夫，剥夺儿子继承权，将产业赠给答尔丢夫，其性格特征是愚蠢。两人的性格特征形成鲜明的对比，更好地表现出了法国封建家族宗教骗子凶恶、残忍的反动本质。莫里哀还善于利用人物自身进行对比，比如《伪君子》中的答尔丢夫出场的第一个动作，就是掏出手帕让女仆桃丽娜将胸脯盖上，表现出自己"道德君子"的嘴脸；当他见到漂亮的奥尔恭的妻子埃米尔时，极尽挑逗的语言和轻薄的行为，暴露了其厚颜无耻的贪色本性。答尔丢夫转眼之间的前后两副面孔形成鲜明的对比，暴露了答尔丢夫假虔诚、假仁德的卑劣行径。

  莫里哀作品的喜剧效果常常通过夸张的表现手法来体现。莫里哀善于运用各种喜剧的语言和奇特的形体动作突出人物的某种怪癖，给人留下极为深刻的印象。正是这种荒谬、非理性的夸张，产生一种强烈的艺术力量，引发观众欢愉后的思考。比如《悭吝人》中阿巴贡得知埋在自家花园里的钱丢失时，竟抓住自己的胳膊当小偷；阿巴贡在家里准备酒宴招待客人，吩咐仆人在酒里多多地掺水，拿八个人的饭菜给十个人吃；他还亲自教裤子破了的仆人见客人时怎样用屁股对着墙，教穿有油渍衣服的仆人怎样拿着帽子做行礼的姿势以遮挡客人看向油渍处的目光。这夸张手法，既有讽刺喜剧因素，又有风俗喜剧因素，符合阿巴贡这个悭吝人的性格特征，达到了很好的喜剧效果。《伪君子》中的奥尔恭对答尔丢夫捏死一只虱子后的反复忏悔崇拜得五体投地，不惜与家人决裂。当他钻到桌子底下看见自己不敢相信的一切时，才发现答尔丢夫的表里不一、口是心非。莫里哀将一个封建大家长置于桌下偷看自己的妻子被他的"偶像"所调戏的夸张表现手法，引发剧情的反转，强化了喜剧情节关键点，产生了强烈的喜剧艺术效果。

第三部分 | 主要作品介绍

伪善已是一种时髦的恶习，
所有时髦的恶习都被认为是美德。

《伪君子》

莫里哀的《伪君子》(1664—1669)是一部五幕诗体讽刺喜剧,是一部具有鲜明的时代特征和战斗精神的作品。它被誉为17世纪法国古典喜剧的经典之作,代表着欧洲古典主义喜剧的最高成就,也是世界喜剧创作的标杆。

该剧主要描写了假虔诚的宗教骗子答尔丢夫骗取巴黎富商奥尔恭的信任,被请进奥尔恭家中,施展种种阴险狡诈的欺骗手段,侵占奥尔恭财产的故事。全剧总共31场,1962行诗。

《伪君子》最初上演时遭到教会、贵族势力的反对,被禁演长达5年之久,经过莫里哀的不断抗争才得以公演。该剧是莫里哀创作后期中最重要的一部作品,在他的全部作品中占据着特殊的地位。这部作品不同于前期作品的幽默和诙谐,而是充满着严肃悲壮、情调感伤的气氛,体现了莫里哀创作思想的深度和艺术手法的高超。

1. 创作演出的时代背景

17世纪初的欧洲,封建贵族正在没落,资产阶级实力正在增长,封建农奴制度正在瓦解,而天主教作为中世纪以来欧洲封建制度的精神支柱,仍奴役着人们的精神世界,在思想意识形态领域占有绝对的地位,是法国社会一股强大的宗教势力,是17世纪法国的国教。当时的教会有一套完整的组织机构,僧侣阶层成为社会的"第一等级",当时的红衣主教黎塞留和马扎然分别是路易十三和路易十四的首相。法国国王在强化王权的过程中,教会和高级僧侣起着重要的推动作用，但同时，他们也对王权实施精神上和组织上的控制。路易十四对教会独立于王权之外的地位和控制国家政权的欲望十分不满，特别是对"圣体会"之类的组织非常憎恶。这个组织迫害进步人士，削弱王室的绝对权威，甚至发展了一些王室成员。他们伪装成虔诚的信士，以宗教慈善事业为名，充当所谓良心导师，潜入教徒家里收罗人们的言行予以迫害。

这时的莫里哀，回到巴黎已经5年多，对法国社会的各阶层有了一定的认识，特别是他经常出入宫廷和贵族庭院为王室和贵族演出戏剧，他看到了上流社会豪华外表下腐败的本质，看到了普遍流行的伪善风气。经历了13年流浪演艺生涯的莫里哀，始终不曾改变其民主主义的创作立场，始终坚持反封建反教会的人文主义创作思想，所以当他看到法国教会打着上帝的旗号进行思想统治，僧侣或教士在伪善的宗教外衣下进行欺诈、敛财的行为时，当他看到伪善、虚伪这种恶习在冒充道德，贻害和屠戮人们的心灵且逃脱在口诛笔伐之外时，他愤然提笔创作了三幕诗体讽刺喜剧《伪君子》，揭露了以答尔丢夫为代表的破落贵族的穷途末路和丑恶本质，揭示了以答尔丢夫为代表的宗教骗子的虚伪性和危害性，反映了法国宗教黑暗势力猖獗时期，反动的圣体会披着宗教慈善事业的外衣，干秘密警察的卑鄙勾当。莫里哀塑造的答尔丢夫是一个具有高度概括性和现实针对性的艺术形象。

在法国君主专制的极盛时期，莫里哀的这种创作倾向符合国王路易十四压制贵族和教会势力的政治需要，特别是莫里哀揭发宗教的伪善，针砭了"圣体会"之类的秘密组织的阴险嘴脸，国王原本是给予支持的。由于该剧触到了教会势力的痛处，教会以自己拥有的强大势力，极力反扑，要求国王禁演此剧，贵族们也纷纷附和教会的说辞。国王因形势所迫，不能不有所顾忌，这部喜剧就有了公演的一波三折，被禁演长达5年的曲折命运。5年来，莫里哀三上陈情表不断抗争，最终赢得了公演的机会。

《伪君子》演出和再创作过程如下：

1664年5月，路易十四在凡尔赛宫举行了"仙岛狂欢"盛大游园会。莫里哀奉命准备排演4部喜剧，其中就有三幕的喜剧新作《伪君子》。剧中的伪君子本是一个破落贵族，目睹宗教势力在社会上得势，他就把自己打扮成一个虔诚的教徒和苦行主义者，混进良心导师的队伍，以谋取私利，莫里哀塑造的这个伪君子是一个彻头彻尾的骗子、色鬼、告密者。国王阅读了这个剧本，感觉很有意思。狂欢节结束的前一天，即5月12日，莫里哀在凡尔赛宫为国王、王后和宫廷大臣们演出了这场喜剧，许多高级宗教人士和僧侣也跟着一起观看。由于王太后来自天主教势力很强的西班牙，她笃信宗教，宫廷大臣们中也有些人是宗教团体"圣体会"的成员，所以，随着该剧剧情的发展，现场的气氛尴尬起来。

演出结束，王太后离开了凡尔赛宫表示抗议，《伪君子》演出一事开始出现了各种声音。接着，巴黎大主教佩列菲克斯向国王控告此剧"否定宗教"，请求国王立即禁演《伪君子》；"圣体会"里的人说莫里哀扰乱了社会的和谐；贵族们说莫里哀侮辱了本阶层的智商。国王只好指示莫里哀，禁演《伪君子》。

《伪君子》禁演事件日益发酵。8月15日，圣·瓦尔福洛梅教堂的教士皮耶尔·鲁列向国王呈文控告莫里哀，甚至要求判处作者火刑。8月31日，莫里哀给国王写了第一份陈情表，陈述自己创作的动机，表明自己创作这部喜剧的目的，就是在娱乐中改正人们的弊病，因为伪善可能是最普遍、最滥行于世的恶行，恳请国王支持正义，恩准这部喜剧的公演。路易十四对于莫里哀的请求，不予正面答复，但他不阻止莫里哀在私人家里朗读或表演《伪君子》。

为取得上演权利，莫里哀对剧本进行了补写，新增了第四幕和第五幕，将剧本写成五幕诗体讽刺喜剧。他又对剧本进行了修改，把剧名改为《骗子》，将答尔丢夫改名为巴纽尔夫，还脱去巴纽尔夫僧侣的外衣，把他变成一个非宗教人士，甚至删去了许多引自圣经的语言，最后将戏的结尾由原来的答尔丢夫的阴谋得逞，改为巴纽尔夫的伪善面目被揭穿，并颂扬了路易十四的功德。

莫里哀改完剧本，就请求国王开禁。国王欣赏地看着莫里哀，说自己不反对这个剧本。

1667年8月5日，五幕喜剧《骗子》在帕莱·罗亚尔剧院首演。观众如潮水般涌进剧场，票房收入达1890利弗尔，演出空前成功。演出后的第二天，莫里哀接到巴黎议会首席议长基廖姆·德·拉穆安尼签署的官方命令：立刻停止演出《骗子》。

8月8日，莫里哀写就了第二份长长的陈情表，指出嘲讽伪善完全符合喜剧移风易俗的要求，而"答尔丢夫之流暗中施展伎俩"，若得逞，那自己就无需再写喜剧了，因为他们的横加指责没有道理。他要求路易十四主持正义，请求国王开禁《骗子》。他拜托朋友将信送到远在佛兰格尔处理战事的国王的大本营。

8月11日，巴黎大主教佩列菲克斯贴出了告示。大主教在告示中不但禁止《骗子》演出，而且禁止当众或在某些私人集会上公开朗读或者去听这个剧本的朗诵，有违反者一律开除教籍。

莫里哀病了，为了剧本能重新上演，他不惜改编剧名和剧情，不惜上下求人，不惜千里奔波呈递陈情表，但仍旧失败了。《骗子》这个剧的生命只有1667年8月5日的一个晚上。

1669年1月,路易十四和罗马教皇克雷曼九世决定缔结"教皇和平条约"。教皇颁发敕书,天主教内派系斗争和争执暂时平息下来,宗教迫害也有所收敛。巴黎大主教佩列菲克斯张贴的看《骗子》开除教籍的告示也悄悄撤下了。莫里哀向国王呈递了第三份陈情书,请求撤销禁演《伪君子》。国王接见了莫里哀并允许他公开演出《伪君子》一剧。

2月5日,《伪君子》在帕莱·罗亚尔剧院再次演出。这是经过第三次修改的《伪君子》,主人公的名字改回原来的答尔丢夫,剧名也重新修改为《伪君子》。该剧演出的消息轰动全城,当晚的演出票房收入达到了前所未有的惊人数字。

最终版的五幕诗体喜剧《伪君子》从此诞生了。这部三易其稿、三上陈情表、演出过程一波三折、禁演长达5年的喜剧是莫里哀喜剧中战斗性最强的,生命力也是最强的。1680年法兰西喜剧院成立,《伪君子》是该剧院上演场次最多的剧目。17世纪上演约200场,18世纪上演约900场,19世纪上演约1100至1200场,取得了世人瞩目的成绩。

《伪君子》距今已有350多年了,莫里哀通过《伪君子》所传达的戏剧人文精神,为后人所深深敬仰。

2. 剧本故事梗概

人物

佩内尔夫人——奥尔恭之母。

奥尔恭——埃米尔之夫。

埃米尔——奥尔恭之妻。

达米斯——奥尔恭之子。

玛丽亚娜——奥尔恭之女，瓦莱尔的恋人。

瓦莱尔——玛丽亚娜的恋人。

克莱昂特——奥尔恭之妻弟。

答尔丢夫——伪君子。

劳朗——答尔丢夫的仆人。

桃丽娜——玛丽亚娜的侍女。

郑直先生——法庭的携杖执达吏。

宫廷侍卫官一人。

弗里波特——佩内尔夫人的侍女。

地点

巴黎——奥尔恭家里。

第一幕

在巴黎奥尔恭的家里，奥尔恭的母亲佩内尔夫人与儿媳埃米尔、孙子达米斯、孙女玛丽亚娜讨论近来家中的一些事情，奥尔恭的妻弟克莱昂特、家中的女仆桃丽娜也在场。

由于言语间不愉快，佩内尔夫人叫她的女仆弗里波特跟她离开这里。埃米尔等人跟在后面走出家门。佩内尔夫人说看不惯这里的派头，说大家一点不想讨自己的喜欢，教训你们的话，也没人听，你们什么顾忌也没有，每个人都大声嚷嚷，简直是个叫花子窝。桃丽娜刚要张嘴说话，佩内尔夫人痛斥她，一个侍女，太爱说话，一点规矩也不懂，不管什么事都要插进去表达意见。达米斯刚要说话，佩内尔夫人说他是一个糊涂虫，完全是一副坏小子的模样，将来就等着受罪吧。玛丽亚娜慢吞吞想说点什么，也被佩内尔夫人一顿数落，你假装不爱多说话，好像多么温柔，多么老实，你背后做的那些事儿真叫我恨得牙根痒痒。

埃米尔看到孩子们受委屈，叫了声娘。佩内尔夫人不客气地说，我的少奶奶，你的一切行为也不见得高明。你本该在他们面前树一个好榜样，他们已故的母亲在这点上就比你强得多。你太好花钱，你的穿着打扮简直跟公主一样，为讨丈夫的喜欢，是用不着这样装饰打扮的。

博学的克莱昂特先生提醒老夫人，让她仔细地想想刚才在屋子里大家说的话。佩内尔夫人照旧不客气地说，好舅爷，我很看重您，您不停地宣讲一些关于生活的格言，但那些格言是正人君子根本不应该遵循的。

达米斯气愤地说，就您那位答尔丢夫先生高明。佩内尔夫人接话说，他才是位君子，大家都应该听他的话。听说你跟他捣乱，这是我不能容忍的。达米斯道，难道就让这个一味说短道长的教会假虔徒在我们这里作威作福，限制我们的行为吗？

桃丽娜接着说，倘使定要听他的话，信从他的格言，那么我们无论做什么事，都成了罪恶了。

佩内尔夫人说，凡是经他检查过的事都做得很好。他能引导你们走向天堂的大路。我儿子本该设法让你们喜爱他。

达米斯说，他的一举一动我看着都生气。桃丽娜说，一个素昧平生的人，一个穷光蛋，来的时候连双鞋子都没有，现在居然忘了本来面目，对什么事都要阻挠一下，以主人自居起来！您看他是一位圣徒，其实，他是假仁假义，他不许任何人和我们来往。

佩内尔夫人担保答尔丢夫是个道德君子，说他无非是把你们的真实情况都照直说了出来，他愤恨的是你们所造的罪孽。与你们来往的那些人实在吵得太凶，一辆辆的马车停在大门口，还有那么多的仆从乱糟糟地聚集在一起，吵得四邻不安。要是有人说了闲话，这可是要不得的。

克莱昂特说，我们只须过我们纯洁的生活，闲话让他们尽量去说好了。

桃丽娜说，自己的行为最惹人耻笑的人永远是头一个说别人坏话的人。别人的恋爱还不过刚刚露出一点苗头，他们立刻一把抓住再不放松，赶紧得意扬扬地把这新闻传布开去，还要按照他们的意思改头换面，硬叫人相信真是那么回事。他们把自己的颜色涂在别人的行为上，然后希望仗着这套把戏，使自己的行为在社会上不再遭到反对。

佩内尔夫人转向埃米尔说，这样的胡言乱语正合你的心意，是你领着头指使他们叽叽喳喳的吧。我的儿子把这位虔敬上帝的正人君子接到家里，真是办了一件最聪明不过的事。上帝把这个人派来是为纠正你们大家的不正思想，为了你们的永恒幸福，你们应该听他的话。凡是不应当斥责的事，他是绝不加以斥责的。这里的交际，这里的舞会，这里的谈话都是魔鬼发明出来的玩意儿。头脑最清楚的人遇到这种乌烟瘴气的聚会也会被弄得头昏脑涨，各式各样嚼舌根的坏话一霎时都说了个齐全。你要知道我的心对你们已经冷了一半，不知哪一天我才会再登这儿的大门。

满脸怒气的佩内尔夫人带着侍女弗里波特走了。

克莱昂特对桃丽娜说，佩内尔夫人把那位答尔丢夫捧头顶上了。桃丽娜说，这跟她儿子——我们老爷比起来，还真不算什么呢。我们国内的几次动乱把他锻炼得有才有识，给国王效力的时候，他确实表现得十分英勇。但是自从他迷上了答尔丢夫,他简直变成了一个傻子。他称答尔丢夫为兄弟,爱他比爱自己的母亲、儿子、女儿和妻子还多百倍。答尔丢夫成了他唯一可以推心置腹的人,是他一切行动的可靠导师。吃饭的时候,他要答尔丢夫坐在首位,自己在旁边快快活活地看着这个人吃下六个人吃的那么多的东西。无论什么菜,顶好的那一部分,他要大家留给这个人吃。总之,答尔丢夫是他的一切,是他所崇拜的英雄。答尔丢夫早摸准了老爷的脾气,一心想着利用他,于是施展了种种手段,迷得他头昏眼花。利用虚假的虔诚,时时刻刻可以从他手里骗到钱财。我们越老实,他越觉得有任意指责我们的权利。

埃米尔送老夫人回来,跟克莱昂特打个招呼,有些疲倦地回到了楼上!

克莱昂特要在这儿等着从乡下回来的奥尔恭。达米斯恳求舅舅克莱昂特跟父亲谈一谈妹妹玛丽亚娜与瓦莱尔的婚事,他疑心答尔丢夫对妹妹的婚事从中作梗。而自己也正与瓦莱尔的妹妹相爱。

正说着,奥尔恭进来了,他与克莱昂特打过招呼后,就问桃丽娜家里的事。

桃丽娜说,太太前天发烧,头痛。奥尔恭似乎没有听到,却问答尔丢夫怎样。桃丽娜回答说,答尔丢夫身体别提多好啦,又肥又胖,红光满面,嘴唇红

《伪君子》剧照

得都发紫啦。奥尔恭叹息道,可怜的人!桃丽娜又接着说太太发烧的事,前天晚上太太吃不下东西,头痛很厉害!奥尔恭又问答尔丢夫怎样。桃丽娜说,他坐在太太对面,吃了两只竹鸡,外带半只剁成肉泥的羊腿。奥尔恭又叹息道,可怜的人!桃丽娜还说太太发烧的事,太太整整一夜没睡。奥尔恭继续问答尔丢夫怎样。桃丽娜有些愤愤地说,他安安稳稳地一直睡到第二天早晨。奥尔恭还叹息道,可怜的人!桃丽娜说,太太放了些血,病情才缓解下来。奥尔恭继续问答尔丢夫怎样。桃丽娜讥笑地回答,他吃早饭的时候喝了四大口葡萄酒。奥尔恭继续叹息道,可怜的人!

桃丽娜说,他们两位身体都安好,我向太太报告您对她病的这份关心。

克莱昂特对奥尔恭说,姐夫,桃丽娜是在讥笑您,不过她讥笑得很对。答尔丢夫究竟有什么魔力,使您为了他把一切事情都丢开不管。

奥尔恭说答尔丢夫是一个严格遵守教义,崇尚精神享受,把全世界看成粪土的人。他教导我对任何东西不要爱恋,他使我的心灵从种种情爱里摆脱出来。每天他都到教堂,双膝着地跪在我前面,他向上天祷告时那种虔诚的样子引来教堂里所有人的目光。他一会儿长叹,一会儿闭目沉思,毕恭毕敬地用嘴吻着地。每当我走出教堂,他必抢着走在我的前面,为的是到门口把圣水递给我。我从他的仆人劳朗那里打听到了答尔丢夫的经济窘况和为人品德。有时我送点钱给他用,他每次都很客气地退还我一部分。有时我不肯收回,他便当着我的面把钱散布给穷人。后来,上天叫我把他接到我家里,从那时起,我们这里一切都显得兴旺起来。他对我家一切都要加以督责,为了维护我的名誉,就是对于我的太太,他也异常关心。告诉我太太身边发生的事情。他对上天太虔诚，一点点小事他都要自责。有一天他祷告的时候捉住了一个跳蚤，事后还一直埋怨自己不该生那么大的气把它捏死。

克莱昂特听着奥尔恭这些糊涂话，提醒他说，世上有的是假虔徒，您就不辨别一下什么叫作伪善，什么叫作虔诚吗？奥尔恭挖苦地说，您是人人尊敬的一位博学之士，跟您一比，人人都是糊涂虫。

克莱昂特说，我的全部学问就是知道怎样辨别真假。全心全意敬奉上帝的人值得钦佩，真正虔诚的圣德更高尚更完美，而有些虚有其表的江湖骗子式的虔徒利欲熏心，用骗人的神态、假扮的热忱去购买别人的信任，去购买爵位。这些人求富贵、热衷名利、恳求恩宠，在宫廷中大讲出世隐遁的道理。用他们的假虔诚来配合世俗的恶习，借上帝的名义来掩盖他们的凶狠和私怨。这种虚伪性格，我们看得太清楚了。您竭力赞扬他的热忱固然是出于至诚，但我以为您是被他那种虚伪的光彩迷住眼了。

奥尔恭不耐烦地听完克莱昂特的话，扭头就要离开。

克莱昂特想起了达米斯拜托的事，忙问，玛丽亚娜与瓦莱尔的婚期推迟是不是您心里又有了别的念头？奥尔恭支支吾吾地说，也许吧。克莱昂特又追问，这个婚约是你承诺的，你要反悔吗？奥尔恭甩出一句"上帝叫我怎样，我就怎样做"就走了。

第二幕

奥尔恭来找玛丽亚娜，先是表达自己对女儿的慈爱，接着说女儿应该一心一意设法随和他的心意，不要辜负了他的慈爱。玛丽亚娜不知父亲要说什么，只能说，这是无上光荣的事。

这时，桃丽娜慢慢走到奥尔恭身后，偷听他们的谈话。

奥尔恭说，我们的贵客答尔丢夫，全身上下都有一种高尚的才德。我选他做你的丈夫，你一定是乐于接受的。玛丽亚娜吃惊地后退，对父亲说，我起誓，这是绝对办不到的。奥尔恭说，我已经替你决定了，我指望靠这门亲事让答尔丢夫成为我们家的人。

桃丽娜赶紧走上前来对奥尔恭说道，关于这门亲事的新闻已有人对我讲过，我可根本没把它当回事。奥尔恭嫌桃丽娜管闲事。桃丽娜说，先生，那个假虔徒并没看中您的姑娘，他惦记的是别的事情。再说这门亲事对您又有什么好处？您这样的产业为什么选这么一个穷光蛋做女婿？

奥尔恭不让桃丽娜往下说，自顾自地夸起答尔丢夫来，说他的穷困毫无疑义是一种正直人的穷困，这是因为他不关心世俗的身外之物，整个精神都贯注在永恒不灭的事务上面，才让人把他的家财都侵吞了去，他以前是个贵族。还说自己对他的帮助可以让他摆脱经济上的困境，逐渐恢复他原有的家私。

桃丽娜说，一个真正有纯洁修养的圣徒，绝不会像他那样炫耀自己的家世和出身。把这么好的一个女儿，许给像他那样一个男人，您也不想想他们是不是般配，您也不预测一下这桩婚姻能有什么后果？谁要把自己的女儿许配给一个她所厌恶的男子，那么她将来所犯的过失，在上帝面前是该由做父亲负责的。

奥尔恭想，这简直是让我跟她学习做人的大道理呢！奥尔恭不理睬她，转头对玛丽亚娜说，不要听她这些胡说八道。虽然我曾经把你许配给瓦莱尔，可我听说他喜欢赌钱，我还疑心他多半是自由思想者。我从没看见他上过教堂……

桃丽娜插话，您要他跟那些专为让您看见才去的人一样，按着您去的钟点准时上教堂吗？

奥尔恭继续对玛丽亚娜说，答尔丢夫是世界上跟上帝最亲近的人，这就是他举世无双的财产。这桩婚姻一定可以满足你的种种希望，一定是无限温情与快乐的婚姻。你们永远不会有不幸的争吵，你叫他怎么样，他就会怎么样的。

桃丽娜插话，她只会叫他当王八，那是靠得住的。

奥尔恭回头怒斥桃丽娜，你不要再打断我的话头，与你无干的事情你少插嘴。

桃丽娜迎头回话，先生，我是为您好才说的。

接下来，只要奥尔恭转身对他女儿说话，桃丽娜必插嘴打断他的话。奥尔恭气得七窍生烟，扬手要打桃丽娜，但是没打着。气愤不已的他走到室外呼吸新鲜空气。

桃丽娜数落玛丽亚娜刚才的怯弱，她说，爱情这种事是不能由别人强行做主的，他看答尔丢夫可爱，他自己可以嫁给他，那是不会有任何阻碍的。又说，瓦莱尔已经向您求过爱了，那么您倒是爱他还是不爱他呢？

玛丽亚娜承认自己极其热烈地爱着他，自己和瓦莱尔都急着要结婚。

桃丽娜说，我们可以想个巧妙计策来阻止你父亲这个计划。

瓦莱尔听说玛丽亚娜要嫁给答尔丢夫的消息，急急地赶来。两人为此事心烦不已，又没有什么解决办法，相爱的两人叹息着，恼怒着。

桃丽娜说，咱们先得想办法对付眼前那个讨厌的婚事。

玛丽亚娜央求桃丽娜快说说，有什么办法。桃丽娜说，对您父亲那种古怪脾气，您最好假装百依百顺，到关键的时候，您可以假装突然生病，或者推说遇到了死人、打碎镜子或者梦见泥浆等等不祥之兆，这样婚期就得延缓，只要时间一长，什么事都好办。只要不从您口里露出一个肯字来，他们就没法儿让您嫁给那个人。

桃丽娜让瓦莱尔去求求朋友，联合达米斯、埃米尔夫人等人，共同把玛丽亚娜与瓦莱尔的亲事挽救回来。

第三幕

达米斯被祖母训斥之后，本就心中窝着一股火，答尔丢夫作梗妹妹的婚姻，想成为上门女婿，更让他气愤，他真想和答尔丢夫大干一场。桃丽娜来找他就商量这个事，想办法阻止老爷奥尔恭策划的答尔丢夫与玛丽亚娜的婚姻。

桃丽娜说，埃米尔夫人在答尔丢夫面前说什么他都喜欢听，可能答尔丢夫对她产生了爱情，看来还得让您的继母出面对付答尔丢夫。她对你们是十分关心的，她要把答尔丢夫叫来谈一谈，探一探他的口气，看他是什么意思。方才我见到答尔丢夫的仆人劳朗，他说答尔丢夫就要下来了。达米斯想在旁边听一听他们的谈话。桃丽娜说这事应是密谈，不能有外人的。达米斯说自己偷偷听，不发火就是了。桃丽娜让他藏在侧室。

答尔丢夫看见桃丽娜故意大声地对劳朗说，把我的鬃毛紧身跟鞭子（注：苦修的修士贴身穿着鬃毛紧身，经常拿鞭子抽打自己，表示苦修）都好好藏起来。倘使有人来找我，您就说我去给囚犯们分捐款去了。然后问桃丽娜有什么事。看着答尔丢夫伪装的嘴脸，桃丽娜无比厌恶，刚要回话，答尔丢夫从衣袋里掏出一块手帕，哎哟！天啊，我求求您，未说话之前先把这块手帕接过去。桃丽娜问干什么？答尔丢夫说，把您的胸脯遮起来，我不便看见。因为这种东西，看了灵魂就要受伤，会引起不洁的念头。桃丽娜回道，您就这么禁不住引诱？肉欲对您的五官还有这么大的影响？我当然不知道您心里存着什么念头，不过，我可不这么容易动心，您从头到脚一丝不挂，您那张皮也动不了我的心。

答尔丢夫说，您说话要客气点，否则我立刻躲开您。

桃丽娜说，还是我躲开您吧，太太这就下楼到这里来，请您允许她和您谈几句话。

可以，可以。答尔丢夫的语气一下子变得温柔起来。

埃米尔来了，桃丽娜走开了。

答尔丢夫一见埃米尔，就大献殷勤，说了一堆愿上帝大发慈悲保佑她的灵魂和身体健康之类的颂词。埃米尔感谢了他的祝颂，招呼他坐下来谈点事情。

答尔丢夫殷勤地问埃米尔病体怎样？埃米尔说已经好了。

答尔丢夫又开始夸夸其谈，说自己向上天所诵的一些真诚的祈祷，没有一次不是为祈求埃米尔早日恢复健康的。为使您的健康复原，我简直可以牺牲自己的健康。埃米尔说，这种美意我真不敢当，我打算和您私下谈一件事情，希望听到您丝毫没有隐藏的肺腑之言。

这时达米斯将门推开一点，偷听他们的谈话。

答尔丢夫说，这可是上天特殊的恩典，我只想把我整个心灵呈献在您眼前，我想对您发誓，让您知道我对那些倾慕您的美貌而到这里来的客人，虽然散布了种种谣言，我对您可并没有丝毫恶意，却多半是由于一种热忱的冲动，完全是一种……

埃米尔赶紧打断他说，相信您操这份心原是为我好。

答尔丢夫握住她的手指尖。埃米尔叫了一声，说您握得太紧了。

答尔丢夫说自己热烈得太过分了，又把手放在埃米尔膝上。埃米尔警觉地问，您这只手要干什么？答尔丢夫说，我摸摸您的衣服，这料子多么绵软！

埃米尔将自己的座椅退后。答尔丢夫又将椅子移近埃米尔，伸手去摸埃米尔的帽子，说从来没见过比这做得更好的花边帽子。

埃米尔说，有人说我的丈夫要悔婚，打算把他女儿许配给您。告诉我，这是不是真事？

答尔丢夫玩世不恭地说，您的丈夫倒是对我提过几句，不过，那不是我所追求的幸福，我所希望的幸福却在别处。

埃米尔说，您是一心一意想着天上的事情，在这人世间，没有任何东西是值得您留恋的。

答尔丢夫说，我们对永恒之美所产生的爱并没有窒息我们对世俗之美所产生的爱。上帝手创的完美作品，我们的官能是很容易被它迷惑住的。从上帝身上反映过来的美，本来就在你们女人身上发着异彩，可是上帝又把稀有的珍品都陈列在您一人身上：他把那迷人眼、动人心的美，都放在您的脸庞上面，所以我一看见您这绝色美人，就禁不住要赞美手创天地的万物之主，并且面对着一幅上帝拿自己做蓝本画出来的最美的像，我的心不觉就产生了一种炽烈的情爱。最初我很怕这种秘密的爱恋是魔鬼的一种巧计，我因此把您当作了我永生幸福的一种障碍，心里甚至还决意要躲避您美丽的眼睛。不过到后来，可爱的美人呀！我才明白这种爱情原可以不算作罪恶的，我很可以使它和圣洁配合在一起的，于是我就任凭我的心沉溺在爱河里了。我的希望、我的幸福、我的安慰全都寄托在您的身上，我能享福或是受罪，全都取决于您，只凭您一句话，您愿意我享福，我就能享福，您要我受罪，我就会受罪。

埃米尔赶紧转移他的话题，继续说玛丽亚娜的婚事，说这样一个计划您似乎还欠一点思索，您这样一个虔诚的教徒……

答尔丢夫还是向埃米尔调情。他说,"哎哟!尽管是虔徒,我总是个人呀,一看见您这样天仙似的美人,这颗心可就再也把持不住,什么理智也没有了。我知道由我口里说这样的话来,未免有点奇怪,然而,太太,我毕竟不是天神,倘若您认为我不应该对您表示爱情,那么您只有怪您自己那种撩人的丰姿。自从我看见您那光彩夺目、人间少有的美貌,您便成为我整个心灵的主宰;你那美丽眼光包含着的无法形容的温柔,击退了我内心顽强的抵抗;禁食、祷告、眼泪,任什么也抵挡不住这种温柔,我的全部心愿都转移在您的美貌多姿上面。我的眼色、我的叹息已经把这种情形向您暗示过一千次,现在为表示得更清楚一些,我再用嘴来对您明说,倘若您肯用一种稍微和善一点的心情来体贴体贴您这不肖奴才的忧伤烦恼,倘若您肯大发慈悲来安慰我一下,屈尊俯就到我这卑微低贱的人,那么,甜美的宝贝呀!我对您的虔诚一定是举世无匹的虔诚。再说跟我要好,您的名誉是不会有任何危险的,也不必怕我这方面会有什么忘恩负义的举动。那些妇人们所热恋的显贵群里的风流男子,他们的行动是浮躁的,言语是轻狂的,我们看见他们总是喋喋不休地在那里互相夸耀他们情场里的得意勾当,他们到手的便宜没有一桩不是他们自己宣扬出去的,你们相信他们,可是他们那张不守秘密的嘴必定使接受他们爱情的人名誉扫地。可是像我们这种人,内心燃烧着的爱情火焰是从不乱说的。和我们来往,秘

答尔丢夫向埃米尔调情

密靠得住永远不会泄露。我们必须顾全我们自己的名誉，所以被爱的那方面就可以完全高枕无忧。这样，接受了我们这颗心，就可以说是得到了不会惹出任何笑话的爱情与丝毫没有后患的快乐。"

埃米尔听着答尔丢夫这一顿表白，就用自己的丈夫奥尔恭来阻挡。她说，您就一点不怕我会把您这份热烈的情意告诉我丈夫吗？您不怕会损坏他对您的友谊吗？

答尔丢夫虚伪地说，我知道您是最仁慈不过的人，您一定会宽恕我这样的胆大妄为。我的爱情那种强烈的激动固然冒犯了您，但您会想到人是多么软弱而原谅我的，并且您只要自己看一看您的美貌，您就会想到谁也不是瞎子，一个人原是肉做的。

埃米尔本是一个不愿生事的规矩的有教养的女子，又想保全瓦莱尔和玛丽亚娜的婚事，就说，我愿意替您保守这个秘密，不把这件事说给我丈夫听，不过有一件事，您不许从中捣鬼瓦莱尔和玛丽亚娜的婚事，您不要利用这种不公正的权力，不再拿别人的幸福来满足您自己的心愿，并且……

达米斯从他藏身的侧屋走出，对埃米尔说，母亲，这个事非宣扬出去不可。我要让我父亲醒悟过来，让他看清楚同您谈情的这个恶棍究竟藏着什么坏心。达米斯确认这是揭穿答尔丢夫假仁假义面目的机会。

埃米尔阻止达米斯说，只要他以后老实一点儿，不辜负我今天对他的大恩就够了。我不愿声张，不能因为这个吵得丈夫耳根不得清静。

达米斯被答尔丢夫假虔诚的狂妄气焰压制得喘不过气来，这么凑巧的机会他怎可轻易放过。他说，我们家已被他搅得乱七八糟。这奸徒挟制我父亲，破坏我和瓦莱尔的亲事。我父亲这回该明白这个坏蛋的为人了。

奥尔恭走过来，达米斯对奥尔恭说，父亲，您好心请回的这位先生正在报答您，正在糟蹋您的名誉，正在这儿当面侮辱您的太太，向她表示那种罪恶滔天的爱情，被我当场捉住。她的脾气一向是温和的，又不愿声张，可是我不能纵容这样卑鄙无耻的行为。我要把这事隐瞒起来不告诉您，便是对您不够敬重。

埃米尔极力阻止达米斯，不让他继续说下去。

奥尔恭很是惊讶，他简直不敢相信儿子的话。

答尔丢夫故作镇静地狡辩，"上帝原要处罚我，所以借着这个机会来磨炼我，因此无论人们怎样责备我，说我犯了多大的罪恶，我决不敢自傲到替自己辩护。"他让奥尔恭尽管相信他们说的话，把他当作一名罪犯撵出大门。

奥尔恭转向他的儿子达米斯，斥责他捏造谣言来败坏答尔丢夫道德纯洁的名声。达米斯看到答尔丢夫假装温良否认这个事实，更是气愤。

答尔丢夫向奥尔恭开始了他虚假的表演，"您最好还是相信他所说的话吧。既然已有了这样的事实，您为什么还这样庇护我呢？您真是只根据我的表面，就以为我比任何人都好吗？不，不，您是让表象给蒙蔽了，我，我恰恰不是您所想象的那样一个人，大家都拿我当作一个好人，其实，我是个一文不值的人。"他向达米斯说，"我的好孩子，您尽管说吧！您尽管拿我当作阴险、无耻、灭绝理性的人，拿我当作强盗，当作杀人凶犯，再找出一些比这还丑恶的字眼来加在我身上吧！我决不反驳，这正是我理所应得的，我愿意跪在地下忍受这种耻辱，当作我这一生一世所犯罪恶应得的一场羞辱报应来领受。"

奥尔恭被答尔丢夫这番话迷惑了，激怒了，大骂达米斯是坏种，是恶棍。他让答尔丢夫不要见怪，还扶起答尔丢夫。达米斯气得说不出话，直嚷嚷。奥尔恭见状扬言要打断他的胳膊。答尔丢夫见缝插针及时补刀，跪在地下替达米斯求饶，"老兄，看在上帝面上，千万别动气。我宁愿忍受最残酷的刑罚，也不愿您的儿子因为我而受到一点点皮肤上的损伤。"这一番操作下来，奥尔恭失去了理智。

奥尔恭说今天才知道我的太太、孩子、仆人都想把这位伟大的虔徒从家里撵出去，你们越用尽心思撵他走，我就越要把他留住，我马上就把我的女儿嫁给他。达米斯说，你这是强迫我妹妹。奥尔恭说，是的，就在今天晚上，我要让你们知道我是一家之主，我的话你们必须服从。

奥尔恭让达米斯向答尔丢夫下跪求饶。达米斯断然拒绝，还骂答尔丢夫招摇撞骗。见儿子反抗自己的命令，奥尔恭手持一根棍子，将达米斯赶出家门，还剥夺了儿子的继承权。

答尔丢夫装模作样地祈祷上帝宽恕达米斯带给自己的痛苦。又对奥尔恭说自己心里很难过，自己名誉被糟蹋，会因此送掉性命的。大家都恨我，变着方法让您怀疑我对您的忠诚。我给您带来了麻烦，我觉得我真有离开此地的必要了。奥尔恭说自己并没有听信他们的话。答尔丢夫说，同样的话，今天说了，您不肯信，也许下一次您就会信以为真了。一个做妻子的是很容易趁机动摇丈夫的心意的。奥尔恭说您必须留在这儿，这与我生命攸关。答尔丢夫赶紧就势说，好吧，我就还留在这儿苦修下去吧，名誉是最娇嫩的一件东西，为了咱们的交情，我得尽量防止一切流言和可能惹人猜疑的事情，以后我躲着您的太太就是了。奥尔恭说，我要他们看见您时时刻刻和我太太在一起，我还要您做我的继承人，用正式手续把我的财产全部都赠送给您。在我看来您比儿子、妻子、父母都更亲近。答尔丢夫为了遮掩自己的阴谋，搬出了上帝，说这一切都是上帝的旨意，应该遵从。

第四幕

奥尔恭与儿子达米斯发生冲突的事引起了不小的轰动。达米斯的舅舅克莱昂特跟大家一样感到愤愤不平。他看到答尔丢夫便说，即使达米斯诬赖了您，但是一个天主教的信徒不是应该原谅别人的侮辱，打消报复的念头吗？您就忍心看着一个儿子被他父亲从家里撵出去吗？看在上帝的分上，息了您的怒，让他们父子二人言归于好吧！

答尔丢夫说，我是诚心诚意愿意这么办的，可是这件事关系到上帝的利益，上帝绝不会答应的。他如果再回到此地，那就该是我离开这儿了。我们两人若再和好，一定会引起旁人的议论，说我原是自己觉得有罪，故此对于诬赖我的人装出一种仁慈的热情。

克莱昂特说，上帝的利益何必要您来操心？您只须记着上帝命令我们应该饶恕一切侮辱的那句话就行了。您既是惟上帝之命是从，您就别再注意世人的批评了。

答尔丢夫说，我心里是饶恕他的，这就是遵照上帝的意旨办事了。

克莱昂特说，先生，他父亲一时兴起才把财产赠了您，您却接受下来，那也是上帝命令您的吗？

答尔丢夫诡辩说，世界上的一切金银财宝，我看了都无所谓，财宝是迷不住我的眼睛的。我之所以决定接受他父亲赠给我的这份产业，乃是恐怕这份产业落到坏人手中，怕的是有些人分得这笔钱财拿到社会上去为非作歹，而不能照我所计划的那样拿来替上帝增光，替别人造福。

克莱昂特说，先生，与其叫人骂您霸占别人产业，倒不如随他自己去胡花滥用了。我所佩服的是您居然能够恬不知耻地把这个提议接受下来，哪儿有这么一条教规叫一个真正的虔徒去剥夺合法继承人的权利？再说，与其伤天害理看着旁人为了您把儿子赶出家门，倒不如您自己做个知趣的人，老老实实地马上离开此地，那不更好吗？

答尔丢夫的狡辩被克莱昂特批驳得一败涂地，他借故三点半要到楼上去做教里的功课，溜走了。

克莱昂特很是气愤，这时桃丽娜和埃米尔、玛丽亚娜一起走过来，说，先生，快跟我们一起帮玛丽亚娜想办法，她父亲决定今晚签婚约。咱们联合起来，也别管是用武力还是使智谋，总得想法子推翻这个可恶的计划。

奥尔恭高兴地快步走来，手中拿着一份契约，看见玛丽亚娜跟大家在一起，就说，给你带来的这个东西足以叫你欢喜不尽。

玛丽亚娜扑通跪下，说，爸爸，看在知道我痛苦的上帝面上，看在一切能够感动您的事物面上，请您稍微放松一下父亲对儿女的权力！在这门亲事上，您别再硬逼着我服从了。我这条生命，既然您已经赐给了我，我的父亲呀，您就别把它弄成薄命了。如果您不顾我心里已经建立起来的甜美希望，硬要禁止我嫁给我爱恋的人，至少，请您发发慈悲，您别再强迫我嫁给我所憎恶的人去受那种折磨了。

奥尔恭瞬间觉得有点心软，又告诉自己心肠软是绝对要不得的，故没有松口。

玛丽亚娜说，您可以把您的财产送给他，如果还不够，还可以把我的那一份也加上，我放弃我的财产了，可是至少别弄到把我这个人也送给他。我请您允许我进一个修道院，在苦修生活中去消磨上帝已经替我计算好了的有数的凄凉日子。

奥尔恭说，你嫁了他才有意义。你可以利用这种婚姻来磨炼你的性情进行苦修。好，别再吵得我头痛了。

桃丽娜刚要说话，遭到奥尔恭的训斥，你给我闭上嘴，我绝不准你再多说一个字。

克莱昂特要奥尔恭听一听大家和自己的忠告。奥尔恭说，您的意见都是全世界最好不过的意见，而且很有道理，不过我绝不采纳。

埃米尔看着这一切，一时不知该说什么才好，丈夫的眼睛真是瞎了，明摆着的事，他竟不信大家的话，不禁感慨地说，你真是叫答尔丢夫给迷住了。

奥尔恭说，我知道你溺爱我那无赖儿子。你当时唯恐戳穿了他对那可怜人耍的手段，可是你当时的态度太安闲了，不能叫人相信。如果是真的话，你当然是另外一种激动的样子了。

埃米尔说，那个人也无非是口头上表示了他的爱情，莫非破口大骂才算应付得适当吗？我愿意用温和的态度叫人看出我们是规规矩矩的女人，我相信用冷淡态度更能够打退一个人的痴心妄想。

奥尔恭固执地说，我决不上你们的圈套。

埃米尔看到丈夫如此顽固，只好对他说，我有法子让你看个清清楚楚，让你亲眼看见我们对你所说的话确有其事。我们挑一个地方，让你在那儿清清楚楚地把一切全都看见，也都听见，看你还有什么话可说。

奥尔恭嘴里仍说这事不会有，但还是接受了埃米尔的要求。埃米尔让桃丽娜把答尔丢夫请来，又让克莱昂特和玛丽亚娜躲开。

埃米尔挪过来一张桌子，让奥尔恭钻到桌下藏好，然后说，不管我说什么，你都不许阻拦我。我要用柔情使这个伪善的人摘下他的假面具，装作迎合他的种种无耻的欲望，让你看清他那胆大妄为的行为。只要你认输，你就出来阻止他来顾全你的妻子。

这时答尔丢夫来了。

答尔丢夫对埃米尔说，有人告诉我您愿意在这儿跟我谈几句话。

埃米尔说，是的，有几句话要私下和您谈谈，不过在谈话之前您先关上这扇门。像刚才发生的那种事，可不能再重演了。从来没见过像这样被人当场捉住的，达米斯那样做真让我替您捏了一把汗，不过上天保佑，一切反倒更好了，更安全了。我丈夫对您不但没有起疑心，而且要咱们时时刻刻待在一起。也就是仗着这个，我可以对您敞开心扉，也许是接受您的热爱。

答尔丢夫说，夫人，您方才说话可不是这个语气啊。

埃米尔叹了口气说，如果刚才那样的拒绝竟会使您恼怒，那么您真是不懂得一个女人的心了！您没觉得当时抗拒您的时候是那样软弱无力吗？为了面子，我们的嘴违背我们的心说话，可是那样的拒绝早等于把一切都答应了。如果对您贡献给我的心，我没有一点意思，我又怎能那样去劝阻达米斯呢？并且逼您拒绝他们所提的那门亲事，您心里还不明白我那种要求究竟是什么意思吗？因为那门亲事如果成功，我原想得到的那颗心就得与别人分享了。

答尔丢夫说，夫人，我能够听见从我所爱的嘴里说出这番话来，当然是一桩极甜美的事。原是我一向寻求的幸福，蒙您这般垂爱，我的心实在满足万分了。不过这颗心，请您准许它胆敢对于这种幸福还有点怀疑，因为我很可以把这些话当作是一种手段，是要我打破正在进行中的那桩婚姻。跟您痛快说吧，如果不给我一点实惠、我一向所希望的实惠,来替这话作担保,我是绝不能听信这么甜美的话的。

埃米尔咳嗽一声,示意她的丈夫藏好。然后说,人家正在向您倾诉最甜蜜的情意,可是在您看来还觉得不够,竟要逼我把最后的甜头也给您。

答尔丢夫说,这样的好运真有点令人难以置信,所以我们必须在实际享受之后,才能深信不疑。我相信,我是不配得到您的慈悲的,因此很怀疑我的胆大妄为竟会真的达到幸福的目的。夫人,您若不拿出点真实的东西,我是什么也不能相信的。

埃米尔故意叫道,天呀!您的爱情真像个暴君,它多么狂暴地要求满足它的欲望!您这样要什么就得马上到手,一刻也不准迟缓。您知道人家爱上了您,您就利用这个弱点来逼迫人,您想想这样合适吗?

答尔丢夫说,如果您真是用慈悲的眼光来看待我对您这份爱慕的心意,那您为什么还不肯给我那种确实的保证呢?

埃米尔说,我答应了您所要求的那件事,可又得罪了您总不离口的上帝呢?

答尔丢夫说,那么索性拔去这样一个障碍吧,这在我是算不了一回事的。

埃米尔说,上帝的惩罚是可怕的。

答尔丢夫说,我可以替您除掉这些可笑的恐惧,我有消灭这些顾虑的巧妙方法。不错,对于某些欲望,上帝是禁止的,不过我们还可以和上帝商量出一些妥协的办法。有一种学问,它能按照各种不同的需要来减少良心的束缚,它可以用动机的纯洁来补救行为上的恶劣。这里面的诀窍,夫人,我可以慢慢教给您,只要您肯随着我的指示去做就成了。您尽管满足我的希望吧！您可以放心，这儿的事是绝对秘密的。一件坏事只是被人嚷嚷得满城风雨的时候才称其为坏事；如果一声不响地犯个把过失是不算数的。

埃米尔咳嗽几声，示意奥尔恭，我走到这一步实在是身不由己。既然不管我说什么，你也不肯信，非得要更确凿的证据不可，那么我只好下决心这样做了。

埃米尔说，看来我不答应是不行的了。您把门打开一点儿，请您看看我丈夫是不是在走廊里。

答尔丢夫说，他是个可以牵着鼻子拉来拉去的人，咱们这儿谈的这些话，他还认为是给他增光露脸呢，再说，我已经把他收拾得能够见什么都不信了。

埃米尔一再要求，答尔丢夫只好走出门外观看。

奥尔恭从桌下出来，连声说道，这真是一个万恶的坏蛋。我真没想到，这简直是要我的命。

埃尔米说，你赶快回到桌子底下去，索性把事情看个水落石出。

奥尔恭说，不用了，地狱里跑出来的魔鬼也没有他这么凶恶。

埃尔米把丈夫拉在身后，你把证据看清楚了，免得把事情看错。

答尔丢夫从门外回到屋里，说，夫人，我把这房子前后全看过了，一个人也没有，我真快活死了……说着，就要抱埃尔米。

奥尔恭从埃尔米身后闪出，拦住他，怒斥：你太放纵你的情欲了。哎哟！好一个善人，你想骗我！你打算娶我的女儿，又来勾引我的妻子，我一向不相信别人说的话是真的，总以为他们早晚会改变说法。可是现在不必再找什么证据了，这就够了，我用不着更多的证据了。马上给我滚蛋！

答尔丢夫转过神来，马上换了一副嘴脸，说，别看你像主人似的发号施令，可是应该离开这儿的却是你，因为这个家是我的家，我回头就叫你知道，叫你看看用这些无耻的诡计来跟我捣蛋，那叫白费心力。我有很多的办法来惩罚你们这些人，并且要替被侮辱的上帝复仇，叫那个要撵我出去的人后悔都来不及。

埃米尔听了这话，有些莫名其妙。奥尔恭听到答尔丢夫的话瞬间陷入了困境，他大叫，糟了，这可是要命的事。

奥尔恭赠送给答尔丢夫的产业是有字据的，肯定是无可挽回了，他还想到了一件更令他不放心的事，他急忙往楼上跑，去找一个小首饰箱，未果。

第五幕

克莱昂特招呼大家聚在一起，商量如何应对这件事。

原来这个小首饰箱是奥尔恭的朋友亚耳格寄存的东西。亚耳格参加了投石党的运动，事败逃走前偷偷地把它交给了他信赖的朋友奥尔恭。据说，里面是与他生命财产有关的一些字据。奥尔恭把这件事原原本本地告诉了答尔丢夫，意在寻求心理的解脱。答尔丢夫讲了一些规避风险的大道理，让奥尔恭把箱子托他保存。奥尔恭照办了。

克莱昂特认为产业赠予字据和这桩秘密握在答尔丢夫手里，对奥尔恭来说是很不利的。

奥尔恭懊悔地说，答尔丢夫表面上装得那样虔诚，内心里却藏着那样奸诈、那样狠毒的心肠！我收留他的时候，他正在讨饭，一文不名。算了，凡是善人我都不信了，以后我唯有痛恨他们，对待他们必须比对魔鬼还要凶狠三分。

克莱昂特说，您承认被一种假虔诚哄骗了，可您又钻到一个更大的错误里，您把一个阴险小人的心肠和所有善人的心肠一律看待。

达米斯闻讯匆忙跑来："爸爸，那个混账东西当真在恫吓您吗？他恩将仇报吗？"

奥尔恭说，是的，我的孩子，我现在感受的苦痛是找不出第二份的。

达米斯大叫着要去打死这个骗子。

克莱昂特赶紧拉住达米斯，让他先压压这股火气，并说这是一个有王法的时代，使用暴力，事情是办不好的。

佩内尔夫人听说了这个事，急忙赶来了。奥尔恭向母亲叙述了自己好心没得好报，热心肠收留了一个穷得要死的答尔丢夫，待他跟自己亲兄弟似的，把女儿许配他，把全部财产都赠送给他，可这个阴险小人却算计自己的妻子。现在居然恩将仇报，用我给他的恩惠来威胁我，想把我撵出门，不准我再享受我已转移给他的产业，我面临着倾家荡产的境地。

佩内尔夫人竟不相信答尔丢夫会做出这种昧良心的事来。奥尔恭说亲眼看见了答尔丢夫的丑行。佩内尔夫人认为答尔丢夫的心灵所怀抱的那种虔诚真是太纯洁了，决不相信他会做出你说的那些事。奥尔恭急得快疯了，更生气的是母亲竟然不信自己亲眼见到的事情。

桃丽娜对奥尔恭说，世上的事总是一报还一报的。您当初绝不肯听信别人的话，现在也有人不信您的话了。

克莱昂特、达米斯、埃米尔、桃丽娜等人焦急地想办法，一筹莫展。

这时，门外来了一个人，说是答尔丢夫先生打发来见奥尔恭的。

来人叫郑直，是法庭的携杖执达吏。他是来送达一张裁决书的副本的。他对奥尔恭说，这不过是一张小小的通知，命令您和您的家人离开这里,把您的家具用品全部搬出去,好给别人腾地方,马上照办,不得拖延。

奥尔恭说,叫我离开这儿?

郑直先生说,是的,先生,对不住。根据那张契约,这套房子现在已无可争辩地归那位大仁大义的答尔丢夫先生所有了。

达米斯等人情绪很激动,与郑直争吵起来。

郑直说,先生,我自告奋勇到这儿来传达公事,原是为了帮您的忙,讨您的喜欢,也是免得官方派别人来,他们对您就不会像我这样热情,也不会像我这样客客气气地执行命令了。

奥尔恭反问,强令离开自己的家,还能找出比这更可恶的事吗?

郑直说,我可以把强制执行延缓到明天。不过我要带十个我的手下到这儿来过夜。您把大门的钥匙在睡觉以前派人给我拿来。明天一清早,就得把一切东西都搬走。我手下的人都是些有力气的人,可以帮着你们把东西搬到门外。先生,也要厚道待我,丝毫不要妨碍我的公务。

奥尔恭气得恨不能在郑直的嘴上打上一拳。

对于郑直的阴阳怪气,达米斯也是恨不得出手揍他。

郑直交出公文,扬长而去。

佩内尔夫人看见了这个场面,整个人好像从云端里掉了下来。

埃米尔让奥尔恭把这个忘恩负义者的无耻行为到处宣扬一下,暴露他的邪恶的行径,期望以此来破坏契约的效能。

瓦莱尔的一个好朋友,探听到一桩有关国家大事的秘密消息,是关于奥尔恭的。因他知道瓦莱尔与奥尔恭一家的关系,就给瓦莱尔送来了一封信。瓦莱尔拿着信急忙赶来,对奥尔恭说,先生,我实在不愿意来给您添烦恼,不过眼看大祸临头,我不能不来。我朋友的信中说，那个蒙混了您许久的骗子，一个钟头之前在王爷面前把您告了。说了很多陷害您的话，还交给王爷一个属于国家要犯的箱子，说是您不顾子民的天职一直隐匿着，告发您犯了重罪，详细内容我不知道。不过逮捕您的命令已经下来了，答尔丢夫还自告奋勇陪着逮捕您的那个官差一同到这儿来。您只有马上逃走，别无办法。

克莱昂特说，答尔丢夫一向希图霸占您的产业，这一回是要真正占据了。

奥尔恭懊悔地说，现在我向您承认，他是一个万恶的畜类。

瓦莱尔说，我的马车在门口呢，我陪着您一块走吧，我还给您带来了一千个金币，我送您到一个安全地方去。

奥尔恭万分感激，希望自己将来可以报答瓦莱尔的大恩。

奥尔恭和瓦莱尔正要离开，答尔丢夫带着宫廷侍卫官气势汹汹地来了，他对奥尔恭说，先生，王爷派我来逮捕您。

奥尔恭骂道，奸贼！恶棍！你断送了我的性命，也完成了你那套阴谋诡计。

答尔丢夫说，无论您怎么骂我，我是一点也不会动气的，上帝教导我忍受一切。

达米斯说，你这个不要脸的东西竟这样大胆无耻地戏弄上帝。

答尔丢夫说，我只是一心一意地尽我的职责。

奥尔恭说，你这没良心的东西，你还记得我好心好意把你从穷苦的绝境里救出来吗？

答尔丢夫说，我知道我从您那里得过些什么帮助，不过现在王爷的利益是我的头等职责。对这神圣责任的忠诚压倒了我对您的感激心情，出于这种强有力的责任感，朋友、妻子、父母，甚至我自己，我都可以做出牺牲。

埃米尔说他是个大骗子。桃丽娜说凡是世人尊敬的东西,他都会拿来当作一件美丽的外衣,用欺骗手段包装自己。

克莱昂特对答尔丢夫说,如果您的忠诚,真像您所说的那样纯洁,为什么等奥尔恭当场捉住您调戏他妻子的时候,您才把这股忠诚表露出来,并且等他把您赶出去的时候,您才想到出面告密呢?当初您为什么接受他那些财产呢?

答尔丢夫自知理屈,向宫廷侍卫官说,别让他们再跟我瞎嚷嚷了。请您执行命令吧!

侍卫官说,是的,我这就执行命令。请您回头跟我到监狱里去,那儿便是您的家了。

答尔丢夫惊诧地问,谁去?我吗?

侍卫官说,是的,您。

答尔丢夫说,我为什么到监狱去?

侍卫官没有理睬答尔丢夫,转身面向奥尔恭说,先生,您受惊了,现在您放心吧!咱们是在一位痛恨奸诈的王爷的统治下,他老人家洞悉人心,不为任何阴谋诡计所蒙蔽。这个坏蛋是骗不了王爷的,我们曾看见过他老人家当面戳穿比这更狡猾的诡计。他老人家从一开始就看穿了答尔丢夫内心所包藏的祸心。他去控告您,结果却自取其祸。仰仗上天的公道,王爷看出他就是那个被举报过的、改名换姓的骗子。他的一大串狠毒行为书写不完。总而言之,王爷十分憎恶他对您的这种知恩不报、背信弃义的行为,决定对他数罪并罚。王爷派他把我领到这里来,无非是看看他到底狂妄无耻到何种地步,并且叫他当面向您赔罪。您给他立下的赠予全部财产的契约,王爷以他至高无上的权力把这种契约关系一笔勾销。至于因为一个朋友私逃把您牵连在内的那个罪名,王爷也宽恕您了,这是因为当年您维护王室利益，曾表现出的满腔忠诚。他老人家今天要酬赏那个功劳，同时也为让大家看到，一件好的行为尽管本人已不记得，他老人家心里可还想着，还要加以奖赏。

桃丽娜、佩内尔夫人、埃米尔、玛丽亚娜都惊呆了。桃丽娜双手合在胸前，长吁一声，谢天谢地！佩内尔夫人终于喘过来一口气。埃米尔直呼好圆满，奥尔恭悲喜交集一时语塞。

奥尔恭怒视答尔丢夫，大骂他是奸贼。克莱昂特提示姐夫奥尔恭，不要降低身份跟这种人一般见识，让坏蛋自己去面对他的恶报吧。您应当赶快去王爷面前，感谢他老人家的恩典。

奥尔恭说，我这就去跪在他老人家脚下，感谢他赐给我的恩典。我还要用一桩和美的婚姻来酬报那个诚实慷慨的少年瓦莱尔。

（根据赵少侯译本《伪君子》改写）

3. 赏析

《伪君子》是一部著名的五幕诗体讽刺喜剧，是莫里哀最重要的一部性格喜剧，是莫里哀喜剧中现实性最强的一部作品。它是17世纪法国最卓越的古典主义喜剧之一，是欧洲古典喜剧中享誉最高的作品之一。

这部作品有力地揭露了当时上流社会中普遍流行的伪善风气，其攻击的矛头直指天主教会。

这是一个宗教骗子骗财骗色的故事。答尔丢夫是一个出身于外省的没落贵族，是一个贪得无厌的酒色之徒，是一个积案累累的骗子。他看到了上流社会人们思想的保守和顽固，看到了愚蠢的善男信女们对宗教盲目虔诚，家道中落的他来到了巴黎，摇身变成了一个假虔诚的宗教教徒，以伪善欺骗的手段骗得富商奥尔恭的信任，混进奥尔恭家中，成为这家人的座上宾和精神导师。他一边享受着这里的荣华富贵，一边觊觎着这里的全部财产。从此，这个家被他搅得鸡犬不宁。在奥尔恭家里，他大谈苦修和素食主义，却放开肚子大吃大喝，特别喜欢吃羊腿和竹鸡；他还督查家中所有的事情，在遵照上帝旨意办事的幌子下实施卑劣的手段，想方设法霸占奥尔恭的财产。他灵魂肮脏、虚伪阴险、行为残忍，可奥尔恭却对他佩服得五体投地，不惜解除自己女儿的婚约，想将女儿许配给他，甚至还把一些关乎政治的秘密告诉他。奥尔恭的儿子看到答尔丢夫无耻地调戏奥尔恭的妻子的情景，向父亲揭发答尔丢夫的丑行，无奈奥尔恭执迷不悟，自己反而被逐出家门，还被剥夺了财产继承权。奥尔恭不顾全家人的反对，执意将全部财产赠予答尔丢夫。在这严重的局面下，奥尔恭的妻子埃米尔巧施计谋，让奥尔恭躲在桌子底下看答尔丢夫调戏自己的丑行。至此，奥尔恭才如梦初醒，要把答尔丢夫赶出家门。答尔丢夫见事情已经败露，就撕掉伪善的面具，露出凶恶的本相，利用对其有利的赠予契约招来法庭的携杖执达吏，迫使奥尔恭一家搬出住宅，进而霸占奥尔恭的全部财产。他还以怨报德，对奥尔恭进行政治陷害，向国王告发奥尔恭窝藏秘密政治信件，并亲自带法院的人来逮捕奥尔恭，欲置奥尔恭于死地。幸亏英明的国王洞察一切，追查到答尔丢夫是一个积案累累的骗子，逮捕了答尔丢夫，粉碎了答尔丢夫谋害奥尔恭一家的阴谋。而奥尔恭也因过去勤王有功得到赦免。戏剧的结局满足了人们的伦理情感，伸张了社会正义，恢复了人们的生活秩序。

莫里哀通过答尔丢夫这个集封建贵族和宗教僧侣于一身的恶势力代表形象，揭露了宗教骗子的虚伪性和欺骗性，扯下了宗教骗子伪善的面具，抨击了封建贵族、教会势力的反动本质。《伪君子》一剧体现着莫里哀惩恶扬善的英雄气概和从生活苦难中提炼出来的人文情怀。他塑造的这个具有深刻社会意义和象征意义的答尔丢夫形象，自17世纪以来在欧洲各国已成为"伪君子"的同义词。

该剧在人物塑造、戏剧结构、情节和冲突、喜剧艺术性等各个方面都是古典喜剧中的经典之作，有着独特的艺术风格及写作特色。

（1）古典主义法则的灵活运用

《伪君子》是按照古典主义的"三一律"，即时间、地点和故事情节一致的规则创作的，但其有所突破和创新，不失灵活性。所有的剧情都围绕在体现答尔丢夫的虚伪和欺骗上。

整个故事发生的地点是巴黎富商奥尔恭家中的一间内室。内室的环境不仅适合剧中人物形象的塑造，更适合剧中人物的肢体动作和戏剧冲突，比如，第三幕中奥尔恭的儿子达米斯躲在套间看到答尔丢夫调戏埃米尔的情景，第四幕中奥尔恭藏在桌子底下看到答尔丢夫求欢埃米尔的情景，这两处都构成了喜剧冲突的关键节点。答尔丢夫对埃米尔的勾引、调戏和求欢，在内室才显得合情合理，否则其动作就不具备私密性了。同时，将故事发生地点设在资产阶级的家庭内部，反映他们的日常生活，也是具有创新性的，戏剧舞台从此找到了新的表现对象和新的演出领域。

整个故事从发生到完结是在一天之内。在第一、二幕中，奥尔恭一家人对答尔丢夫的行为发生了争论，从侧面铺垫了答尔丢夫"宗教骗子"的特征；在第三、四幕中，答尔丢夫以自己的丑态进行了自我揭露，"宗教骗子"的特征逐渐明晰；在第四幕第五、六场时，答尔丢夫"宗教骗子"的丑恶面目彻底暴露，家庭与社会恶势力的矛盾上升到顶点。在第五幕中，答尔丢夫疯狂反扑，展现其凶狠、恶毒的嘴脸，最后在国王的明察下，剧情反转，答尔丢夫谋财害命的阴谋未能得逞。故事从争取奥尔恭认清答尔丢夫的真面目开始，在一天之内通过高度集中的戏剧冲突和反转，最后达到了目的。

整个故事的情节线是单一、完整、清晰的。除了玛丽亚娜与她的恋人发生龃龉这一场戏以外，单一的情节线延伸逐步展现了戏剧冲突的原因、事件的发展、矛盾的激化，所有的场次都是围绕着揭开答尔丢夫的真面目这一情节线展开的。但整个剧情并不单调呆板，由开始的奥尔恭家庭内部年老一代与年轻一代的矛盾转化为全家人与答尔丢夫的矛盾，矛盾的性质也由家庭内部矛盾激化为家庭与社会恶势力斗争的矛盾。情节线完整、明晰，剧情发展起伏跌宕，喜剧效果突显，引人入胜。

（2）结构严谨，层次分明

莫里哀从塑造人物性格的角度出发，从富商奥尔恭的家人和伪君子答尔丢夫的矛盾入手开始布局，并不断深化矛盾，刻画人物性格。第一、二幕，主要写答尔丢夫的伪善，但主人公答尔丢夫没有出场，这是剧情结构的初设，是莫里哀有意将答尔丢夫的伪善通过众人之口明示观众。从开场奥尔恭的母亲与全家人的争论开始，就展现了奥尔恭一家因为答尔丢夫形成的两派，提出了话题、点出了矛盾的焦点。接下来的场次，陆续对这个没有出场的人物答尔丢夫对奥尔恭的影响做了描述。这样设计的开场被歌德称赞为"现存的最伟大的开场"。

全剧结构集中紧凑，剧情层次分明。

第一幕写答尔丢夫的伪善和欺骗。答尔丢夫被富商奥尔恭接到自己的家中做精神导师；奥尔恭的母亲佩内尔夫人笃信答尔丢夫，抱怨奥尔恭的妻子埃米尔、奥尔恭的儿子达米斯、奥尔恭的女儿玛丽亚娜、奥尔恭的妻弟克莱昂特、侍女桃丽娜对答尔丢夫的异议。第二幕写答尔丢夫的险恶和图谋。奥尔恭解除女儿玛丽亚娜的婚约，欲将她嫁给答尔丢夫；桃丽娜帮助玛丽亚娜反抗这一强迫的婚姻。第三幕写答尔丢夫的贪婪和狡诈。达米斯发现答尔丢夫勾引和调戏埃米尔，将此事告诉奥尔恭；答尔丢夫的狡辩使得无辜的达米斯被赶出家门，答尔丢夫获得了奥尔恭的继承权。第四幕写答尔丢夫的无耻。奥尔恭藏在桌下发现了答尔丢夫向埃米尔求欢的丑恶面目；答尔丢夫厚颜无耻地称这个家是自己的。第五幕写答尔丢夫的狠毒。答尔丢夫利用手中的财产契约字据，勾结地方执行吏，驱逐奥尔恭一家离家，欲霸占奥尔恭的全部家产，还利用奥尔恭让他保存的秘密文件控告奥尔恭；国王发现答尔丢夫是积案累累的罪犯，逮捕了他，并赦免了奥尔恭，全剧迅速收尾。答尔丢夫的贪婪、狡诈、阴险、狠毒的真相被一层一层地揭开，答尔丢夫恶棍的性格由此塑造完成。其中第三幕一开始，剧情的节奏也由缓慢变为急速，显示"性格喜剧"结构上的典型特点。

（3）悲剧因素在喜剧中的穿插

莫里哀打破古典主义把喜剧和悲剧绝然分开的框子，在喜剧中掺杂了悲剧因素，以悲喜交织的戏剧模式和喜剧精神描写了人们的生活现状和精神世界。《伪君子》中的答尔丢夫以宗教的精神导师身份混进奥尔恭家中，打着遵照上帝意旨办事的幌子谋取奥尔恭的财产。在他的巧言谋划下，悲剧的因素——出现：玛丽亚娜与瓦莱尔的婚姻差一点被拆散，奥尔恭的儿子被赶出家门，奥尔恭的全部财产被他骗到手。他还垂涎奥尔恭妻子的美色，其丑行败露后，当无法用宗教的说辞来掩饰他的恶行时，他又搬弄王法，欲置奥尔恭于死地。奥尔恭一家濒临家破人亡的险境，剧情走到悲剧的边缘。

宗教本是带给人们光明和温暖的，是心灵的救赎。在这里却变成答尔丢夫敛财的工具，行骗的保护衣。基督教的基本教义是"十诫"，不可杀人、不可奸淫、不可偷盗、不可贪恋别人的妻子和财物、不可利用上帝耶和华的名字等戒条，是用来规范教徒的社会行为的。可答尔丢夫违背基督教"十诫"的教义，公然坑蒙拐骗，甚至干着特务的勾当，利用百姓的愚昧，利用上帝的名义来掩盖他的贪财贪色的恶行。

莫里哀在《伪君子》中运用了这个悲剧因素，显示出答尔丢夫行为的掠夺性和恶毒性，显示出答尔丢夫打着宗教的幌子骗取他人财产的虚伪性和欺骗性，塑造出答尔丢夫伪善的性格特征。同时，这个悲剧性因素的运用，表明以答尔丢夫为代表的教会人士灵魂的沉沦，让人们的精神信仰跌进了深渊，陷入了深深的无所适从，从而引发社会进步人士的深层次思考。

剧中的悲剧因素依托喜剧的表现手法，让悲喜相得益彰，戏剧的冲突更加紧张、矛盾更加尖锐，剧情突转点被迅速推高，从而更有力地揭示了答尔丢夫这一伪君子对整个社会造成的危害，深化了剧本的主题，呈现了很好的艺术效果。

对《伪君子》中的答尔丢夫身上的虚伪和残酷的揭露，对封建僧侣阶层及教会的性质的抨击，体现了莫里哀对当时法国社会僧侣、贵族阶层的人情世态的细微体察。

莫里哀喜剧的价值和意义，因其悲剧因素的渗入而具有一种独特性，这是莫里哀对欧洲喜剧的伟大贡献，也是其作为喜剧大师的伟大之处。它延续了莎士比亚戏剧悲喜交织的风格，对后世的社会问题剧的创作产生了深远的影响。

（4）形象鲜明，语言生动

莫里哀对剧中核心人物答尔丢夫的塑造手法独特，笔墨极为简练，体现出高超的艺术技巧。

全剧总共五幕31场，答尔丢夫的戏只有10场，全剧共1962行诗，答尔丢夫的语句只占290行。第一幕和第二幕，答尔丢夫没有出场，莫里哀通过其他人物的对话将其虚伪狡诈的形象树立起来，为答尔丢夫进场作铺垫，这在莫里哀的戏剧创作中是仅有的。从奥尔恭家人的谈论中，那个贪嘴的素食苦行者形象在观众的脑海中出现了，那个装扮的虔诚的伪善者形象也在观众的脑海中出现了。正是这个以精神导师身份混进奥尔恭家中谋取私利的人，口中宣扬着苦行和素食主义，对任何东西不要爱恋，可他肥肥胖胖，满面红光，一顿饭吃两只竹鸡和半只切成细末的羊腿。这个素食苦行者，用花言巧语把奥尔恭骗得神魂颠倒，竟让奥尔恭将自己的女儿嫁给他。答尔丢夫虚伪欺骗的形象跃然纸上。第三幕第二场，答尔丢夫出场了，其伪善的面目直接呈现。他贪色，调戏奥尔恭的妻子；他贪财，尽管调戏奥尔恭妻子的丑行被奥尔恭的儿子看到并告诉奥尔恭了，可经他狡辩，他不仅没被赶出家门，还得到了奥尔恭的全部财产。当财产到手时，他依然装出一副假虔诚的样子，把上帝抬了出来，说这一切都是上帝的旨意，应该遵从。答尔丢夫伪善贪欲的形象暴露无遗。第四幕，他欲对奥尔恭的妻子求欢，奥尔恭的妻子说这事"得罪您总不离口的上帝"，他却说"这在我是算不了一回事的"。答尔丢夫假仁假义假虔诚的嘴脸无比丑陋。第五幕时，当他的丑行败露后，他又立即更换一副嘴脸，想置恩人于死地，并冠冕堂皇地把国王抬了出来，说自己要代表国王的利益。答尔丢夫恩将仇报的狠毒令人发指。莫里哀以简练的手法对穷途末路的破落贵族的丑恶本质进行了艺术概括和批判，塑造了一个披着宗教外衣的、有现实针对性的伪君子答尔丢夫的艺术形象。

莫里哀对女仆桃丽娜的形象塑造是不惜笔墨的。全剧总共五幕31场，桃丽娜的戏有15场，而且她的台词多是大段的，塑造了一个敢于直面强大的宗教反动势力和独断专行的资产阶级的底层人民形象。桃丽娜头脑清醒，目光敏锐，她是剧中反对封建道德、揭露宗教伪善的主要人物。喜剧一开始她就指出了答尔丢夫的伪善本质，识破了答尔丢夫假仁假义的行为，看出了答尔丢夫利用虚假的虔诚骗取奥尔恭的钱财、骗取与玛丽亚娜的婚姻，遂主动联合全家人一起反对答尔丢夫。她具有较强的自由观念，对婚事的理解也有真知灼见，"爱情这种事是不能由别人强行做主的"，"那么他将来所犯的故事，在上帝面前是该由做父亲负责的"，勇敢地与奥尔恭的专制作风和封建观念做斗争；同时她又与答尔丢夫的伪善做斗争，她的语速快捷，语言泼辣，往往三言两语就能直指答尔丢夫虚伪的虔诚，体现了她爱憎分明、机智勇敢和疾恶如仇的战斗精神。与塑造埃米尔的坚贞执着、玛丽亚娜的犹豫懦弱、达米斯的简单轻率相比，更加鲜明地衬托出桃丽娜的睿智和勇敢。莫里哀通过桃丽娜的形象塑造了劳动者光彩照人的美好形象，体现了其进步的民主观；对女仆桃丽娜高贵品质的赞扬和肯定，反映了莫里哀的民主思想倾向。

莫里哀运用幽默滑稽的语言塑造了奥尔恭这个受骗者的人物形象，重在突出其人物性格。其中最为精彩的语言来自女仆桃丽娜，比如她讥讽奥尔恭被答尔丢夫迷惑时说："我们国内的几次动乱把他锻炼得有才有识，给国王效力的时候，他确实表现得十分英勇。但是自从他迷上了答尔丢夫，他简直变成了一个傻子……他是他的一切，是他所崇拜的英雄。不管什么时候，他总是在赞扬他；不管说什么，总要提到他。他的芝麻大小的举动，他看了都像是奇迹；他所说的话，他听起来都像是神谕。"莫里哀通过桃丽娜这几句充满调笑的尖酸刻薄又毫不留情的语言，活灵活现地刻画了奥尔恭对宗教的狂热，对伪善的答尔丢夫的痴迷，为答尔丢夫实施欺骗阴谋的得逞埋下了伏笔。同时通过讲述奥尔恭由一个为国王效力时的"有才有识"的人变成了一个愚蠢可笑的"傻子"，说明答尔丢夫的伪善欺骗的可怕性和危害性，塑造了奥尔恭愚蠢的性格特征形象。

答尔丢夫的语言矫揉造作，他总是长篇大论、玩弄教义，符合其伪善的特点。剧中其他人物的语言也都符合各自的身份和性格：奥尔恭的刚愎自用、独断专行，埃米尔的机智灵敏、绵里藏针，达米斯的莽撞喊叫，玛丽亚娜的软弱哭诉，克莱昂特的大谈理论，佩内尔夫人的目中无人等，他们的语言都极具特色。

（5）多种戏剧因素有机结合，突显了喜剧的讽刺效果

莫里哀善于从民间艺术和各种喜剧题材的艺术手法中汲取营养，并能巧妙地将民间闹剧、风俗喜剧和其他民间艺术的一些技巧和因素融进自己的喜剧中。如民间闹剧的打耳光、桌下计、隔墙有耳等手法，风俗喜剧中的父子反目、父亲逼婚、骗婚等手法，强化了喜剧效果，使作品极富生活气息。比如，剧中第四幕第四场，埃米尔看到狡诈的答尔丢夫使得奥尔恭父子反目，家中的财产被掠夺，她决定设计谋警醒奥尔恭。她让丈夫奥尔恭藏在桌子底下，偷听答尔丢夫对自己的表白，这体现的是民间闹剧的手法，它与17世纪

法国崇尚古典主义所谓的高雅是格格不入的，但却是推动情节发展变化的契机和枢纽。第五场中，当答尔丢夫出去张望时，奥尔恭钻了出来藏在妻子背后，等答尔丢夫动手动脚才迎上去，让答尔丢夫"吻个正着"，这体现的是风俗喜剧的手法，制造和烘托了喜剧气氛，突出了讽刺的效果，使得喜剧剧情达到了高潮。

莫里哀在喜剧创作中使用闹剧语言，是莫里哀喜剧的重要特征之一。他大胆汲取民间闹剧语言，将俗语、谚语和日常生活用语的语言元素引入剧本，展现在舞台上，使其喜剧形式更富有民间特色，取得诙谐幽默的喜剧性效果。他经常采用闹剧中台词重复出现的戏剧表现形式，产生不同凡响的喜剧讽刺效果。比如第一幕第四场，奥尔恭从乡间回来，问桃丽娜家里的情况。桃丽娜向他汇报埃米尔太太的病情："太太前天发烧，头痛。"可奥尔恭却问："答尔丢夫呢？"桃丽娜回答说他的身体别提多好啦，又肥又胖，红光满面，嘴唇红得都发紫啦。奥尔恭却叹息道："可怜的人！"桃丽娜又提太太的病情，而奥尔恭只关心答尔丢夫。奥尔恭四次重复问"答尔丢夫呢？"又四次叹息"可怜的人！"。这种答非所问直接暴露出奥尔恭迷恋答尔丢夫已近乎癫狂而造成的思维混乱，生动地讽刺了奥尔恭被"愚"了的真实状态，更是曲折地展现了答尔丢夫伪善的魔性侵蚀力。

可以说正是因为莫里哀汲取了多种戏剧表现手法，将多种戏剧因素有机结合，《伪君子》的喜剧特征才特别突出，讽刺效果才更加强烈，莫里哀的喜剧才更具有独特的风格。

（6）戏剧冲突、情节的悬念与突转

莫里哀喜剧的戏剧冲突不同于悲剧冲突的非亡即伤，而是在情

节的悬念与突转中，剧情出现波折起伏的喜剧艺术效果，由逆境中的争吵、毁婚、露馅、反目、报复转入顺境，最终形成圆满的、皆大欢喜的结局，体现着莫里哀积极乐观、豁达睿智的幽默气质。

《伪君子》中的答尔丢夫是伪善、欺骗、邪恶势力的代表，他给喜剧情节发展带来的是逆境，观众的情绪是紧张的。而以桃丽娜、埃米尔等为代表的真善、真诚的正面力量，抵御着这股邪恶力量，直至正反势力的博弈终见分晓。

在喜剧情节由逆境转入顺境的过程中，观者的情绪在情节的悬念与突转中沉浮，在戏剧冲突中迎来了喜剧的大结局。比如，第三幕中，达米斯发现答尔丢夫卑劣追求埃米尔的场景，并把它告诉奥尔恭，答尔丢夫伪君子的真面目就要被揭穿了，但在这关键时刻，情节由悬念走向突转，善于狡辩的答尔丢夫假装老实诚恳，混淆是非，无辜的达米斯被糊涂的奥尔恭赶出家门，而且还被取消了继承权。这是该剧情节的第一个反转，戏剧冲突由达米斯与答尔丢夫之间转成达米斯与奥尔恭之间。奥尔恭不但信任答尔丢夫，还把所有财产都赠给了答尔丢夫。答尔丢夫得到了奥尔恭的财产，竟然不拒绝，还说是上帝的意愿，直接暴露出他伪善、贪婪和欺骗的真面目。第四幕，躲在桌下的奥尔恭，发现答尔丢夫向埃米尔求欢的场景，要将他赶出家门。答尔丢夫撕下了伪善嘴脸，扬言报复。因为奥尔恭将财产赠予了答尔丢夫，所以他已受制于答尔丢夫。这是该剧情节的第二个反转，戏剧冲突表现在奥尔恭与答尔丢夫之间。第五幕，答尔丢夫利用奥尔恭给自己保存的反叛秘密文件控告后者，国王及时发现了答尔丢夫是声名狼藉的罪犯，逮捕了他。国王因奥尔恭过去的功劳赦免了他，扭转了奥尔恭家破人亡的险境，结局皆大欢喜。这是全剧的第三个反转，戏剧冲突由奥尔恭与答尔丢夫之间转成国家利益与答尔丢夫之间。戏剧冲突及情节的悬念与突转，调动着观众的全部情绪，提心吊胆过后是轻松愉快的笑声，是久久难以平静的深层次思考。

（7）对比手法的运用

通过对人物矛盾行为的不同对比突出反差，达到突出主题的目的。

答尔丢夫的伪善表现在表面的精神生活和内在的物质欲望构成的对立和矛盾上，在欲望的指使下，他的外在行为与内心真实是不一致的，只是在不同人的眼里印象不同。奥尔恭的母亲佩内尔夫人认为答尔丢夫是"君子"，让家中的人都听他的话，"凡是经他检查过的事都做得很好"。但是，就是这个貌似道德高尚的人，却在预谋霸占奥尔恭的家产、妻子、女儿。他假装谦卑虔诚，在奥尔恭面前装扮一副道德君子的样子，见到埃米尔之后，他露出了卑鄙下流的嘴脸。奥尔恭家中除了奥尔恭和他的母亲外，都认清了答尔丢夫的真实面目。克莱昂特说他是"伪君子"，桃丽娜讥讽他是个"假圣人"，达米斯说他是"假道学"，奥尔恭却被答尔丢夫弄死一只跳蚤后不断忏悔的行为而感动，被教堂上他那一脸虔诚祈祷的样子所感动，被衣衫褴褛的他救济贫民的行为所感动。奥尔恭看到了这个世界上的人不都是自私自利、贪图利益的，他坚定不移地认为答尔丢夫是这个世界上的好人。奥尔恭的糊涂和周围人的清醒形成了鲜明的对比，无形中放大了答尔丢夫的伪善和欺骗，突出了其伪君子的卑劣形象。

通过答尔丢夫自身行为的对比，暴露了答尔丢夫假虔徒、假仁假义的卑劣面孔。

在第三幕第二场一出场，答尔丢夫撞见女仆桃丽娜身穿一件袒胸的连衫裙，就掏出手帕叫女仆把胸口盖上，说："天啊，我求求你，未说话之前你先把这块手帕接过去，把你的胸脯遮起来，我不便看见，因为这种东西，看了灵魂就要受伤，会引起不洁的念头。"俨然是个"道德君子"。可转眼（第三幕第三场）这个"道德君子"就去勾引年轻漂亮的奥尔恭妻子埃米尔，大胆无耻地向她调情："一看见您这样天仙似的美人，这颗心可就再也把持不住，什么理智也没有了。我知道由我口里说这样的话来，未免有点奇怪，然而，太太，我毕竟不是天神，倘若您认为我不应该对您表示爱情，那么您只有怪您自己那种撩人的丰姿。自从我看见您那光彩夺目、人间少有的美貌，您便成为我整个心灵的主宰；你那美丽眼光包含着的无法形容的温柔，击退了我内心顽强的抵抗；禁食、祷告、眼泪，任什么也抵挡不住这种温柔，我的全部心愿都转移在您的美貌多姿上面。我的眼色、我的叹息已经把这种情形向您暗示过一千次，现在为表示得更清楚一些，我再用嘴来对您明说，倘若您肯用一种稍微和善一点的心情来体贴体贴您这不肖奴才的忧伤烦恼，倘若您肯大发慈悲来安慰我一下，屈尊俯就到我这卑微低贱的人，那么，甜美的宝贝呀！我对您的虔诚一定是举世无匹的虔诚。再说跟我要好，您的名誉是不会有任何危险的，也不必怕我这方面会有什么忘恩负义的举动。"[1]挑逗的语言、轻薄的行为与刚才的道德面孔形成鲜明的对比。

通过答尔丢夫口中"上帝"的不同用处的对比，暴露了答尔丢夫伪善、贪色的卑劣本性。

---

[1] 莫里哀,莫泊桑.赵少侯译莫里哀戏剧莫泊桑短篇小说[M].赵少侯,译.北京：人民文学出版社,2019：103.

在第三幕时，能言狡辩的答尔丢夫让昏了头的奥尔恭剥夺了儿子的继承权，他得到了奥尔恭的全部财产。他欣然接受奥尔恭的财产继承权，这与他之前接受奥尔恭资助时的故作矜持形成了强烈的反差。当财产到手时，他把上帝抬了出来，说"一切都是上帝的旨意，应该遵从"。而在第四幕时，答尔丢夫向埃米尔求欢，当埃米尔拿他不离口的上帝作为搪塞时，他就撕下"道德君子"的面具，说，"如果您只抬出上帝来反对我的愿望，那么索性拔去这样一个障碍吧，这在我是算不了一回事的，不应该再让这个来管住您的心。""我可以替您除掉这些可笑的恐惧，我有消灭这些顾虑的巧妙方法。不错，对于某些欲望的满足，上帝是加以禁止的，不过我们还可以和上帝商量出一些妥协的办法。有一种学问，它能按照各种不同的需要来减少良心的束缚，它可以用动机的纯洁来补救行为上的恶劣。这里面的诀窍，夫人，我可以慢慢教给您；只要您肯随着我的指示去做就成了。您尽管满足我的希望吧！"他又直接说出了他的道德观念："这儿的事是绝对秘密的。一件坏事只是被人嚷嚷得满城风雨的时候才称其为坏事；如果一声不响地犯个把过失是不算数的。"可见至上权威的上帝，他是可以随意玩弄的，一切取决于他个人的私欲。对上帝的"遵从"与"障碍"的对比，剥下了这个打着虔诚旗号的贪财好色、道德沦丧者的层层伪装。他既要娶奥尔恭的女儿，又要取代奥尔恭儿子的继承权，还勾引奥尔恭的妻子埃米尔，答尔丢夫是一个典型的披着宗教外衣的骗子，一个地地道道的伪君子。

上述的鲜明对比产生了强烈的讽刺艺术效果，那就是人物性格表里不一的话语矫饰与性格的某种偏执形成的讽刺效果。克莱昂特劝告答尔丢夫以神的超脱精神放弃财产继承权，也具有强烈的讽刺意味。

《伪君子》在人物性格刻画上也存在一定缺陷，这是因为《伪君子》是按照古典主义规则写成的，尽管有所突破，但莫里哀未能彻底摆脱古典主义艺术法则的唯理主义倾向。他把答尔丢夫的丑行当作一种违反理性的恶习进行讽刺，没有揭示其性格形成的原因和发展变化过程，导致主人公的性格尚显单一化，不够丰满，有些类型化。还有克莱昂特也有概念化的特征，缺乏生气，成了作者思想的传声筒。剧本结尾美化了国王，有些突兀，缺乏情节发展的内在逻辑必然性。

附录

莫里哀生平及创作年表

1622 年
1月,大约13日(一说15日),让·巴蒂斯特·波克兰出生。

1635 年
在克莱蒙中学读书。

1637 年
获得了御用室内装饰师,即"王室侍从"职务的承袭权。

1639 年
从巴蒂斯特中学毕业。

1641 年
在奥尔良大学学习法律,一年后获得法学学士学位。

1643 年
与贝扎尔兄妹等人组成光耀剧团,在巴黎租场地演流行悲剧。

1644 年
取艺名为"莫里哀"。

1645 年
光耀剧团破产。

1645—1658 年
带领剧团在法国外省各地巡回演出。

1652 年
莫里哀开始创作剧本。

1655 年
在里昂上演了他的第一部诗体喜剧《冒失鬼》。

1656 年
在贝济耶城首演他的第二部喜剧《情怨》(也译为《爱情的埋怨》)。

1658 年
在卢浮宫为路易十四演出了闹剧《多情的医生》。

1659 年
风俗喜剧《可笑的女才子》上演。

1661 年
《丈夫学堂》首次公演。第一部芭蕾舞喜剧《讨厌鬼》诞生。

1662 年
莫里哀与阿尔芒德结婚。
《太太学堂》首演。

1663 年
论战性剧本《〈太太学堂〉的批评》上演。

1664 年
莫里哀夫妇的长子路易·波克兰出生,当年夭折。
豪华芭蕾舞喜剧《逼婚》上演。
《伪君子》首演遭禁,莫里哀一上陈情表。

1665 年
《唐璜》上演。
莫里哀的女儿埃斯普里·玛德莱娜出生。
莫里哀剧团被国王加封为"国王剧团"。

在凡尔赛宫为国王演出。

1666 年

《恨世者》在帕莱·罗亚尔剧院首演。

喜剧《屈打成医》上演。

1667 年

《骗子》(《伪君子》) 遭禁。莫里哀二上陈情表。

1668 年

《昂菲特里翁》《乔治·唐丹》《悭吝人》上演。

1669 年

莫里哀向国王呈递了第三份陈情书,《伪君子》终获公演。

芭蕾喜剧《德·浦尔叟雅克先生》在沙姆鲍尔庄园为国王演出。

1670 年

《醉心贵族的小市民》于沙姆鲍尔庄园首次公演。

1671 年

莫里哀与高乃依合作创作芭蕾舞悲剧《卜茜雪》。

《史嘉本的诡计》首演。

1672 年

玛德莱娜病逝。

《女学究》在帕莱·罗亚尔剧院首次公演。

莫里哀的第三个孩子皮埃尔·波克兰出生,一个月后夭折。

1673 年

2月10日,《无病呻吟》在帕莱·罗亚尔剧院首次上演。

2月17日晚上,莫里哀逝世。

参考文献

1. 布尔加科夫. 莫里哀传[M]. 臧传真,孔延庚,谭思同,译. 天津：南开大学出版社，1985.

2. 加克索特. 莫里哀传[M]. 朱延生,译. 北京：中国戏剧出版社，1986.

3. 郑克鲁. 外国文学简史[M]. 上海：华东师范大学出版社，2009.

4. 苏仲乐. 外国文学[M]. 西安：陕西师范大学出版总社，2019.

5. 梁蔚. 民国时期的"莫里哀"热及其文化动因[J]. 浙江传媒学院学报，2015（1）：103-108.

6. 陈惇. 欧洲古典喜剧的经典作品——莫里哀的《达尔杜弗》[J]. 广西右江民族师专学报，2000（3）：22-26.

7. 莫里哀. 伪君子[M]. 赵少侯,译. 北京：人民文学出版社，1955.

8. 莫里哀,莫泊桑. 莫里哀戏剧 莫泊桑短篇小说[M]. 赵少侯,译. 北京：人民文学出版社，2019.